" Pages actuelles "
1914-1915

⚜

Les
Catholiques Allemands
:: :: jadis et aujourd'hui :: ::

... QUELQUES PRÉCÉDENTS ...
AU CAS DU CARDINAL MERCIER

PAR

LE COMTE BÉGOUEN

BLOUD ET GAY, ÉDITEURS
7, PLACE SAINT-SULPICE, PARIS

Comte BÉGOUEN

Les
Catholiques allemands
jadis et aujourd'hui

Quelques précédents
au cas
du Cardinal Mercier

PARIS

BLOUD & GAY, ÉDITEURS

7, PLACE SAINT-SULPICE, 7

1915

AVANT-PROPOS

~~~~~~~~~

Il y a tendance dans une partie du public français à rendre l'Empereur Guillaume seul responsable de la guerre actuelle. C'est là une erreur qu'il convient de détruire.

Le peuple allemand, tout entier, a voulu la guerre. Depuis longtemps celle-ci était considérée comme nécessaire au développement de l'Allemagne et par conséquent désirée par tous les partis. Il suffisait de séjourner quelque peu en Allemagne et d'étudier avec soin l'état d'esprit dans toutes les classes de la société, depuis les professeurs des Universités, jusqu'aux ouvriers et paysans pour se rendre compte de la formidable préparation à la guerre qui se faisait au delà du Rhin.

Malheureusement on n'écoutait pas ceux, qui, inutiles Cassandres, s'étaient rendu compte de cette mentalité si contraire à la nôtre. Encore aujourd'hui, nombreux sont, en France, ceux qui s'imaginent que le pangermanisme n'a pas contaminé le pays allemand tout entier.

En particulier, lorsqu'elles appartiennent à un parti ayant une croyance ou un idéal supérieurs aux contingences ordinaires, comme les catholiques ou les socia-

listes, certaines bonnes âmes ont la dangereuse illusion de croire qu'une étincelle de ces idées supérieures peut subsister encore en Allemagne chez les tenants de ces mêmes partis.

Il n'entre pas dans le cadre de cette brochure de parler des socialistes qui se sont montrés les plus fougueux soutiens de l'impérialisme et du militarisme allemands, mais on verra à la lecture des pages qui suivent, qu'en ce qui concerne les catholiques d'outre Rhin, ceux-ci n'ont pas hésité, au mépris des lois fondamentales de la morale chrétienne, à se ranger parmi les adeptes de la force primant le droit.

Les Catholiques allemands jadis et aujourd'hui [1]

AS AS AS

Le *Tag* de La Haye vient de publier sous la
signature de M. Erzberger, un des députés les
plus en vue du Centre allemand, un article d'un
pangermanisme exacerbé qui mérite d'être retenu comme symptomatique de l'état d'esprit
actuel des catholiques allemands. M. Erzberger a joué dans son parti et au Parlement un
rôle important.

Il a été Vice-Président du Reichstag et a manifesté, depuis quelques années, une de ces
activités quelque peu brouillonnes et encom-
brantes, bien caractéristiques de la nouvelle
mentalité allemande. Ce besoin de se répandre au dehors, de se mêler de ce qui ne vous

(1) Cet article a paru en substance dans le *Journal des Débats* du 24 février 1915.

regarde pas, en apportant à toutes ses actions un air de supériorité et de commandement, est un des symptômes de cette mégalomanie maladive qui a troublé tant d'esprits en Allemagne avant de causer tant de désastres en Europe.

M. Erzberger a été particulièrement atteint de cette maladie. Il s'est occupé des relations de la France et de l'Allemagne, et a publié, même dans la Presse française, des articles où il manifestait des sentiments plutôt bienveillants à notre égard. On peut voir, maintenant, ce que valent les sympathies de M. Erzberger et apprécier leur sincérité.

Il a de même, jadis, pris sous la protection, quelque peu hautaine de son parti, la neutralité belge. Le journal catholique belge, le *XXe Siècle*, le rappelait récemment non sans une certaine amertume :

« Nous avons expié durement, nous, la confiance que nous avons eue dans les affirmations et les promesses du leader du Centre.

« Il n'y a guère plus d'un an que M. Erzberger donnait au *Journal de Bruxelles* (numéro du 26 août 1913) sa parole d'honneur, « en faisant de sa véracité comme catholique un cas de conscience » que l'Allemagne n'avait jamais songé, le moins du monde, à envahir la Belgique. Et M. Erzberger terminait ses déclarations en prenant, au nom de son parti, cet engagement solennel à l'égard de la Belgique :

« Que les Belges se rassurent, en tous cas la Belgique *peut toujours compter sur les sympathies fidèles des catholiques allemands; elle peut toujours compter sur le parti du Centre du Reichstag pour travailler à faire respecter les situations acquises et les engagements internationaux.* »

« On sait comment les chefs du Centre en général, et M. Erzberger en particulier, ont tenu cette promesse. Personne peut-être ne s'est acharné autant que M. Erzberger à justifier l'agression allemande contre la Belgique et à nous déshonorer devant l'opinion étrangère. M. Erzberger a vraiment apporté à cette triste besogne la fougue d'un renégat. »

Pour parachever son œuvre de dénigrement, M. Erzberger est parti pour Rome, chargé d'une mission plus ou moins officieuse auprès du Pape. Il doit, en quelque sorte, doubler l'action diplomatique de l'ex-chancelier de Bulow, auquel sa situation officielle auprès du Quirinal ferme l'accès du Vatican. Mais tout permet de croire que, pas plus que le *cher Bernhard* auprès de l'Italie, M. Erzberger ne réussira dans sa mission, malgré les tendances malheureusement germanophiles d'un certain nombre de prélats formant la curie romaine. Il s'est, en effet, trop démontré, et dans des sens divers. A force de se prodiguer de tous côtés et de s'épancher sans réserve d'une façon trop souvent contradictoire, il a été apprécié et jugé. Il manque d'autorité. On le considère comme un emballé, et il n'a pas le doigté nécessaire pour faire œuvre utile.

La diplomatie ne se fait pas avec des déclarations brutales et des affirmations de force. La méthode bismarkienne n'est pas à la portée de tous, et le monde commence à être fatigué de ces allures de matamores si chères aux Allemands. Or, avant de partir pour Rome, le député catholique a cru devoir faire connaître à tous son état d'esprit et il a publié, dans un véritable accès de rage sauvage, un article qui suffit à déshonorer un homme. Il est intitulé : « Surtout pas de sentimentalité », et on y trouve exprimés avec un cynisme déconcertant des conseils de cruauté dignes des pires sauvages. Peu importe, d'ailleurs, à M. Erzberger que nous le traitions de barbare. En écrivant cette phrase, il se rend compte qu'il mérite cette appellation et il s'en fait gloire. Tant pis pour lui.

Voici, d'ailleurs, d'après le *Nieuwe Rotterdamsche Courant*, l'analyse de cet article :

« La guerre, dit M. Erzberger, doit être un instrument dur et rude; elle doit être aussi impitoyable que possible, c'est là d'ailleurs un principe de plus grande humanité; si l'on trouvait le moyen d'anéantir Londres toute entière, ce serait plus humain que de laisser saigner un seul Allemand sur le champ de bataille, attendu qu'un moyen aussi radical amènerait une prompte paix.

« Puisque nous sommes maîtres sous les mers, sinon sur les mers, affirmons hautement cette supériorité et que nos dirigeables et que nos aéros agissent de concert avec nos sous-marins pour frapper sans répit notre perfide ennemie.

« L'Angleterre a pris environ 400 navires marchands, notre réponse doit être : pour chacun de ces navires volés, une ville où un village anglais seront détruits; semons à l'aide de nos dirigeables la terreur et la mort parmi les populations britanniques; tous les moyens doivent être bons, et, si même nous possédions le secret de déverser une pluie de feu sur les Anglais, pourquoi ne nous en servirions-nous pas?

« Mieux vaut que l'Angleterre et ses dignes alliés nous appellent les barbares; tout vaut mieux que la compassion que nos ennemis pourraient éprouver pour nous, au cas ou nous serions vaincus ».

En lisant cet article si plein de haine et d'une mentalité si inférieure je ne pouvais m'empêcher de songer aux députés du Centre allemand que j'ai connus jadis. J'en ai fréquenté beaucoup aux derniers temps héroïques du Kulturkampf. La comparaison qui s'établit entre les catholiques allemands d'alors et ceux d'aujourd'hui n'est certes pas en faveur de ces derniers. M. Erzberger n'existait pas encore, comme homme politique s'entend, et sa façon de penser aurait détonné dans le groupe de si haute moralité politique qui entourait alors le vieux Windthorst. On y défendait les idées de liberté et les droits de la conscience. Les peuples opprimés, comme les Polonais, y trouvaient de généreux défenseurs. On n'y eût pas admis que quelque chose, fût-ce l'Allemagne, puisse être proclamée au-dessus de la justice, du droit et de tous les principes supérieurs qui dirigent la vie morale d'un peuple comme des individus.

C'est il y a quelques vingt-cinq à trente ans que, jeune élève de l'Ecole des Sciences politiques, j'allais en Allemagne étudier les rapports de l'Eglise et de l'Etat, et l'on pourrait retrouver dans la collection du *Journal des Débats* de 1887 à 1891 les lettres que je lui adressais alors sur les élections, le septennat militaire, les Congrès catholiques de Mayence, Fribourg, etc. J'avais été introduit dans le petit cénacle du Centre catholique par Auguste Reichensperger et le chanoine Moufang, de Mayence. Le premier aimait à rappeler que lorsqu'il naquit, à Coblentz, cette ville faisait partie de l'empire français et son amour passionné pour l'art gothique eût sans doute trouvé, pour protester contre les destructions d'Ypres et de Reims, des accents que ne connaissent plus les hommes de son parti dans l'Allemagne de nos jours.

Ce fut au retour d'une séance du Reichstag que je fus présenté à Windthorst. Il m'invita aussitôt à dîner à la longue table du hall du Kaiserhof où pendant les sessions du Parlement, les députés catholiques venaient prendre leurs repas en commun. De cette fréquentation journalière et continuelle résultaient une intimité et une identité de vues entre tous les membres du Centre, qui faisaient de ce parti un bloc discipliné et puissant. Windthorst occupait le haut bout de la table. Près de lui, le Comte Ballestrem, qui devint président du Reichstag ou le baron de Schorlemer-Alst veillaient à tour de rôle sur sa nourriture avec une sollicitude touchante, car presque aveugle, la *petite Excellence* comme on se plaisait à appeler le chef du Centre, ne pouvait se servir seule. C'était au temps où l'opposition des catholiques à Bismarck était encore dans toute son acuité, malgré les modifications déjà apportées aux fameuses lois de mai. On en était à la période des marchandages. Chaque vote important donnait lieu à des tractations qui peu à peu amenaient le retrait de mesures anticatholiques ; mais on restait sur le pied de guerre. Windthorst était couramment nommé dans les polémiques *l'ennemi de l'Empire,* « *Reichsfeind* » et on lui reprochait sans cesse son attachement à la maison déchue de Hanovre. Les députés catholiques étaient désignés comme des traîtres.

Pendant tout le repas nous parlâmes de la politique intérieure et extérieure de l'Allemagne en toute liberté, et vers la fin du dîner, Windthorst fit apporter du *sect,* un vin mousseux allemand, contrefaçon de notre champagne qu'un marchand de vin catholique de Mayence fabriquait spécialement pour le leader du Centre. Il se déboutonna alors au physique comme au moral. Il aimait après le repas, à causer familièrement, un peu affalé sur sa chaise, la main dans le gilet ouvert, dans une pose de Napoléon débraillé, tout en mâchonnant un cigare au coin de sa bouche largement fendue jusqu'aux oreilles. Ses gros yeux pétillaient de malice sous ses lunettes. Il était petit et laid, mais sa figure expressive et mobile impressionnait par l'intelligence qu'on y lisait. Ce premier soir, Windthorst prit donc un verre et, le levant, me souhaita la bienvenue avec un tact et une amabilité que j'eus rarement l'occasion de rencontrer dans mes longs séjours au delà du Rhin. Peut-être est-ce la phrase finale qui me fit tout particulièrement apprécier ce toast. Le chef du Centre m'invitait une fois pour toutes à venir m'asseoir à cette table pendant mon séjour à Berlin comme dans une oasis où un Français était certain de rencontrer des sympathies toutes particulières. « Car, ajouta-t-il, si vous autres Français avez souffert en 1870, nous avons souffert quelques années auparavant et nous nous retrouverons toujours unis dans la même haine de la Prusse et du chancelier, *im selben Hass von Preussen und Reichskanzler* (Je suis sûr de la phrase, je l'ai notée le soir même). Tous les députés présents, une cinquantaine au moins, levèrent leurs verres en prononçant le mot sacramentel : « *Prosit* ». Aucun ne protesta.

Je revins souvent m'asseoir à cette table hospitalière et jamais aucune allusion désagréable pour mon patriotisme ne vint me choquer, au contraire. Il y avait parfois des hôtes de passage, des *Hospitanten*, comme on appelle en Allemagne les députés qui, sans être inscrits dans un parti, votent le plus souvent avec lui. C'étaient les chanoines Simonis et Winterer, d'Alsace ; des Polonais comme les comtes de Koscielski, Mycielski et bien d'autres encore. Dans le parti catholique à proprement parler se rencontraient de grands seigneurs, le baron de Frankenstein, le comte Neipperg, petit-fils du mari de Marie-Louise, le comte Hompesch,

neveu du grand maître de Malte lors de l'expédition d'Egypte, etc., des prêtres comme
l'abbé Hitze, fondateur d'œuvres sociales ;
des avocats, des docteurs, des savants comme
Julius Bachem, Racke, Lieber, Porsch, qui
fut président du Reichstag, des professeurs
comme le baron de Hertling, actuellement président du Conseil des ministres de Bavière,
qui n'avait certes pas alors sur les méthodes du
gouvernement allemand les mêmes idées qu'aujourd'hui. Il témoignait d'un grand respect
pour les décisions pontificales et on l'eût bien
surpris si on lui avait dit qu'un jour il s'élève-
rait contre l'une d'elles et qu'il amènerait le
Pape à retirer une Encyclique, comme il le
fit pour le serment antimoderniste des professeurs ecclésiastiques.

Car les temps changèrent et l'on vit la politique du Centre évoluer peu à peu. En 1887, les
instructions de Léon XIII en faveur du rallie-
ment rencontraient des résistances qui allèrent
en s'affaiblissant. On était d'abord plus intran-
sigeant que le Pape, mais à force de négocier
avec le pouvoir, de pratiquer la politique du
do ut des, on en arrivera à l'apaisement. La
vieille haine de Windthorst tombait peu à peu.

Elle finit par se noyer dans un verre de bière que le chancelier offrit un jour dans son palais de la Wilhelmstrasse, dans un *Frühschoppen* fameux, au vieux lutteur du Centre désarmé.

Les catholiques allemands avaient moins bien supporté le triomphe que l'adversité. On l'a dit avec raison ; ses meneurs ont témoigné d'une habileté merveilleuse pour maintenir dans une alliance paradoxale les éléments hétérogènes dont se compose le parti. Ils ont su longtemps, grâce à un idéal religieux, garder dans un même groupement, coude à coude, des hobereaux que leurs tendances politiques rapprochaient des *Junkers* conservateurs et des prêtres démocrates qui, sur les bords du Rhin, fraternisaient avec les socialistes. Cette union a permis au Centre catholique d'exercer une influence prépondérante au parlement allemand. La centaine de membres qui depuis une trentaine d'années compose ce groupe au Reichstag n'a pas cessé d'être l'arbitre de la situation. Aucune loi ne peut être votée sans leur concours. Les successeurs de Windthorst ont suivi ses méthodes. Ils ont souvent parlé haut et exigé d'importantes concessions du gouvernement. Mais c'était à charge de revanche et quand l'intérêt de leurs combinaisons l'exigeaient, ils n'hésitaient pas à faire fléchir leurs principes. Une question sur laquelle en particulier leur évolution a toujours été en s'accentuant a été le vote des lois militaires. En 1887 il fallut l'intervention pressante de Léon XIII pour faire abandonner au Centre son opposition au septennat. Depuis lors son attitude a bien changé et les chanceliers de l'Empire qui se sont succédés depuis Bismarck n'ont eu qu'à y mettre le prix pour obtenir des députés catholiques le vote de tous les crédits demandés pour l'armée ou la flotte. Ils s'engageaient peu à peu dans la voie du pangermanisme.

Il faut le reconnaître sans ambages, à mesure que le parti catholique remportait des succès matériels en politique il perdait sa raison d'être et sa force morale. Il en arrivait à n'être plus qu'un instrument de domination dans la main de l'empereur en faveur du *Deutschthum*. La part d'idéalisme qui semblait jadis être si vivace dans le parti catholique s'est éteinte et a sombré dans le réalisme brutal de l'Allemagne contemporaine.

Mais en même temps qu'il goûtait davantage les charmes de la puissance politique il se relâchait de sa dépendance vis-à-vis de Rome. Certes, les apparences étaient sauvegardées ; dans chaque congrès catholique la motion en faveur du rétablissement du pouvoir temporel du Pape était de rigueur. Mais on en votait le texte comme on prononce la formule d'un rite auquel on ne croit plus, et si on redoublait d'assurances de loyale obéissance au Pape, c'était fort souvent pour marquer sous des paroles doucereuses un esprit d'indépendance qui allait en grandissant. Nul n'ignore que c'est en Allemagne que le modernisme a rencontré le plus d'adeptes avoués ou honteux, donnant raison à cette vieille boutade romaine : « I Tedeschi sono tutti un poco eretici ». Les allemands sont tous un peu hérétiques.

Le gouvernement allemand ne leur ménageait pas d'ailleurs son appui et les deux légations de Prusse et de Bavière auprès du Vatican semblaient avoir pour principale mission de soutenir les catholiques dans leurs tendances particularistes contre l'esprit ultramontain. On en revenait en somme aux anciennes traditions du Joséphisme et si les formes étaient mieux observées, le fond restait le même.

Cette attitude se fit particulièrement remar—

quer lorsque le Pape Pie X après avoir condamné dogmatiquement le modernisme dans l'encyclique « *Pascendi* » ordonna à tous les membres du clergé de réprouver sous serment les propositions condamnées. Dans tout l'Univers et en France en particulier, le clergé se soumit sans protester aux ordres du Souverain Pontife. En Allemagne il y eut des protestations, et si le clergé ne déclara pas une opposition ouverte qui eût pu être dangereuse, il s'associa avec bienveillance aux remontrances que les gouvernements allemands, à la suite de la *catholique* Bavière, adressèrent à la Cour de Rome au nom des privilèges des Universités. Ainsi se réveillait une vieille querelle qui avait eu une certaine ampleur avant le concile du Vatican.

Le ton hautain de l'Allemagne fit impression à Rome. Le Pape céda et dispensa de l'obligation du serment antimoderniste les professeurs des Universités allemandes.

Il semblerait cependant en bonne logique que dans une question de doctrine comme celle-là, l'orthodoxie des professeurs devrait être tout particulièrement assurée. Il n'en est rien, et on voit en Allemagne, grâce à la con-

cession arrachée à Pie X, cette anomalie
étrange qu'un savant ecclésiastique, professeur à l'Université de Munich, m'exposait
naguère : « N'ayant pas eu à prêter le serment
antimoderniste en vertu de mon titre de professeur, je n'ai pas le droit de confesser une
vieille femme ni de prêcher dans une église
de village, mais je peux former et je forme des
élèves ecclésiastiques. »

Parlant du retrait forcé de cette encyclique,
le journal *La Croix* le qualifiait dernièrement
d'*humiliation* subie par la Papauté. Le mot est
juste et s'applique également à la façon dont
le même Pape s'inclina devant la défense faite
par Guillaume II de laisser promulguer dans
l'empire d'Allemagne l'encyclique sur saint
Charles Borromée. Une critique de Luther,
vive sans doute, mais bien naturelle sous la
plume d'un Pape, fit froncer les sourcils de
l'Empereur et Pie X une fois encore fit une
exception pour l'Allemagne.

Si pareil fait se fût produit en France, les
catholiques n'auraient pas manqué de crier à
la persécution et de protester contre cette
atteinte portée à la liberté d'enseignement du
Souverain Pontife. En Allemagne la chose

passa inaperçue, peut-être même s'en est-on réjoui comme d'une preuve de la toute puissance allemande, parce que les catholiques ainsi que le reste de la nation, ont été courbés sous la discipline de fer de l'état.

Le clergé allemand lui-même est retombé dans la sujétion où il se complaisait jadis avant le réveil religieux. Il suit les directions de Berlin plutôt que celles venant de Rome. De nouveau il a perdu toute indépendance.

Il est revenu aux errements de la première moitié du XIXᵉ siècle, au temps où les prélats allemands courbés sous la moins honorable des sujétions étaient les esclaves de la bureaucratie. On voyait alors des évêques qui pour plaire au roi de Prusse falsifiaient des bulles comme Spiegel, le fastueux archevêque de Cologne, ou aboutissaient au protestantisme comme Léopold de Sedlnitzky, prince-évêque de Breslau. Et si l'un d'eux plus fier, était arrêté et conduit en prison dans une forteresse pour avoir obéi à la voix de sa conscience ainsi qu'il advint en 1837 à Mgr de Droste-Vischering, ses collègues craintifs se taisaient.

Ces temps de servitude sont revenus pour le clergé d'Allemagne. L'archevêque de Cologne publie des mandements pangermanistes que ne désavoueraient ni Lasson, ni Ostwald. Celui de Munich approuve l'arrestation du cardinal Mercier et on en arrive à déclarer que la parole de l'empereur ne peut être discutée. C'est un nouveau dogme de l'infaillibilité en matière politique qui hors de l'Allemagne rencontrera bien des opposants.

Les vieux soldats du droit et de la vérité ont disparu chez les catholiques allemands. Ils ont fait place à des adorateurs de la force. « Pas de sentimentalité », s'écrie le député Erzberger. Que nous sommes donc loin des prélats comme Droste-Vischering, Ketteler ou Martin de Paderborn, des hommes politiques comme Malinkrodt, Windthorst, ou Reichensperger !

Le réveil sera dur pour les catholiques d'Allemagne. Ils ont été tellement intoxiqués par les doctrines pangermaniques, qu'ils mettent de côté toutes les idées morales qui devraient faire agir leurs consciences. Ils ne voient pas qu'ils sont entre les mains de l'Empereur les artisans d'une œuvre essentiellement anticatholique. Ils peuvent avoir maintenant les flatteries d'un pouvoir qui a besoin d'eux. Mais s'ils sont encore capables d'un peu de réflexion qu'ils se rappellent ce qui a suivi pour eux la guerre de 1870. Sur les champs de bataille, on faisait appel au dévouement des congrégations et des chevaliers de Malte pour soigner les blessés. Le 22 Mai 1871, un décret impérial conférait la croix de fer à l'ordre des Jésuites d'Allemagne pour les remercier de leur dévouement dans les ambulances et moins d'un an après, le 15 Mai 1872, on commençait au Reichstag de Berlin les discussions des lois contre les Jésuites.

Il est vrai que pendant toute la campagne de France, Bismarck n'avait pas cessé de se préoccuper de la question religieuse. Le 13 septembre 1870, à l'ombre de cette belle cathédrale de Reims que les fils de ses soldats ont si honteusement détruite, il disait au maire M. Werlé qu'il lui incombait une mission plus glorieuse encore, celle de se rendre maître du catholicisme — « alors, ajoutait-il, les races latines auront vécu ». Et peu de jours après il écrivait au grand duc de Bade (24 octobre 1870), « Aussitôt la guerre finie avec la France, je marche contre l'infaillibilité. » Il tint parole.

L'Empereur Guillaume en fera sans doute autant. Il tiendra à honneur d'atteindre ce qu'il considère « comme le but suprême de sa vie, la destruction du catholicisme », ainsi qu'il l'a écrit à sa cousine, la princesse Anne de Hesse lors de sa conversion.

D'ailleurs n'a-t-il pas commencé son œuvre, non seulement par la destruction systématique des églises de Belgique et le massacre des prêtres, mais surtout par l'asservissement qu'il a imposé aux catholiques de son empire. Les ruines matérielles si cruelles qu'elles soient peuvent se réparer, les ruines morales sont les pires de toutes.

Quelques précédents au cas du Cardinal Mercier

La Prusse n'a pas attendu d'être gouvernée par Bismarck et ses élèves pour avoir la main lourde dans son administration. Elle semble avoir toujours confondu la manière brutale avec la manière forte. Lorsqu'en étudiant son histoire on entre dans le détail de sa politique intérieure, on retrouve dans le passé plus d'un acte qui n'est, en quelque sorte, que le précédent d'un de ses actes d'aujourd'hui. Il n'y a donc pas lieu de s'étonner de certains faits qui ne sont, en somme, que la répétition d'événements antérieurs. Certains procédés sont habituels chez eux.

On a été unanime à réprouver en Europe les mesures de rigueur prises par le gouvernement allemand vis-à-vis du cardinal Mercier, à la suite de la publication de sa lettre pastorale

du 25 décembre 1914. A voir l'émotion pro-
duite, on eût dit que c'était la première fois
qu'on assistait à un pareil événement. Il n'en
est rien cependant. Sans parler de la rudesse
et du manque de tact dont les autorités allemandes cantonnées en Belgique ont fait preuve
vis-à-vis du vénérable cardinal, on peut dire
que tout cela rentre bien dans les habitudes
prussiennes. Ce n'est pas la première fois que
la Prusse n'a pas hésité à mettre en prison un
prélat dont l'attitude n'était pas conforme à ses
désirs.

Il m'a paru intéressant de rappeler ces faits
quelque peu oubliés, en indiquant les protestations auxquelles ils donnèrent lieu.

*
* *

Il y a quelques quatre-vingts ans le siège
archiépiscopal de Cologne avait été occupé
par un prélat qui joignait à une grande souplesse vis-à-vis des gouvernements, quels qu'ils
fussent, une conception toute particulière du
rôle que pourrait jouer en Allemagne une
Église catholique nationale d'après des principes que, par analogie, nous qualifierons de

gallicans. Très grand seigneur, menant une
vie somptueuse mais nullement scandaleuse,
Mgr Spiegel zum Desembourg avait, comme
doyen du Chapitre, puis comme évêque de
Munster, obéi avec beaucoup de complaisance
aux intentions de Napoléon, protecteur de la
Confédération du Rhin. Plus tard devenu archevêque de Cologne, il avait, pour plaire au
gouvernement prussien, trompé la cour de
Rome, et en falsifiant des textes, si bien em-
brouillé dans un soi-disant compromis, la
question si épineuse des mariages mixtes entre
catholiques et protestants, que personne n'y
comprenait plus rien. Mais Spiegel mort fut
remplacé par un prélat austère et conscien-
cieux, Mgr de Droste-Vischering, qui ne se
contenta pas des assurances gouvernementales
et voulut remonter aux sources et aux documents originaux. Il s'aperçut ainsi que la convention préparée par le ministre prussien Bun-
sen avait falsifié le bref pontifical, comme s'il
se fût agi d'une simple dépêche d'Ems. Mais
l'archevêque était un homme essentiellement
droit et honnête; il ne voulut pas, même par
son silence, s'associer à une pareille super-
cherie. Il protesta donc publiquement et il en

résulta un conflit aigu. Le gouvernement prussien décida l'arrestation de l'archevêque. Le
20 novembre 1837, à sept heures du soir, la
place Saint-Céréon, à Cologne, où se trouvait
le palais du prélat, fut occupée militairement.
Le gouverneur de la province, Bodelschwingh,
vint sommer Mgr de Droste-Vischering de se
rétracter, et sur son refus le mit en état d'arrestation. Une voiture de poste attendait dans
la cour. On y fit monter l'archevêque avec un
gendarme, tandis qu'un autre s'installait sur le
siège, et accompagné d'une troupe à cheval
l'archevêque fut dirigé dans la nuit vers Min-
den, en Westphalie. Interné dans la forteresse,
il lui fut interdit de correspondre avec son
clergé et ses fidèles.

Les mesures avaient été si bien prises, que
nul ne se douta à Cologne de l'enlèvement du
prélat. L'événement ne fut connu que le lendemain, par une proclamation signée de trois
ministres et affichée sur les murs de la ville.
On y accusait l'archevêque « d'avoir méconnu
l'autorité royale et porté le trouble là où régnait
le plus bel ordre ».

Le clergé allemand, y compris l'épiscopat,
était déjà alors, dans son ensemble, tellement

imbu de la doctrine Joséphiste, sur la suprématie de l'Etat, que nul ne songea à protester. Les chanoines de la cathédrale s'inclinèrent devant le fait accompli et dès le 21 novembre le chapitre, dans une circulaire au clergé du diocèse, déclarait que l'archevêque avait été éloigné pour raisons très graves « *gravissimis ex causis.* » Les évêques se turent également : on eût dit que la hardiesse de leur confrère les effrayait. Ce manque de courage de leur part leur fut vivement reproché plus tard lorsque, sous l'impulsion du libéralisme que provoqua la révolution de 1848, les catholiques tinrent à Wurzbourg un congrès. Le chanoine Lenning, aux applaudissements de l'assemblée, s'écria : « Au moment de l'arrestation de Clément-Auguste de Droste-Vischering, un fait sans précédent se produisit dans l'histoire de l'Eglise : l'épiscopat allemand ne fit rien. »

Il n'en fut pas de même dans la population. Il y eut des émeutes que le gouvernement prussien fit réprimer par la violence. Le sang coula non seulement, à Cologne, mais à Trêves, Munster, etc.

A Rome, le Pape ne prit pas la chose avec autant de calme que les évêques. Dès que Grégoire XVI fut avisé des événements qui s'étaient passés à Cologne, il convoqua un consistoire (10 décembre 1837) et là, en présence de toute la cour pontificale, dans une allocution indignée, blâmant la conduite du gouvernement prussien, il glorifia hautement l'archevêque de Cologne et lui envoya solennellement sa bénédiction et ses encouragements.

Pour donner encore plus de poids et d'éclat à ses paroles Grégoire XVI en fit communiquer le texte au corps diplomatique accrédité auprès de lui, au moyen d'une lettre très solennelle du secrétaire d'Etat, le cardinal Lambruschini.

On relit aujourd'hui avec un sentiment tout particulier cette fière harangue où le Souverain Pontife n'hésitait pas à tenir tête au roi de Prusse et trouvait des accents indignés pour protester « au nom de la liberté ecclésiastique diminuée, de la dignité épiscopale tournée en dérision, de la juridiction canonique usurpée, des droits de l'Eglise foulés aux pieds ». Plusieurs lecteurs estimeront sans doute que ces paroles rencontrent de nos jours leur naturelle application.

Presque en même temps un incident de même nature se produisait à l'autre extrémité

de la Prusse. L'archevêque de Posen, Martin
de Dunin eut des difficultés avec le ministère.
Instruit par l'expérience des ennuis que
pourrait causer une arrestation brutale comme
celle de l'archevêque de Cologne, le gouvernement préféra ruser. *Il invita* l'archevêque à
venir s'expliquer à Berlin, et une fois arrivé
il *l'invita* encore à s'abstenir de revenir à
Posen. Mgr de Dunin passa outre et rentra
dans son diocèse. Il fut condamné à six mois
de prison et interné dans la forteresse de Col-
bert, où à l'expiration de sa peine on le garda
sans autre forme de procès.

Cette fois encore Grégoire XVI ne crut pas
devoir garder le silence. Le 8 juillet 1839, le
Souverain Pontife exalta la conduite du prélat prisonnier et protesta énergiquement contre les atteintes portées aux prérogatives épis-
copales. Pas plus que pour les affaires de
Cologne il ne jugea nécessaire de se renfer-
mer dans des formules vagues et imprécises
et de voiler sa pensée sous la simple affirmation
de principes de morale. Il semble qu'il eût
craint en posant simplement la majeure d'un
syllogisme que les conclusions n'en soient
pas assez facilement déduites, et il nommait

sans hésiter la victime et les persécuteurs.

Pie IX fit de même lorsqu'une quarantaine
d'années plus tard un des successeurs de Mgr
de Dunin, Mgr Ledochowski fut emprisonné
pour avoir enfreint les décrets relatifs à l'emploi de la langue polonaise, et qu'en cette
même année 1874, l'archevêque de Cologne,
Melchers, l'évêque de Trèves et d'autres prélats connurent pour des motifs divers les
rigueurs de la prison prussienne.

Le Pape ne cessa de soutenir son clergé et
ses fidèles par de nombreuses marques d'intérêt. Dès les premiers symptômes de persécution, il s'était adressé directement à l'empereur
Guillaume. « Je parle courageusement, disait
Pie IX en terminant, car la vérité est mon
bouclier ; j'accomplis jusqu'au bout un de mes
devoirs qui m'oblige à dire la vérité à tous
(7 Août 1873). » Les allocutions, les encycliques se succédèrent parfois violentes. Rien ne
devait arrêter les protestations du Pontife
contre les violations du droit.

L'Allemagne était alors en pleine persécution religieuse. Elle commençait à s'imaginer
dans son orgueil qu'en elle résidait toute science
et civilisation. Déjà s'affirmaient ses préten-

tions de faire triompher celle que ses dirigeants forgeaient à leur image la *Kultur*. Pour commencer elle voulait l'imposer aux dissidents de son empire, à ces catholiques qui étaient alors chez elle comme les représentants de cet idéal du droit qui ne cède pas devant la force. Aussi la première phase de cette lutte fut-elle comme magnifiée par eux par le nom de *Kulturkampf* « la lutte pour la civilisation » comme l'on traduisait alors, car on n'avait pas encore compris l'abîme qu'il y a entre la civilisation et la *Kultur* (1). On devait cependant déjà se rendre compte que mettant *Deutschland über alles,* ils ne pouvaient admettre rien, aucun pouvoir, fut-il spirituel, au-dessus, ni même à côté d'eux. Leur plus grand triomphe est de plier et d'asservir toutes les forces morales, et par conséquent le catholicisme. Ils ont déjà domestiqué la plus grande partie de ses représentants dans leur empire, ainsi qu'on a

(1) Ce fut dans la séance de 17 janvier 1873, que le célèbre savant Virchow s'écria dans un dicours que « l'on inaugurait un grand *Kulturkampf* pour l'émancipation de l'État. » Le mot fit fortune. C'est le même esprit qui anime actuellement les intellectuels allemands signataires du fameux manifeste des 93.

pu le voir dans l'étude précédente. Aussi ils s'étonnent que tous ne se courbent pas devant eux. Un évêque qui ne soit pas à plat ventre devant eux, qui parle au nom du droit, de la justice, de la liberté, cela leur paraît inadmissible, c'est un gêneur qu'il faut mettre à l'ombre.

Mais à défaut de toute autre voix, celle de la conscience universelle a stigmatisé l'arrestation du Cardinal Mercier.

APPENDICES

Le Manifeste des 93 et les catholiques allemands

On a vu quelle est l'attitude du clergé et des hommes politiques du centre allemand au cours de la guerre actuelle. Il convient pour être complet, de dire un mot des professeurs catholiques des Universités qui se montrent parmi les plus fougueux pangermanistes. On retrouve la signature d'un certain nombre d'entre eux au bas du fameux manifeste des intellectuels allemands. Nous n'avons pas à juger ici cette pièce étrange, qui est bien le document le moins scientifique et le plus dépourvu de sens critique qu'on puisse imaginer. Aussi lorsqu'en lisant les signatures on rencontre le nom d'un homme que grâce à ses travaux on était habitué à estimer comme

savant, éprouve-t-on une désillusion. Ce sentiment est particulièrement marqué lorsqu'il
s'agit d'un homme que ses études ont amené
à s'occuper de spéculations philosophiques,
juridiques ou religieuses, car alors sa chute
morale n'en paraît que plus profonde. Il semble que c'est la négation de tout son enseignement, de toutes ses doctrines et idées qu'il
a contresigné là d'un cœur léger.

Tel est le cas pour les professeurs catholiques des Universités allemandes qui n'ont pas
hésité à joindre leurs noms à côté de ceux de
Lasson, d'Ostwald et de Lamprecht. Il y a
quelque chose de pénible de voir à la suite de
leurs noms la mention de professeur de *morale*
(Joseph Mausbach — univ. de Munster), de
dogme (Gérard Esser — univ. de Bonn), de
théologie (Antoine Koch — univ. de Tubin-
gen), etc. S'il y a parmi eux quelques savants
de second ordre, il faut reconnaître que quelques-uns d'entre eux, comme Sébastien Merkle, le savant éditeur des *Diaria* du concile de
Trente, ou Albert Ehrhard, un des maîtres de
la littérature byzantine et de la patrologie,
jouissent d'une réputation européenne.

Ce n'est pas d'ailleurs leurs seuls travaux

qui ont fait parler d'eux et l'attitude qu'eurent la plupart de ces signataires au moment des affaires du modernisme, a montré qu'ils avaient plus d'indépendance vis-à-vis des instructions de Rome que vis-à-vis des ordres de Berlin.

Le cas du professeur Ehrhard est celui qui est pour nous le plus attristant. Alsacien d'origine, il a renié les traditions de sa famille et le culte de sa patrie. Professeur errant, il a été tour à tour dans un collège de France et dans les Universités de Fribourg-en-Brisgau, de Vienne, jusqu'à ce qu'il revienne se fixer à Strasbourg lorsque, pour introduire dans le clergé alsacien un état d'esprit essentiellement allemand, l'Empereur y créa une faculté de théologie. Le Pape s'opposa longtemps à cette fondation dirigée contre les grands séminaires de Strasbourg et de Metz et son acquiescement fut considéré comme un succès de la diplomatie allemande.

Lorsqu'en 1907 le décret *Lamentabili* et l'encyclique *Pascendi* eurent condamné le modernisme, on croyait à Rome que cette doctrine n'était professée que dans les pays latins ou anglo-saxons. On dut reconnaître au contraire qu'un grand nombre de professeurs allemands en étaient imbus. L'Encyclique reçut dans les milieux universitaires un accueil plutôt froid : on en retarda la publication. La Bavière, *la catholique* Bavière, lui opposa le *Placet* royal et la ligue de Munster contre l'Index, ayant à sa tête le baron de Hertling, le professeur von Hompel et d'autres catholiques notoires obtint — après un blâme, il est vrai — qu'en ce qui concerne la surveillance et la censure, les institutions existantes soient reconnues comme suffisantes.

De toutes les protestations, celle du professeur Ehrhard se fit remarquer par la violence de ton et le manque de tact. Obligé de se rétracter pour éviter de plus sérieuses condamnations, il n'en fut pas moins rayé de la liste des prélats domestiques de Sa Sainteté et le titre de *Monseigneur* lui fut retiré « vu la gravité du cas et des erreurs commises » (*Osservatore romano*, 18 février 1908).

Le cas de l'abbé Merkle est plus grave encore. Le procès qu'il intenta en février 1908 à l'*Augsburger Postzeitung* a dévoilé l'état d'esprit du jeune clergé « se figurant avoir avalé la vraie science » et batailleur et insup-

portable « troublant l'appétit des vicaires et des
curés par des discussions à table ». (Déposi-
tion du doyen d'Aschaffenburg, Hergenrœther.)

Au cours des débats, on a reproché à M. Merkle d'avoir, dans un discours à Berlin, fait une
sortie contre les séminaires épiscopaux et préconisé le choix des professeurs des facultés
catholiques par l'état seul, sans entente avec
les évêques. « Enfin le curé Braun a déclaré
que M. Merkle exerçait une influence funeste
sur les étudiants en théologie qui fréquentent
son cours et qu'il en faisait des prêtres livrés
au doute, disposés à croire que l'Eglise est
conduite de Rome par une bande d'intri-
gants (1) ».

Que pèsent après ces constatations les protestations de M. Erzberger (*Matin*, 29 décembre 1907), et du Dr Mausbach, d'après lequel
« l'Allemagne catholique n'est guère atteinte
(par le modernisme) ». Le professeur de théologie de Munster a, on le voit, la négation
facile même contre l'évidence, et il était tout

(1) Mgr Delmont. — *Modernisme et modernistes*, page
89. 1 volume, Paris, Lethielleux — ouvrage de polémique souvent violente, mais contenant des documents
intéressants.

désigné pour contresigner les « *Il n'est pas vrai* » du manifeste des 93. *L'ami du Clergé* terminait un de ses articles (23 janvier 1908), par les lignes suivantes qui peuvent nous servir de conclusion.

« La situation en Allemagne est la plus grave qui se puisse imaginer. En aucun pays du monde pareille attitude d'un aussi grand nombre de représentants attitrés de l'enseignement théologique ne serait possible. Comment en sont-ils arrivés là ? Comment n'y pas voir le châtiment de cet orgueil allemand qui jette avec une insolence unique au monde la pierre aux malheurs d'autrui, à l'incapacité politique et sociale de la France, de l'Italie et de l'Espagne ».

L'opinion belge sur les catholiques allemands

On sait qu'une assez grande intimité a toujours régné entre catholiques belges et allemands. Cela se conçoit; aucun souvenir pénible ne venait jusqu'à présent troubler des relations basées sur l'identité des croyances. Aussi l'Université de Louvain était-elle fréquentée par de nombreux ecclésiastiques d'Allemagne, qui ne semblent guère en avoir conservé le souvenir, et d'autre part, surtout lorsque les congrès catholiques se tenaient dans la région du Rhin, les Belges ne manquaient pas d'y assister en assez grand nombre. N'oublions pas non plus que l'Allemagne comptait de nombreuses et d'actives sympathies dans le pays flamand.

Il n'en est que plus intéressant de recueillir les appréciations de nos malheureux voisins, maintenant que la dure leçon des évènements leur a ouvert les yeux. En voici une qui confirme pleinement ce que j'ai écrit plus haut et

dont les conclusions pour si sévères qu'elles
soient, paraîtront cependant justes à tout lecteur impartial.

« Nous avons été dupes de l'extérieur trom-
peur du catholicisme allemand. La preuve en
est dans le fait qu'aucune protestation, émanant
des personnalités qui, aux nombreux Congrès,
ne pouvaient assez nous admirer, ne s'est élevée lorsque les hordes teutones foulaient le sol
de notre patrie.

« Nous, Belges, nous étions un peuple honnête et nous croyions que la morale catholique
se confond avec l'honnêteté et la dignité. Nous
pensions que l'estime réciproque entraîne tout
naturellement le respect et partant l'amitié réciproque. Jamais on n'a pu nous soupçonner
d'hypocrisie; tous nos actes étaient sincères.

« Dans ceci comme dans les autres faits con-
nexes à cette guerre, nous avons été victimes
de notre trop grande confiance. Nous aurions
dû nous rappeller que l'honnêteté est la plus
belle expression de toute conception désinté-
ressée et doit nécessairement provoquer l'envie
de ceux qui ne sentent et ne pensent pas
comme nous.

« Lorsque nous nous sommes aperçus que la
morale catholique n'était pas le pivot des actes
des catholiques allemands, qu'au contraire

leurs actes étaient inspirés par la morale matérialiste sur laquelle on avait étendu une couche de vernis chrétien ; lorsque nous avons pu nous rendre compte dans ces derniers temps que leur prétendu essor honnête, avec lequel ils étonneraient le monde, n'était en réalité qu'une manœuvre secrètement préparée pour réaliser le rêve de l'orgueil allemand, *Deutschland uber alles*, nous aurions dû nous apercevoir que leur catholicisme ne pourrait en aucune façon s'accorder avec le nôtre.

« Ce n'est un secret pour personne que le catholicisme allemand a prêté son concours à la réalisation de ce rêve de grandeur. Il s'est écarté de son but, qui met l'honneur et le devoir au-dessus de la rapacité et de la félonie. Il est tombé au point d'admettre les théories modernes : « La fin justifie les moyens. » Et cependant, la base de la morale catholique est la justice.

« Nous avons pu le constater dès le début de la guerre. Aucune protestation, émanant des catholiques allemands, ne s'est élevée pour flétrir ou désapprouver les agissements allemands vis-à-vis de la Belgique. Qui ne dit mot consent.

« L'Allemagne protestante a cherché et voulu la guerre. En violant la neutralité de la Belgique, elle a souffleté les principes chrétiens des catholiques. Et néanmoins, elle a été pleinement approuvée par les catholiques allemands.

« Il y a même plus : dans un des derniers numéros du *Tijd,* le correspondant allemand de ce journal écrivait :

« On sait aussi à l'étranger que les catho-
« liques allemands ne peuvent être rendus res-
« ponsables de la guerre et de tout ce qui s'y
« rattache. Confiants dans le chancelier de
« l'Empire et dans les hautes autorités, qui en
« savent plus long que le simple citoyen, ils
« admettent que, lors de l'invasion de la Bel-
« gique, le cas de légitime défense était bien
« établi, cas admis par les principes juridiques
« catholiques pour justifier « pareille inva-
« sion ».

« Cette tardive déclaration rendrait tout commentaire superflu si elle ne nous donnait l'occasion de faire deux constatations qui pourraient bien avoir quelque valeur.

« Elle contient un double aveu et cherche à cacher et à escamoter une soumission, une servilité à l'élément protestant.

« Ils ont approuvé le chancelier de l'Empire, sans rechercher le moins du monde s'il disait la vérité. Le fait que le chancelier prétendait en savoir plus long que d'autres n'est pas un motif suffisant pour lui accorder une confiance illimitée.

« Les plus grands et les plus malins peuvent se tromper, surtout là où l'égoïsme et la rapacité sont à l'ordre du jour.

« Les catholiques avaient pour devoir de rechercher si la violation de la Belgique était justifiée ou n'était pas en opposition avec les principes catholiques.

« Le cas de légitime défense n'existe pas, vu que c'est l'Allemagne qui a voulu la guerre. Invoquer ce cas constitue une amère ironie et sert uniquement à cacher un acte malhonnête.

« La violation de la justice est et reste la violation de l'honnêteté, et celui qui agit de la sorte est un malhonnête.

« Von Bethmann l'a reconnu d'ailleurs.

« Les catholiques allemands ont donc admis cette manière de voir, puisqu'ils ont approuvé von Bethmann même lorsque le Pape, leur Chef spirituel, défendait le droit du petit contre l'injustice du puissant.

« Tout cela nous prouve que le catholicisme allemand est serviteur de l'élément protestant, et lorsqu'on nous parlera d'autonomie catholique allemande, nous répondrons par un sourire amer et un haussement d'épaules. Leur duplicité ne mérite que cela. »

Extrait du journal flamand « *De Belgische Standart*, — 21 22 Mars 1915. »
Cfr. *La Croix* du 2 Avril 1915.

TABLE DES MATIÈRES

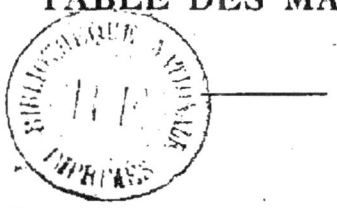

Toulouse - Imp. St. Cyprien

Pages actuelles

n° 35

NOTRE " 75 "

FRANCIS MARRE

Chimiste-expert près la Cour d'Appel de Paris,
Chroniqueur Scientifique du *Correspondant*

NOTRE "75"

BLOUD ET GAY, ÉDITEURS,

7, Place Saint-Sulpice, PARIS.

1915

—

Que faire à l'ambulance de l'École poly-
technique, alors qu'on y subit, dans une
gouttière, une immobilisation prolongée et
rigoureusement horizontale? Évidemment,
feuilleter des manuels d'artillerie, interro-
ger des officiers blessés — camarades d'in-
fortune — et s'efforcer de mieux connaître
notre 75.

C'est l'excuse d'un chimiste qui, pour
occuper sa convalescence, a l'audace de
décrire un canon...

F. M.

Décembre 1914.

NOTRE "75" [1]

En juin 1905, après la visite de Guillaume II à Tanger (31 mars), pendant les inoubliables journées qui ont précédé et suivi la chute de M. Delcassé, l'idée se fit jour dans les esprits qu'une guerre avec l'Allemagne devait désormais être tenue pour possible, sinon pour probable, et qu'en tout état de cause, il fallait en envisager très sérieusement l'hypothèse. Ce fut, chez beaucoup, une stupeur véritable : rien n'avait fait présager une si redoutable éventualité. Depuis longtemps, le Parlement plaçait les préoccupations de la Défense laïque bien avant celles de la Défense nationale ; le parti radical s'enor-

---

[1] La plus grande partie de cette étude a été publiée dans la revue *le Correspondant*.

gueillissait d'avoir triomphé des Congrégations ; les liquidateurs étaient rois ; les
journaux étaient pleins de polémiques pour
ou contre les religieux ou les sœurs ;M. Pel-
letan traitait d'égal à égal et de puissance
à puissance avec MM. les ouvriers syndi-
qués des arsenaux ; le général André orien-
tait de son mieux l'effort pacifique des
officiers vers des questions, qu'il estimait
primordiales, de mutualité et de coopération. La guerre apparaissait comme un
mal lointain, vaguement irréel, et dont
les admirables progrès de la civilisation
moderne avaient définitivement supprimé
le danger, puisque les nations avaient eu
assez de bon sens pour inventer les traités
d'arbitrage.

Pourtant, il fallut bien se rendre à l'évidence et se résoudre à apercevoir la dure
réalité. Des hommes clairvoyants entre-
prirent d'éclairer l'opinion publique trop
longtemps aveuglée et de lui montrer les
périls dont ils connaissaient l'imminence.
Ils y parvinrent, non sans peine, après
avoir beaucoup lutté et, lentement, la

mentalité de nos compatriotes se trans-
forma. La conviction s'établit que, au
contraire de ce qu'on avait cru, il était
raisonnable de s'attendre à voir surgir
quelque jour un différend franco-allemand
auquel des discours ou des notes diplomatiques seraient impuissants à fournir
une solution acceptable.

*
* *

Donc, il y a quelques années, personne
n'ignorait chez nous qu'à coup sûr la paix
ne durerait pas toujours, et c'est la raison
principale pour laquelle furent suivis avec
une attention inquiète les tragiques événements qui se sont déroulés dans les
Balkans. Si on avait, au cours de l'année
1913, interrogé une centaine de personnes
choisies au hasard dans toutes les classes
de la société et si on leur avait demandé
ce qu'il fallait, à leur avis, conclure des
cruelles défaites que les Turcs avaient subies, nul doute que toutes les réponses
eussent été concordantes : « Les Turcs

étaient armés de canons Krupp, tandis que les artilleries bulgare, serbe et hellénique possédaient des pièces françaises. Or, les troupes ottomanes ont été battues. Donc l'armement des Balkaniques était nettement supérieur à celui des Ottomans. » Ce syllogisme naïvement formel aurait été, bien entendu, complété par un raisonnement analogique : « Si la guerre éclatait demain, notre artillerie n'aurait aucune peine à écraser celle des Allemands et à nous donner la victoire. »

A n'en pas douter, c'était là une opinion hasardeuse a priori, puisque, entre autres choses, elle oubliait de tenir compte de la façon dont les Turcs avaient utilisé leurs pièces, ainsi que de la différence existant entre les canons « de fabrication française » mis en batterie du côté bulgare, serbe ou grec, et ceux qui étaient « en service dans l'armée française ».

L'optimisme auquel cette opinion populaire a donné naissance était-il bien légitime? En d'autres termes, notre artillerie de campagne possédait-elle vraiment, à la veille de la guerre actuelle, une supériorité démontrée sur celle des Allemands?

La question ainsi posée est complexe, et le difficile problème qu'elle soulève comporte trop d'inconnues pour qu'on puisse lui proposer une brève solution par oui ou par non.

Du reste, quelle que soit la réponse formulée, elle n'a guère qu'un intérêt rétrospectif et surtout qu'un intérêt de pure théorie. Ce qui importe c'est de savoir si, à l'heure présente, après plus de 250 jours de combats, la preuve est réellement faite que notre matériel léger de campagne est supérieur à celui des Allemands.

I

LA VÉRIDIQUE HISTOIRE DU "75"

Dans les derniers mois de 1891, les spécialistes de notre armée estimèrent que le canon de 90, alors en service et qui avait été construit en 1877 sur les plans du colonel de Bange, ne répondait plus aux exigences tactiques du moment. L'adoption des poudres sans fumée venait de transformer les règles du combat d'infanterie en créant ce qu'on a appelé d'un mot expressif « le vide du champ de bataille ». D'autre part, la marine venait d'être pourvue des pièces à tir rapide de Canet et de Hotchkiss. Il apparaissait dès lors comme indispensable de donner aux troupes de terre un canon du même genre, pouvant

jeter rapidement un nombre considérable
de projectiles sur les unités s'avançant en
ordre dispersé et balayer largement le terrain devant lui. Peu après, le colonel Es-
tienne démontra, dans son livre classique
sur *l'Art de conjecturer*, qu'un espace quelconque serait absolument intenable si,
dans les partis en présence, toutes les
armes à feu tiraient au hasard : elles arro-
seraient de projectiles toute l'étendue ex-
posée à leurs feux, sans laisser à aucun
des combattants la chance la plus minime
de ne pas être atteint. Si, au contraire,
leur tir se concentre sur certains points,
il reste des zones indemnes, dont les occupants peuvent avoir la vie sauve. Il fallait
donc donner au Commandement les moyens
de se rapprocher, autant qu'il se peut, des
conditions théoriques de « l'arrosage complet ».

Pour y parvenir, il était nécessaire de
mettre à sa disposition une artillerie tirant
un projectile dont la rupture éparpillerait
en tous sens des balles et des éclats animés d'une vitesse suffisante pour les rendre

sûrement meurtriers; il était indispensable
surtout que cette artillerie pût tirer facilement « en profondeur », afin de battre successivement toutes les zones du champ de
bataille jusqu'à l'extrême limite de la portée utile de ses pièces.

Ni le canon de 90 ni, du reste, aucun
des canons étrangers alors en service ne
permettaient d'obtenir ce résultat. Son
recul exigeait, à chaque coup, une remise
en batterie, pénible et lente ; son pointage
se faisait au levier, suivant une technique
peu favorable à la justesse du tir ; enfin,
son obus donnait, en profondeur, des effets assez médiocres. Avec le 90. on tirait
au polygone de deux à trois coups par
minute et, si le rideau de fumée qui aveu-
glait autrefois les batteries avait été supprimé depuis que les gargousses étaient
chargées de poudre à la nitrocellulose, le
rendement moyen des pièces n'en était pas
moins peu élevé, en raison de la rapidité
insuffisante du tir, qui les empêchait d'atteindre les « buts à éclipse » constitués par
les chaînes de tirailleurs s'avançant par à-

coups et s'élançant par bonds d'abri en abri.

Un premier progrès fut réalisé à Puteaux par la construction du canon Ducros : il avait un calibre de 75 millimètres, une hausse indépendante (1), un affût rigide comportant une bêche de crosse et un ber-

(1) Si on suppose l'affût du canon invariablement fixé à un plan passant par l'objectif, on conçoit qu'il suffit, pour atteindre à coup sûr le but, de pointer en hauteur au moyen d'une hausse facile à manier, et dont les mouvements successifs se traduisent par les déplacements d'une aiguille sur un cadran. Mais ce n'est là qu'une conception théorique. Dans la réalité, le canon repose, par l'intermédiaire de sa plate-forme-support, de ses tourillons et de son affût, sur un sol compressible et déformable ; par suite, il se déplace nécessairement « en hauteur » à chaque coup tiré et la place où se trouve le zéro de son cadran de pointage varie de façon sensible. Dès lors, apparaît l'utilité de la hausse indépendante. Elle consiste essentiellement en un niveau à bulle d'air fixé à la plate-forme-support et dont le pointeur maintient constamment la bulle à sa position initiale. Tout se passe donc exactement comme si la plate-forme-support demeurait dans une position fixe et, pour donner à la pièce les hausses successives que réclament les nécessités du tir, il suffit de manier correctement la manivelle de pointage en hauteur, ce qui peut être fait de façon extrêmement rapide et, pour ainsi dire, automatique.

ceau coulissant sur l'essieu, pour le pointage en direction. Il tirait un projectile de
7 kilogrammes, sortant de la bouche avec
une vitesse de 600 mètres environ. Malheureusement ses réactions étaient violentes ;
il se dépointait souvent et fournissait un
tir d'une rapidité encore insuffisante, puisqu'elle ne dépassait pas 5 à 6 coups par
minute.

Vers la même époque, les ateliers de
Bourges fabriquèrent de leur côté un canon
avec frein, mais à recul bref, assez analogue au 120 court du modèle 1890. La
culasse de cette pièce, comme celle de la
pièce de Ducros, d'ailleurs, se manœuvrait
en deux temps, ce qui n'était pas pour diminuer la durée du chargement.

Le canon de Puteaux et le canon de
Bourges avaient tous deux des mérites
réels, qui faillirent un moment les faire
adopter l'un et l'autre, ce qui nous aurait
dotés d'un matériel à tir accéléré, mais
nullement d'un matériel à tir vraiment rapide (1). Aussi ne saurait-on être trop

(1) Il est curieux de remarquer que l'idée même

reconnaissant au commandant Deport, qui dirigeait alors les ateliers de construction de Puteaux, de la belle ténacité avec laquelle il poursuivit la création d'un canon répondant de façon plus complète aux desiderata de l'armée.

Il commença par fixer son choix sur un système de fermeture de culasse qui avait été étudié à Rive-de-Gier en 1870 et qui permettait de commander l'ouverture de la pièce par un seul mouvement de rotation à faible amplitude. Il adopta (1) une car-

dont procède l'adoption dans les armées modernes d'une artillerie à tir rapide est infiniment plus ancienne qu'on se le figure en général. C'est ainsi que Frédéric II, roi de Prusse, avait fait construire et avait mis en service un canon capable de tirer 11 à 12 coups par minute ; en 1766, l'armée saxonne adopta un matériel qui tirait de 14 à 16 coups par minute. Mais il ne s'agissait alors que de pièces ayant un faible calibre, et, pendant deux siècles, on sacrifia délibérément la rapidité du tir à l'accroissement du calibre, en se contentant d'une vitesse moyenne de 2 coups à la minute.

(1) Par lettre officielle en date du 10 mai 1892, le commandant Deport fit connaître au ministre de la Guerre les détails de construction ainsi que les plans du canon qu'il avait conçu et qui permettait « de réaliser un tir rapide, sans recul ni dépointage ».

touche métallique réunissant le projectile, la poudre et l'amorce, ce qui réduisit à une seule les manœuvres multiples du chargement. Il ajouta à la culasse un éjecteur faisant disparaître automatiquement la douille vide après chaque coup tiré. Quant à l'immobilité de la pièce, qui supprime la remise en batterie et procure, avec la sûreté des résultats, la rapidité du tir, il était évident qu'elle ne pouvait être obtenue pratiquement qu'en faisant reposer le canon sur un berceau susceptible de coulisser sur l'affût sous l'influence du recul, et dont le brusque mouvement en arrière serait graduellement ralenti par un frein élastique qui le ferait arriver à fin de course avec une vitesse nulle, puis le ramènerait sans heurt à sa position initiale. Si ce frein est constitué par un ressort à la fois puissant et brutal, le recul est court ; mais la pièce se redresse, en prenant appui sur la bêche de crosse : elle « se cabre », disent les artilleurs. Le problème fut résolu de façon élégante par la combinaison de tout un ensemble de moyens mécaniques et, notamment, par l'adjonction au berceau d'un frein hydraulique, complété par un récupérateur à air comprimé. Enfin, les manœuvres de pointage en hauteur et en direction devinrent simples, précises et faciles à la fois, grâce à une hausse indépendante procédant de celle du canon Ducros.

Dans la pièce ainsi conçue (1), la mise en batterie est définitive dès le second coup tiré ; c'est-à-dire aussitôt que la bêche de crosse est complètement enfoncée dans le sol : le frein à eau et à glycérine (2) (frein hydropneumatique) ramène doucement en position la pièce qui a reculé sur son berceau au moment du départ du coup, et cela sans qu'elle se dépointe sensiblement. Du reste, les dispositifs de hausse indépendante rendent aisées et très promptes les minimes corrections qui peuvent être

(1) Le canon construit par le commandant Deport fut présenté pour la première fois à la Commission d'expériences de Bourges en 1894, et adopté par cette Commission, à la suite d'essais concluants.

(2) Contrairement à ce qui a été souvent écrit, le frein hydropneumatique a pour principe l'incompressibilité de l'eau : la glycérine n'est ajoutée au liquide que pour en abaisser la température de congélation.

nécessaires. Un ingénieux artifice de construction permet de disperser successivement les coups d'une même pièce sur une
largeur donnée, de manière à réaliser,
quand on le veut, des tirs fauchants, avec
autant de facilité et d'exactitude que des
tirs progressifs.

La stabilité est si grande que deux servants sont assis sur des sellettes fixées à
l'affût même, abrités derrière d'épais boucliers d'acier que la balle du fusil d'infanterie ne pénètre pas à la distance de
150 mètres. Quant à la rapidité du tir,
elle n'est limitée que par celle du chargement et atteint 20 à 21 coups par minute,
au polygone, aussi bien qu'aux écoles à
feu ou en campagne. Notre canon de campagne actuel — notre 75 — tire donc aussi
vite que peut le faire un fusil à répétition.

Quand le commandant Deport eut pris
sa retraite, avec le grade de lieutenant-
colonel, la mise au point et la fabrication
« en grand » de son canon furent continuées
par son collaborateur, le capitaine Sainte-

Claire-Deville, maintenant général de brigade, puis par le capitaine Rimailho, aujourd'hui en retraite et lieutenant-colonel de réserve, en service au front. Ceux-ci ont combiné le caisson-armoire à renversement et imaginé le débouchoir, grâce auquel on peut, sans nuire le moins du monde à la rapidité du tir, ouvrir instantanément les évents des fusées qui arment les projectiles : on provoque ainsi l'éclatement des shrapnells à la hauteur et à la distance que l'on désire.

Bien qu'il ait aujourd'hui dix-huit ans déjà, ce qui est presque l'âge de vieillesse pour un canon, notre 75 n'est encore dépassé par aucune pièce d'artillerie des armées étrangères, et, cependant, il a inspiré la plupart des constructeurs, dans les divers ateliers militaires du monde.

*
* *

Il est vrai que les ingénieurs d'artillerie qui l'ont contrefait n'ont pas toujours été très clairvoyants. Ce fut, notamment le

cas pour les Allemands, et il est bien permis, à l'heure actuelle, de raconter le tour
excellent qui leur fut joué dans le courant
des années 1893 et 1894.

Le ministre de la Guerre était alors le
général Mercier, et le directeur de l'artillerie au Ministère, le général Deloye,
homme d'une haute intelligence, qui fut
d'ailleurs, vers la fin de sa carrière, l'une
des innombrables victimes de notre politique intérieure. Il suivait avec la plus
grande attention les travaux poursuivis à
Puteaux par son subordonné et ami, le
commandant Deport. Persuadé que celui-
ci avait combiné une arme de tout premier
ordre, capable de donner à la France une
énorme supériorité militaire, il ne cessait
de lui prodiguer les encouragements et de
le soutenir de tout son pouvoir.

Il y avait à la même époque, à l'ambassade allemande, un attaché militaire qui
s'appelait le colonel von Schwarzkoppen
et dont le nom a été souvent prononcé au
sujet de l'affaire Dreyfus. Rien ne s'oppose

maintenant à ce qu'on dise de ce diplomate
qu'il était le chef occulte d'une redoutable
organisation d'espionnage et qu'il ne re-
culait devant l'emploi d'aucun procédé
pour accomplir la besogne dont ses chefs
l'avaient chargé. Apprenant qu'un des
contremaîtres de Puteaux, dont le nom
n'a pas besoin d'être cité, était écrasé sous
le poids de dettes criardes et cherchait
partout de l'argent pour désintéresser ses
créanciers, il lui fit offrir par un intermédiaire une somme relativement importante,
en échange de quelques complaisances et
de quelques renseignements. Le contremaître hésita d'abord, se fit longtemps
prier, puis finit par accepter ; il livra quelques dessins du canon que l'on étudiait et
à la fabrication duquel il collaborait ; puis
il avoua des pertes aux courses et de nouveaux besoins d'argent, ce qui lui valut de
nouveaux subsides, en échange de quelques
pièces détachées. M. von Schwarzkoppen
exultait, d'autant plus que, pratiquant à
merveille le système des recoupages, il
s'était procuré par une voie différente des

précisions confirmant pleinement celles que
lui avait fournies le contremaître.

Il faut, d'ailleurs, se hâter de dire que,
d'un côté comme de l'autre, il était également trompé. Le maître ouvrier de Puteaux
n'était pas le moins du monde besogneux :
c'était un excellent Français, qui « trahissait » par ordre et qui, par ordre également, remettait à l'attaché militaire
d'Allemagne des documents tout à fait
authentiques, mais fantaisistes néanmoins,
puisqu'ils se rapportaient au canon Ducros, et point du tout au canon Deport.

Le général Deloye, qui avait ourdi cette
amusante machination, fit mieux encore.

Il provoqua des « fuites », des mala-
dresses, des indiscrétions, autorisa la présentation à des officiers étrangers du canon
Ducros, fit tirer cette pièce sur plusieurs
polygones d'expériences dont l'accès fut
mal interdit aux curieux et fit si bien que,
dans le grand état-major de Berlin, la conviction fut établie que la France allait
adopter un canon « à tir accéléré », alors

qu'en réalité on construisait à Puteaux un canon « à tir rapide ».

Dans les premières semaines de 1896, une vingtaine de colonels d'artillerie furent convoqués à assister à une école à feu où on tira devant eux le nouveau canon — le canon Ducros, bien entendu. Mais sur les cinq pièces qui furent expédiées, par chemin de fer, de Puteaux au polygone choisi pour les essais, une se perdit en route, avec un caisson rempli d'obus chargés. On fit le silence sur cet incident grave d'un wagon plombé qui avait pris une fausse direction et, si on en parla à mots couverts dans certains milieux bien informés, un démenti officiel fut lancé de façon si nette, qu'il ne subsista rien de l'histoire. Elle fut étouffée en quelques jours. Inutile de dire que la pièce disparue avait pris le chemin de la frontière. Quant aux tirs d'essai, ils furent concluants : le canon Ducros réalisait un tel progrès sur le 90 que les hommes les plus compétents n'élevèrent aucune critique sur sa valeur.

*
* *

Amplement informée, l'artillerie allemande se hâta d'adopter son matériel de
1896, qui est du calibre de 77 millimètres
et permettait un tir plus accéléré que celui
du canon Ducros. La fabrication s'en poursuivit avec une hâte fébrile et, vers la fin
de 1896, la pièce avait été mise en service
dans la plupart des régiments actifs. A ce
moment, l'artillerie française fut dotée de
son « 75 » actuel, que le général Deloye
avait fait construire en secret, tandis qu'il
laissait croire à tout le monde, même au
rapporteur du budget de la guerre, la
prochaine apparition d'un canon du type
Ducros amélioré.

On s'émut grandement en Allemagne où,
toutefois, on eut trop d'orgueil pour sup-
poser que Seiner Hochwhlgeboren Herr
Oberst Graf von Schwarzkoppen pouvait
avoir joué un rôle de dupe. Les experts
militaires les plus qualifiés dictèrent à la
presse des articles documentés pour dé-

montrer à l'opinion germanique que le
nouveau canon français était d'une fragi-
lité si grande qu'il n'avait aucune des qualités requises d'une pièce de campagne.
Chez nous, on laissa dire, et même on
donna le plus de publicité possible à des
incidents de tir sans importance.

Toutefois, les artilleurs allemands fini-
rent par comprendre la faute énorme qu'ils
avaient commise; mais ils ne pouvaient
avouer à l'empereur leur opinion de l'heure
présente, qui était la condamnation de leur
opinion passée. Ils transigèrent donc avec
leur conscience de soldats en proposant,
d'accord avec les maisons Krupp et Ehr-
hardt, une transformation de leur matériel
de 1896 en un canon à long recul sur
l'affût et à boucliers. La proposition fut
acceptée et mise à l'étude : elle eut pour
résultat le canon de campagne actuel, qui
est du type officiel N. A. (*Neuer Art*, nouveau modèle). Il est muni d'un frein hydraulique et d'un récupérateur à ressort qui
assure la remise en batterie d'une façon
beaucoup plus dure que ne le fait notre

frein à glycérine complété par un récupérateur à air comprimé. Il ne comporte pas
de dispositif permettant d'exécuter des tirs
fauchants et n'a pas de hausse indépendante, ce qui accroît considérablement la
durée du pointage, surtout dans les tirs
progressifs. Il est sujet à des pivotements,
autour de la bêche de crosse, qui se pro-
duisent sous l'influence du recul, en raison
du mode de pointage en direction adopté,
et qui provoquent souvent des dépointages
latéraux. Enfin, il a une puissance balis-
tique inférieure à celle de notre 75, et un
tir beaucoup moins rapide, qui ne dépasse
guère 12 coups à la minute. C'est un bon
canon à tir accéléré, mais un mauvais
canon à tir rapide.

II

LE CANON, SON AFFUT ET SON CAISSON.

Le canon français de campagne du modèle 1897 a un calibre de 75 millimètres et une longueur de 2 m. 475, ce qui équivaut à 33 calibres. Il est essentiellement constitué par un tube en acier, portant à l'intérieur des rayures cunéiformes qui impriment au projectile un mouvement de rotation sur lui-même et le font, en quelque sorte, « se visser » dans l'atmosphère au moment du départ du coup. Ce tube est extérieurement renforcé par une longue frette, le manchon, serré à froid (1) de façon à faire corps avec lui.

(1) Ce mode de serrage du manchon met le métal

Le canon.

L'âme, c'est-à-dire la partie arrière du
tube du canon, par laquelle s'effectue le
chargement et qui reçoit la gargousse, est
munie d'une vis-culasse comportant un dispositif de fermeture qui appartient au système « à vis excentrée » ; son axe est, en
effet, placé un peu au-dessous de celui du
canon. Dans l'une des positions qu'elle
peut prendre, la culasse présente une échancrure circulaire qui est alors disposée dans
le prolongement précis de l'ouverture de
l'âme : l'introduction de la gargousse ayant
été faite à travers cette échancrure, une
rotation d'un demi-tour imprimée à la manivelle de culasse déplace l'échancrure et
lui substitue une partie pleine, ce qui
assure l'obturation. La fermeture et l'ou-

du tube à l'abri des modifications de structure molé-
culaire que produisait nécessairement l'ancien fret-
tage à chaud, et qui avaient souvent pour conséquence
de diminuer la résistance de la pièce, en abrégeant
sa durée de service.

verture du canon s'effectuent donc en un seul mouvement, par suite avec une rapidité très grande.

La gargousse étant en place, le départ du coup est assuré par un mécanisme très simple : un *marteau* muni d'un ressort et actionné par le cordon tire-feu frappe sur le *percuteur*, qui est une tige d'acier traversant toute l'épaisseur de la vis-culasse : cette tige vient heurter la partie de la douille qui contient l'amorce, dont la déflagration enflamme la charge de poudre.

A la vis-culasse est adjoint un *éjecteur* qui extrait automatiquement la douille tirée et la rejette en arrière, quand on ouvre la pièce. Des organes de fixation et de sûreté maintiennent la culasse close et empêchent le percuteur de fonctionner d'une manière intempestive.

* * *

Les organes de visée.

Pour que le projectile atteigne le but, il faut que deux conditions essentielles soient

remplies : d'abord que la pièce soit conve-
nablement pointée en direction, ensuite
que son pointage en hauteur soit exact. La
première condition est évidente ; la seconde
ne l'est pas moins si on considère que, la
trajectoire (1) de l'obus affectant la forme
d'une ligne courbe, la pièce doit être plus
ou moins inclinée sur l'horizontale, selon
que la distance de tir (2) est plus ou moins
considérable.

Pour que la pièce soit exactement pointée
en direction, il faut et il suffit que le tireur
aperçoive, sur une même ligne droite,
l'œilleton, le *guidon* et le point visé pour
amener ces trois points à être dans le prolongement exact l'un de l'autre ; on modifie
la position du canon en se fondant sur les
indications que donne *l'appareil de poin-*

(1) La *trajectoire* est la ligne idéale que décrit le
projectile dans l'air : elle prolonge l'axe du canon et
aboutit *au point de chute,* c'est-à-dire au point où la
trajectoire rencontre le sol.

(2) *La distance de tir* est la distance du canon au but
sur lequel on tire ; en d'autres termes, elle est me-
surée par la droite qui est la bouche du canon au
point de chute du projectile.

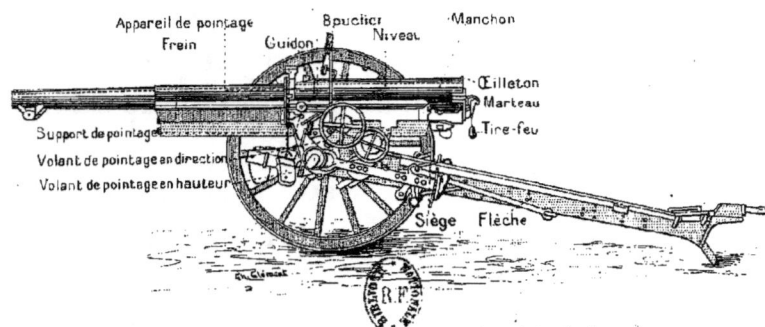

Tambour des déruses

Appareil de pointage
Frein

Bouclier
Guidon

Niveau

Manchon

Œilleton
Marteau

Tire-feu

Support de pointage

Volant de pointage en direction

Volant de pointage en hauteur

Siège   Flèche

FIG. 1. — Le canon de 75 ; la roue gauche a été enlevée.

tage. Pour cela, le canon étant en batterie (1), et les roues reposant sur leurs
patins afin de rendre la pièce immobile,
on déplace la crosse de l'affût, de manière
à ce que le pointeur aperçoive exactement
le guidon d'abord, le but visé ensuite, à
travers l'œilleton. On obtient ainsi ce qu'on
pourrait appeler un pointage sommaire,
qui est « perfectionné » et rendu tout à fait
exact en faisant varier la position du canon
sur l'affût rendu immobile. *Le volant de
pointage en direction* permet d'obtenir
sans peine ce déplacement, ce coulisse-
ment latéral du canon sur l'essieu.

Dans le 75, les organes permettant d'effectuer le pointage en hauteur sont complètement indépendants du canon proprement dit et fixés directement sur l'affût ; il
s'ensuit qu'ils peuvent être manœuvrés par
les servants sans que ceux-ci soient en
rien gênés par le recul. On conçoit combien
un semblable système de *hausse indépen-*

---

(1) Un canon est dit « en batterie », quand, sa
crosse reposant à terre, il est dans la direction du
but à battre.

dante contribue à accroître la précision et
la rapidité du tir.

Pour atteindre un but donné, sur lequel
elle est exactement braquée « en direction », une pièce doit prendre une inclinaison telle que son axe fasse, avec le sol,
un angle déterminé qui doit être pratiquement considéré comme la somme de deux
angles (1), pour ainsi dire accolés l'un à
l'autre : le premier, *angle de tir*, est calculé
une fois pour toutes, et donné, pour chaque
distance de tir, par des tables spécialement établies pour chaque canon, tandis
que *l'angle de site* est indiqué, pour chaque
pointage, par le commandant de batterie
qui le détermine aisément à la suite d'une
observation effectuée au moyen du *sitogo-
niomètre*,

Le canon repose, par l'intermédiaire de
son corps de frein, sur les tourillons en

---

(1) *L'angle de tir* est formé par l'intersection de deux
droites, l'une prolongeant l'axe du canon, l'autre joi-
gnant le canon au but. *L'angle de site* est formé par
l'intersection de l'horizontale avec la droite qui joint
le canon au but.

avant et, en arrière, sur un bâti qui porte
le nom de *berceau*, auquel il est relié par un
mécanisme qu'actionne le *volant de pointage en hauteur*, disposé le long du flasque
gauche de l'affût. Sur le berceau, est
monté un niveau à bulle d'air comportant
une graduation qui permet d'en apprécier
d'un coup d'œil l'inclinaison sur l'horizontale. Pour donner au berceau, et par suite
au canon, un angle de site déterminé, il
suffit de mouvoir le volant de pointage en
hauteur, en se guidant sur les indications
fournies par le niveau. Cet angle une fois
donné, et le volant de pointage étant immobilisé, il reste à « ajouter » l'angle de
tir, ce qui se fait en imprimant à la pièce
une inclinaison « supplémentaire » au
moyen du *volant de hausse* qui, lui, est
appliqué le long du flasque droit de l'affût.
Grâce à cette ingénieuse disposition, le
pointage en hauteur peut être fait *en même
temps* par deux servants, et cela sans
qu'aucun d'eux ait à se préoccuper du recul du canon : les deux organes qui l'as-
surent sont en effet fixés l'un au berceau,

l'autre à l'affût, c'est-à-dire à deux parties de la pièce qui restent immobiles pendant le tir.

* *

L'affût.

L'affût sur lequel repose le 75 présente trois caractéristiques principales : il peut être rigoureusement immobilisé pendant le tir ; il permet au canon de subir des déplacements latéraux sur l'affût ; enfin, il est construit de telle sorte que le pointage peut être effectué pendant le recul même du canon.

Quand la pièce est amenée à l'emplacement où le commandement de batterie estime qu'un tir doit avoir lieu, les roues sont d'abord immobilisées ; pour cela, on les fait monter sur deux *patins* métalliques fixés à l'extrémité de montants reliés par une traverse : c'est l'opération de l'*abatage*. D'autre part, l'affût porte à son extrémité libre une pièce d'acier en forme de soc de charrue, la *bêche de crosse*, que

le recul du premier coup enfonce solidement dans le sol. La pièce est alors *assise*
et l'affût demeure parfaitement immobile
pendant la durée du tir. Aucune remise en
place n'est donc plus nécessaire, et le
pointage en direction reste invariable, ce
qui a pour conséquence logique d'éviter
toute perte de temps.

D'autre part, ainsi qu'il a été dit à propos du dispositif permettant de pointer
très exactement en direction la pièce une
fois assise, l'essieu porte, dans sa partie
médiane, un filetage auquel correspond
un écrou solidaire de l'affût et actionné
par le volant de pointage en direction. En
faisant mouvoir ce volant, on déplace laté-
ralement l'affût et le canon qui coulissent
sur l'essieu resté immobile. On arrive aussi
à disperser, à « étaler en largeur » les
coups successivement tirés par une même
pièce, de façon à réaliser le *fauchage*, par
lequel un but en largeur est rapidement
battu dans toutes ses parties.

Enfin, c'est à l'affût et non au canon
que sont reliés les organes de pointage.

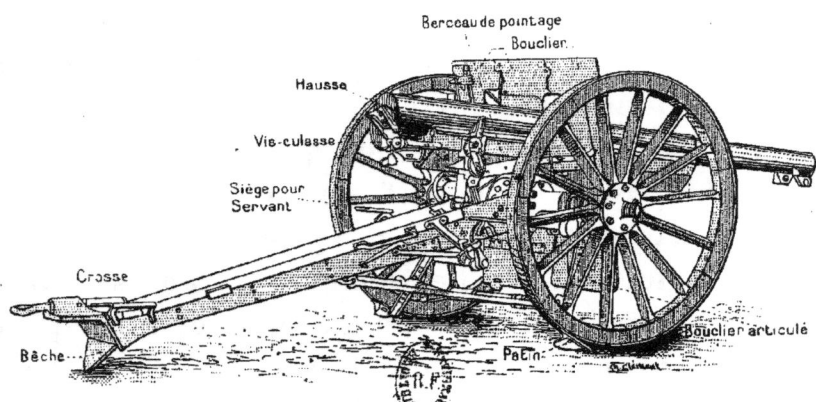

Berceau de pointage
Bouclier

Hausse

Vis-culasse

Siège pour
Servant

Crosse

Bêche

Patin

Bouclier articulé

FIG. 2. — Le canon de 75, vu par l'arrière et à droite.

Sur deux sellettes attachées l'une au flasque droit, l'autre au flasque gauche, sont
assis deux servants, le tireur et le pointeur; le premier donne la hausse, ouvre
la culasse, la ferme et met le feu, tandis
que de l'autre côté, à droite, son cama-
rade exécute les diverses manœuvres du
pointage proprement dit. Entre eux, le
canon porté par son berceau, recule à
chaque coup tiré pour être immédiatement
ramené en position par l'effet du frein dont
il est muni. Ce formidable mouvement de
va-et-vient ne nuit, par conséquent, en rien
aux opérations préparatoires du tir.

Le tireur et le pointeur restent donc,
pendant toute la durée du tir, assis sur
l'affût et le recul ne les oblige pas à s'écar-
ter de la pièce qui n'a pas besoin d'être
remise en batterie après le départ du
coup : il en résulte qu'il est possible de les
abriter contre le feu de l'ennemi au moyen
d'un bouclier-protecteur. Celui-ci est en
acier chromé, à l'épreuve du projectile
d'infanterie, et à plus forte raison de la

balle de shrapnell : il abrite de façon très
efficace contre les éclats d'obus, à la seule
condition que ceux-ci n'aient pas un volume trop considérable.

*
* *

Le frein.

Le frein, qui est à coup sûr l'organe le
plus mystérieux de notre 75 et dont le
mécanisme a été pendant de longues années tenu rigoureusement secret, pourrait
très probablement être décrit sans inconvénient pratique, puisque les hasards des
combats ont fait tomber entre les mains
des Allemands un certain nombre de nos
pièces de campagne. Mais, si les ingénieurs de l'armée ennemie ont pu, tout
à loisir, examiner et étudier le frein de
notre 75, il n'est pas bien sûr qu'ils aient
pu le remonter et le régler de façon
parfaite : un certain nombre de tours de
mains spéciaux leur seront toujours in-
connus.

Aussi convient-il, par prudence, de ne
pas pécher par excès de précision, et de se
borner à donner une description pour ainsi
dire schématique.

Ce frein, qui assure à notre canon une
très grande supériorité sur le canon simi-
laire des Allemands, remplit une double
fonction ; il limite le recul en le ralentis-
sant de façon progressive, puis il assure la
remise automatique en batterie.

La pièce étant complètement immobili-
sée par ses patins de roue et par sa bêche
de crosse enfoncée dans le sol, il faut de
toute nécessité, qu'au moment du départ
du coup, le canon puisse reculer seul. La
solution simple du problème consiste évidemment à le munir de glissières fixées à
l'affût et sur lesquelles il peut se déplacer
d'avant en arrière, tandis que son mouvement est freiné par un intermédiaire à la
fois puissant et élastique.

Mais pour que l'affût reste immobile et
ne se « cabre » pas en se soulevant autour de sa bêche de crosse, il faut que

l'effort de traction exercé par lui sur son
ressort n'ait, à aucun moment, une puissance supérieure à la résistance du terrain
dans lequel est enfoncée la bêche de crosse,
à l'effort vertical correspondant à l'action
de la pesanteur. On y parvient par l'emploi de trois artifices : en donnant à la
bêche une surface verticale suffisamment
étendue, en employant un affût relativement très bas et comportant une flèche
suffisamment longue, enfin en laissant le
recul se prolonger sur une course suffisamment étendue. Cette course est de
1 m. 20 dans notre 75, qui possède un affût
dont la longueur de flasques — la flèche —
n'a rien d'exagéré et rien qui nuise à sa
facilité d'évolution dans les courbes à faible rayon.

Le frein affecte la forme d'un prisme
qui est fixé à l'affût par le moyen de tourillons (T) ; une ingénieuse combinaison de
glissières et de galets de roulement (G)
permet au canon de cheminer facilement
sur lui pendant le recul : ces galets sont

disposés en trois parties de la longueur,
notamment à l'extrémité de la volée, près

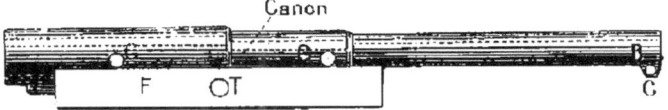

Fɪɢ. 3. — Le canon de 75 et son frein.

de la bouche, en sorte que le canon reste
toujours « en prise » même quand, à la fin
de sa course, le recul l'a porté suffisamment

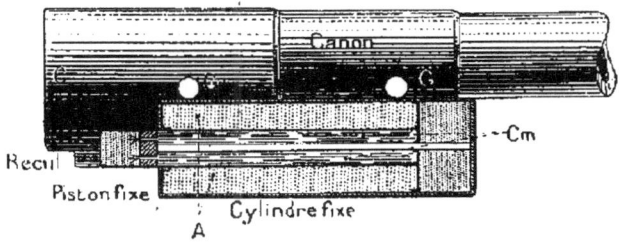

Fɪɢ. 4. — Coupe schématique du frein hydropneumatique
du canon de 75.

en arrière pour qu'il se trouve en porte-à-
faux.

Deux parties, l'une mobile, l'autre fixe,
constituent essentiellement le frein : un
cylindre (Cm) contenant un liquide incom-

pressible rattaché au canon, et faisant pour
ainsi dire corps avec lui ; il contient un
piston muni d'une tige creuse solidaire
d'un second cylindre rattaché à l'affût, et
par conséquent immobile. Quand le coup
part, le canon rejeté en arrière, entraîne
le cylindre (Cm) et le liquide que celui-ci
contient se trouve comprimé : il s'échappe
par des orifices ménagés à l'intérieur de la
tige creuse du piston, puis soulève une
soupape, par l'orifice de laquelle il se ré-
pand à l'intérieur du cylindre fixe ; il y re-
foule une paroi élastique qui comprime
l'air contenu, en arrière, dans un espace
clos. Cet air tend à reprendre son volume
primitif, par conséquent à repousser le
liquide et, par lui, à agir sur le fond du
cylindre mobile dont il limite la course.
Bien entendu, un dispositif avertisseur
indique le moment où, le liquide du frein
venant à diminuer de quantité par suite
du fonctionnement même de l'appareil et
des inévitables déperditions qui l'accompagnent, il devient nécessaire de « re-
charger » le frein, ce qui se fait très aisé-

ment au moyen de la pompe spéciale de batterie.

En somme, dans le frein ainsi combiné, le liquide joue le rôle d'un amortisseur incompressible, et l'air que le recul comprime, celui d'un ressort à la fois très puissant et très doux.

*
* *

Le caisson.

Ce qu'on appelle, en terme d'artillerie, *une pièce*, se compose d'un canon, d'un caisson et du personnel de service nécessaire, soit six servants (1), et un sous-officier chef de service. La pièce se complète dans la batterie, par les avant-trains et les caissons de réserve qui ne restent pas sur la ligne de feu.

(1) Deux *pourvoyeurs*, un *déboucheur*, un *pointeur*, un *chargeur*, un *tireur* : les trois premiers servants sont les servants du caisson, les trois derniers sont les servants du canon.

Le caisson est formé de l'assemblage de
deux compartiments dans lesquels sont
rangées les cartouches et qui sont situés
de part et d'autre du coffre à avoine et du
débouchoir. La flèche qui permet d'atteler
le caisson à son avant-train est munie, à
sa partie arrière, d'une articulation grâce
à laquelle elle peut être repliée en avant,
tandis que le caisson bascule en arrière
pour se présenter sous l'aspect d'une
sorte d'armoire à deux battants dont les
portes en tôle jouent le rôle de bouclier.
Les servants se placent à genoux derrière
ces boucliers et n'ont plus qu'à retirer une
à une les cartouches de leurs alvéoles.

*
* *

Le débouchoir.

Le débouchoir, qui est un des organes
les plus caractéristiques de notre 75, est
un appareil qui sert à déboucher l'évent
de la fusée du projectile, c'est-à-dire à
percer cette fusée en un point convenable-

ment choisi pour que le projectile éclate dans l'air exactement au point voulu.

Il se compose de deux ogives qui, reproduisent en creux la surface extérieure de

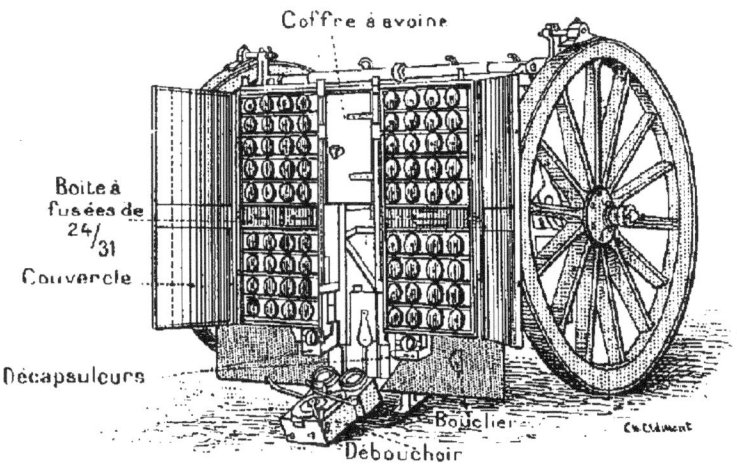

Fig. 5. — Le caisson à renversement du 75, dans sa position au moment du tir. On remarquera en bas la position du débouchoir, prêt à servir.

la pointe de l'obus, et d'une manivelle qui a un double rôle : commander un cadran dont la graduation passe devant un trait de repère, et amener la rotation des deux ogives. Deux poinçons que fait agir un levier percent les fusées au point exact qui

permet d'obtenir l'éclatement à la distance
indiquée par le cadran.

Grâce au débouchoir, l'ouverture des
évents de la fusée qui arme l'obus est faite
avec une rapidité extrême et en même
temps avec une précision absolue.

LES PROJECTILES DU « 75 »

Quelle que soit la perfection mécanique de notre canon de campagne, il faut bien se souvenir qu'il n'est pas, à lui seul, une arme, et que son projectile est avant tout intéressant quand on envisage les choses à un point de vue réellement utilitaire. Si notre 75 s'est révélé, dans toutes les rencontres de la guerre, comme possédant une écrasante supériorité sur le 77 allemand, il est indiscutable que cette supériorité tient à deux causes, d'importances inégales, d'abord la rapidité de tir des pièces, mais surtout la puissance et la parfaite construction des projectiles.

Ces projectiles sont de deux sortes : un

obus explosif (dit : obus à mélinite) et un
obus à balles, ou shrapnell (1).

L'obus explosif, qui est en acier, pèse
5 kgr. 300 ; il est chargé de 830 grammes
d'un explosif fondu non compri-
mé, la crésylite n° 2, 60/40 qui
est formée d'un mélange de 60
p. 100 de crésylite (2) et 40 p. 100
de mélinite (3).

Fig. 6. —
Coupe de
l'obus ex-
plosif.

(1) Le shrapnell est ainsi appelé du
nom d'un colonel anglais qui servait en
Espagne contre Napoléon I·¹, et qui ima-
gina de mêler des balles de fonte à la poudre contenue dans les balles des mortiers.

(2) La crésylite est un produit dérivé
de la réaction de l'acide nitrique sur le
crésol, réaction provoquée dans les pro-
portions qui conviennent pour produire
le trinitrocrésol qui figure en France parmi les explosifs de guerre affectés à la charge des torpilles.

(3) La mélinite qui, en 1886, a remplacé en France
la crésylite comme explosif de guerre, est une substance de couleur jaune qui, à l'origine, était formée
de 70 parties d'acide picrique pur pour 30 parties de
dinitrocellulose dissoute dans un mélange d'éther et
d'alcool. A poids égal, elle est moins puissante que
la dynamite, mais, comme elle a une densité plus
grande (dynamite 1,5 : mélinite 1,6), elle développe,
à volume égal, une puissance supérieure à celle de
la dynamite.

La mise en feu est assurée par une
charge de mélinite pulvérulente dans laquelle plonge une gaine fermée à sa partie
inférieure, et contenant le mécanisme
d'amorçage qui est à
base de fulminate de
mercure (1).

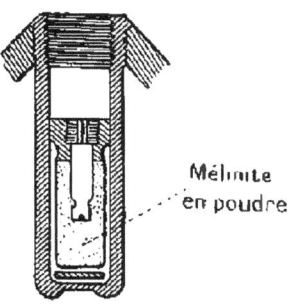

Mélinite
en poudre

Fig. 7. — Coupe sché-
matique du détonateur
spécial.

L'obus explosif est
armé par une fusée per-
cutante; mais, en outre,
il est muni d'un détona-
teur spécial placé dans
l'intérieur de la gaine, et
au-dessus duquel vient
se visser la fusée. Ce détonateur comporte

(1) Le fulminate de mercure est le sel d'un acide
fulminique qui n'a pas encore pu être isolé et que
certains chimistes considèrent comme étant purement hypothétique, en tant que produit défini, tandis
que d'autres lui attribuent des formules... d'ailleurs
aussi variables que sont nombreux les spécialistes
par lesquels elles ont été établies. Découvert en
1799 par Horward qui l'obtint en traitant l'azotate de
mercure par l'alcool et l'acide nitrique, le fulminate
de mercure a été étudié par Gay-Lussac, Berzélius,
Chandelon, Liebig, Chevalier, etc.; il est caractérisé
par une excessive sensibilité à la chaleur, au choc
et au frottement.

une charge de mélinite dans laquelle plonge un tube contenant une amorce de fulminate et fermé à sa partie supérieure par un bouchon spécial, dit bouchon porte-retard, qui renferme lui-même une composition susceptible de brûler avec une chaleur relative. Quand l'obus vient à frapper un obstacle, sa fusée percutante entre en action, et allume la composition du bouchon porte-retard : celle-ci n'allume l'amorce de fulminate qu'au bout de quelques dixièmes de secondes, temps suffisant pour que l'obus ait pénétré dans la masse à détruire. Une cartouche de relai (C) placée en dessous de la gaine assure l'inflammation certaine de la charge du projectile. Celui-ci éclate en un nombre considérable de morceaux, en dégageant une abondante fumée dans laquelle des gaz irrespirables figurent pour une forte proportion.

Le shrapnell, qui est également en acier, pèse 7 kgr. 250 et contient 300 balles de 12 grammes en plomb antimonieux,

disposées par des couches successives et
mélangées en un explosif comprimé : une
couche de salpêtre recouvre et « tasse »
le chargement. La mise de feu est assurée
par une mèche à étoupille, logée
dans un tube de laiton percé de
trous, et qui traverse longitudi-
nalement tout l'obus : cette mèche
est elle-même enflammée par une
fusée qui peut être simplement
fusante, simplement percutante
ou, au contraire, à double effet,
c'est-à-dire, à la fois fusante et
percutante.

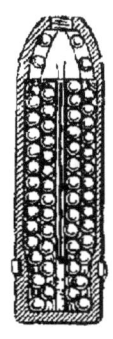

Fig. 8. —
Coupe à
travers
un shra-
pnell
dont la
fusée à
été en-
levée.

Dans le premier cas, le feu est
communiqué, lors du départ du
coup, à un tube empli de composition fusante, assez analogue
à celle du cordeau des mineurs, et dont
l'homogénéité est parfaite, de manière
à ce que sa vitesse de combustion soit
rigoureusement constante : cette composition enflamme la charge du projectile.
Le tube fusant est enroulé autour de la
fusée, et abrité dans une gorge close ; il

est disposé de manière à ce qu'on puisse
faire varier sa longueur et, par suite,
amener l'éclatement au bout d'un temps
voulu; il suffit pour cela de percer (au
moyen du débouchoir)
un trou, de « déboucher
un évent » (T) convena-
blement choisi. Le tube
fusant est alors mis en
communication avec un
espace clos dans lequel
se trouve une petite
masse de poudre com-
primée(P)qu'ilenflamme
et qui provoque la chute
d'un marteur ou *concu-
teur:* celui-ci vient frapper, en tombant, une

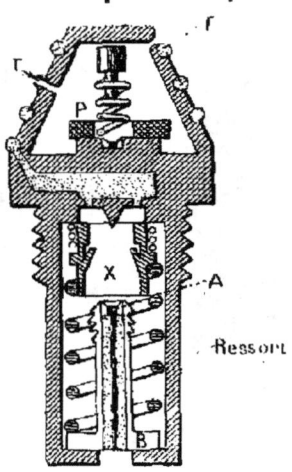

Fig. 9. — La fusée à
double effet qui arme
le projectile de notre
75.

pastille amorce de fulminate de mercure
qui déflagre et communique l'inflammation à la charge du projectile.

Dans la fusée percutante, une pièce mobile, portant une amorce (A), est maintenue par un ressort à quelque distance

d'une petite masselotte : au départ du coup,
par suite d'un phénomène d'inertie très
simple, cette masselotte reste en arrière et
s'accroche dans les stries (X) du porte-
amorce ; l'obus est alors armé et prêt à ex-
ploser dès qu'il rencontre un obstacle.

Dans la fusée à double effet, les deux
systèmes sont combinés : la fusée dont un
évent est débouché, de manière à ce que
l'obus éclate à une distance déterminée,
est, par surcroît, armée au départ du coup,
de façon à ce que son amorce déflagre au
choc.

*
* *

Quand le projectile (obus explosif ou
shrapnell) est employé pour le tir fusant,
le débouchage de tel ou tel évent provoque
son explosion au moment précis où il va
arriver à son point de chute. La disposition des évents et la longueur de la composition fusante sont calculées avec une
justesse si grande que *les éclatements de
nos obus de 75 se font toujours au point*

où ils sont désirés. Il n'en est pas absolument de même pour les obus allemands de 77, chez lesquels les ratés d'explosion sont relativement fréquents (12 à 14 pour 100 en moyenne, d'après les constatations faites depuis le début des hostilités).

Quand l'obus est employé pour le tir percutant, il tombe sur sa pointe, et par conséquent sur sa fusée, rebondit, puis éclate à peu de distance du sol, au cours de sa trajectoire de rebondissement. Celle-ci est longue de 25 mètres environ : à cause d'elle la constatation des points exacts d'éclatement est assez difficile, ou tout au moins, ne peut pas être faite avec une précision absolue. C'est là un inconvénient grave, *mais qui n'existe plus dans les obus actuellement en service.*

En mai dernier, on a fait dans une ou deux batteries de chacun de nos régiments des essais de tir avec un obus à la mélinite muni d'une fusée nouvelle. Ces essais sont restés ignorés du grand public et, parmi les artilleurs eux-mêmes, les résultats

obtenus par eux ont passé pour n'avoir pas
été très concluants. Cependant, rien ne
nous empêche de dire maintenant, à leur
propos, toute l'encourageante vérité. Bien
loin de n'avoir pas été satisfaisants, ces
essais ont établi qu'à n'en pas douter, nous
étions désormais en possession d'une arme
de puissance extraordinaire. Sans entrer,
à ce sujet, dans trop de détails, disons
simplement que, grâce à l'invention nouvelle, notre artillerie s'est trouvée pourvue
d'un projectile explosant *toujours* un peu
au-dessus de son point de chute, à 1 m. 50
environ du sol, sans avoir besoin de re-
bondir au préalable et fournissant une
gerbe d'éclats très dense et très régulière,
en même temps qu'un ébranlement d'air
formidable et terriblement dévastateur.

Ce n'est pas le lieu d'exposer ici le
« mécanisme » suivant lequel se produit
cette explosion de nature particulière
« *que ne donne à l'heure actuelle aucun
projectile d'aucun canon en service dans
aucune armée étrangère* ». Ce qui doit en
être retenu, c'est que les dégâts causés par

elle sont de trois ordres : d'abord, l'obus
se rompt en plus de 2.000 éclats, aux bords
taillés en biseau, et dont beaucoup sont de
volume très minime, mais dont la force de
projection est extrême : à 30 et 40 mètres,
ces éclats sont encore animés d'une vitesse
si grande qu'ils déterminent des blessures
très graves ; ensuite, l'explosion suffit à
provoquer une énorme compression de la
zone environnante, compression suivie
d'une sorte de dilatation compensatrice :
il en résulte que les organes internes des
individus situés à proximité de cette zone
redoutable sont soumis à une alternance
brusque de pression et de relâchement qui
provoque en eux des ruptures de vaisseaux
et de véritables dilacérations des tissus
profonds ; enfin, cette explosion s'accom-
pagne d'un dégagement considérable de
gaz délétères composites, parmi lesquels
domine l'oxyde de carbone. En un mot,
tous les individus qui se trouvent dans un
rayon de 30 à 40 mètres du point de chute
d'un de ces obus nouveaux dont les effets
participent à la fois de ceux des projectiles

fusants et des projectiles percutants, sont rigoureusement condamnés à mort, soit par blessure directe, soit par éclatements d'organes profonds, soit par asphyxie immédiate. Comme la construction même de notre 75 permet « l'arrosage » méthodique des points occupés par l'ennemi, arrosage effectué par des chutes successives d'obus de 25 en 25 mètres, dans tous les sens, à raison de 20 par minute, rien n'échappe à la destruction qu'ils sèment.

Malheureusement, quand la guerre a éclaté, nous avions très peu de ces obus, à peine de quoi approvisionner chichement trois ou quatre batteries par corps d'armée. Les crédits et le temps (???) avaient manqué pour faire mieux...

Mais cela c'est le passé : les responsabilités seront établies plus tard, s'il y a lieu. Ce qu'il faut dire aujourd'hui, et ce qui est extrêmement rassurant, c'est que, grâce à la guerre temporisatrice des tranchées, nos fonderies nationales et notre industrie privée ont eu déjà le temps de constituer un stock important de munitions excellentes qui assure à notre artillerie un énorme approvisionnement. Quand viendra l'heure des grandes batailles, notre armée devra une large part de ses triomphes à la production intensive des usines françaises.

Paris, mars 1915.

TABLE  DES MATIÈRES

3992. — Imprimerie spéciale de la maison BLOUD et GAY.

"*Pages actuelles*"

1914-1915

L'Opinion Américaine et la Guerre

PAR

Henri LICHTENBERGER

BLOUD ET GAY, Editeurs

7, PLACE SAINT-SULPICE, PARIS

L'Opinion Américaine
et la Guerre

Henri LICHTENBERGER

L'Opinion Américaine et la Guerre

PARIS

BLOUD ET GAY, ÉDITEURS

7, PLACE SAINT-SULPICE, 7

1915

L'OPINION AMÉRICAINE
ET LA GUERRE

Lorsque, au début du mois d'août dernier, la guerre éclata, j'étais désigné depuis le mois de juin comme professeur d'échange à l'université de Harvard pour le semestre d'hiver de 1914 à 1915, et toutes mes dispositions étaient prises pour m'embarquer pour l'Amérique vers la mi-septembre. Je me demandai naturellement, au premier instant, si, vu les circonstances, ma mission serait maintenue. Il pouvait, en effet, sembler quelque peu paradoxal d'envoyer en pleine guerre européenne un professeur français enseigner la littérature comparée dans une université américaine. Et l'on pouvait se demander, d'autre part, si les universités américaines, où l'élément allemand tient, comme l'on sait, une large place, se soucieraient beaucoup de voir arriver, en un pareil moment, un représentant de l'Université française.

Ce doute fut rapidement levé. Tout de suite

on posa en principe chez nous que nous devions, dans la mesure du possible, ne rien changer à notre activité habituelle, nous efforcer de communiquer à tous l'impression que « la séance continuait », que nous avions gardé assez de sang-froid et d'équilibre intellectuel pour donner, comme en période normale, notre enseignement régulier. Du côté de Harvard, le président Lowell insista en termes très chaleureux pour que les échanges intellectuels entre la France et l'Amérique ne fussent pas interrompus par la guerre et assura que le professeur d'échange français trouverait auprès de ses collègues américains l'accueil le plus sympathique. Je m'embarquai donc, dans la seconde quinzaine de septembre, au moment où commençait la bataille de l'Aisne.

En dépit du ton cordial des lettres reçues d'Amérique je n'étais pas absolument rassuré sur la situation que j'allais trouver là-bas. J'étais assuré de rencontrer, dans les milieux universitaires de Harvard, de chaudes sympathies françaises. Mais quelle serait l'opinion du grand public américain ? Je n'en savais trop rien. Les dix millions de Germano-Américains résidant aux États-Unis n'auraient-ils pas réussi à influencer, dans une certaine mesure, le sentiment américain en faveur de leur mère-patrie ?

On me disait que la neutralité de certains grands journaux comme le *New-York Times* était assez suspecte. Et si quelques représentants éminents de l'élite intellectuelle comme l'ex-président de Harvard, M. Charles W. Eliot, avaient déjà hautement affirmé leurs sympathies pour la cause des alliés, d'autres observaient une réserve pleine de prudence ou passaient, même pour germanophiles. Dans ces conditions je me demandais quelle devrait être mon attitude à Harvard. J'étais convenu, au mois de juin dernier, avec le directeur du département de littérature comparée, que mon enseignement porterait sur l'histoire du nihilisme intellectuel contemporain, depuis Ernest Renan jusqu'à Anatole France ou F. Nietzsche. Est-ce que des conférences de ce genre n'allaient pas paraître singulièrement inactuelles ? Ne devrais-je pas, d'ailleurs, profiter de chaque occasion qui me serait offerte, à l'Université ou hors de l'Université, pour plaider la cause de mon pays et exposer le point de vue français sur les événements actuels ?

A peine débarqué à New-York et arrivé à Boston que toutes ces incertitudes se trouvèrent dissipées. Une lettre de notre ambassadeur, M. Jusserand, des conversations avec M. Lowell et avec mes nouveaux collègues ne me laissèrent plus aucun doute sur la conduite que je devais

tenir. Je n'avais qu'une chose à faire : remplir
de mon mieux ma tâche de professeur d'échange.
Les Américains n'avaient aucun besoin d'être
renseignés sur les événements du jour. Ils en
étaient instruits jusqu'à satiété par une masse
énorme de journaux, de revues, de brochures, de
livres : rien de plus inutile que de vouloir gros-
sir encore ce flot d'informations. Inutile aussi
de plaider la cause de la France : elle était déjà
gagnée, et tout ce que je pourrais dire n'aurait
aucun effet. Les Américains, me disait-on, se
défient des plaidoyers des intéressés et suspectent
à bon droit l'impartialité de jugements dictés par
le patriotisme ou la haine. Pour se faire une opinion, ils demandent d'abord des faits; et ceux-là
ils les trouvent en abondance dans les journaux.
Puis ils écoutent volontiers aussi des compatriotes dont ils estiment, par ailleurs, la compétence et le caractère. Ceux-là seuls peuvent
exercer une action sur l'opinion américaine. Il
n'y a donc qu'à s'en remettre pour plaider la
cause de la France, aux Américains eux-mêmes.
Ils s'en chargent spontanément et eux seuls
peuvent le faire d'une manière efficace. Un professeur d'échange français n'a pas à se lancer
dans la mêlée des polémiques du jour. Il rem-
plira d'autant mieux sa mission qu'il se montrera
plus discret et s'abstiendra plus soigneusement

de tout ce qui pourrait porter ombrage à la neutralité américaine. M. Lowell me demanda donc,
d'abord, de ne rien changer au programme de
cours arrêté avant la guerre. Et pour les conférences que je devais donner à l'Institut Lowell,
devant le grand public de Boston, il choisit,
parmi les sujets que je lui soumettais, le plus
inactuel de tous : une étude sur le renouveau du
drame musical français contemporain, de Vin-
cent d'Indy et Charpentier jusqu'à Debussy,
Magnard ou Ravel.

Ma mission à Harvard s'est ainsi trouvée fort
simplifiée. J'ai, en somme, fait mon métier de
professeur d'échange à peu près comme si la
guerre n'avait pas éclaté entre l'époque où j'ai
été invité et le moment de ma venue. Je me suis
abstenu de toute propagande indiscrète, non
pas seulement dans mes cours universitaires
mais aussi dans les conférences que j'ai faites,
en dehors de Harvard, dans une série de villes
de la Nouvelle-Angleterre. Le seul sujet d'actua-
lité que j'aie traité est la question d'Alsace-Lorraine qui est peu connue en Amérique et sur
laquelle je pouvais prétendre, aux yeux des
Américains, posséder, en ma qualité d'Alsacien,
des lumières spéciales. Jamais non plus je ne me
suis mêlé aux discussions de la presse, sauf le
jour où un publiciste allemand de Boston a entre-

pris d'établir que je partageais, sur la question d'Alsace, les opinions allemandes : force m'a été, ce jour-là, de rectifier brièvement, mais de la façon la plus nette, cette assertion par trop fantaisiste. A part cette unique polémique, je me suis toujours tenu à l'écart des débats publics sur la guerre. Bien entendu je ne me suis pas fait faute, en conversation, de dire mes impressions avec la plus grande franchise ; et je crois que mes amis américains ont causé avec moi d'autant plus librement et sincèrement qu'ils étaient assurés de ma discrétion. Je crois pourtant avoir, par cette attitude de prudence et de réserve, mieux servi la cause française que si j'avais essayé de jouer un rôle plus « en dehors » et de faire de la propagande directe. Dans tous les cas je n'ai pas eu la même mésaventure que le professeur de Berlin, M. Kuno Meyer, qui s'est vu *retirer officiellement* l'invitation de donner des conférences à Harvard par suite de l'indiscrétion de sa propagande anti-anglaise dans un club irlandais de New-York.

Si j'essaie de résumer l'impression d'ensemble que me laisse un séjour de quatre mois où j'ai lu assidûment les journaux et les revues et beaucoup causé avec des hommes très divers, je constate d'abord que l'opinion américaine est, d'une façon générale, très favorable aux Alliés.

Assurément elle présente des variations locales considérables. Il y a des régions où les Germano-Américains — qui sont en grande majorité partisans convaincus et parfois fanatiques de leur mère-patrie — disposent d'une puissance considérable. Si en Nouvelle-Angleterre et spécialement dans un milieu universitaire comme celui de Harvard leur influence est très faible, il n'en est pas de même à New-York par exemple où il y a une colonie allemande extrêmement riche et prospère, ou encore dans l'Ouest ou le Middle-West où les immigrés allemands forment en certains endroits des masses considérables et compactes. Leur propagande est très bien organisée, méthodique et tenace. Elle use du procédé de répétition inlassable, dans l'espoir, évidemment, de forcer finalement l'adhésion des Américains comme le commerçant qui arrive à imposer ses produits au consommateur par une réclame impitoyable. Mais cette propagande est parfois maladroite et prête le flanc à de faciles ripostes. Et surtout elle est d'une indiscrétion qui affaiblit singulièrement son effet. Les défenseurs de l'Allemagne ont horripilé les Américains par l'insistance avec laquelle ils prétendaient leur « expliquer » le point de vue allemand et affirmaient qu'ils ne « comprenaient pas » la situation. Les Américains demeuraient, naturel-

lement, persuadés qu'ils avaient fort bien compris et subissaient avec une croissante impa-
tience de se voir morigéner et chapitrer par les
avocats du germanisme. Tout aussi peu efficace
a été la perpétuelle apologie de la fameuse
« kultur » allemande, souvent agrémentée d'allu-
sions plus ou moins désobligeantes à l'inculture
américaine (*amerikanische Unkultur*). Les Américains ont écouté et commenté ces plaidoyers
avec ironie ou agacement. Un peu étourdis, au
début, par le flot de dépêches tendancieuses, de
communiqués, d'articles de journaux, de brochures de propagande, de lettres privées que les
Allemands déversèrent immédiatement sur eux,
ils ne tardèrent pas à se ressaisir. Dès qu'ils
furent à même de comparer les thèses adverses
et de peser les responsabilités, la propagande
allemande cessa de leur faire illusion. Ils
l'accueillirent avec une défiance croissante. Mes
amis m'ont maintes fois assuré que jamais, sur
aucune des grandes questions de politique mondiale, l'opinion américaine n'avait réagi avec
une pareille unanimité. On a l'impression, au
total, que le groupe des partisans de l'Allemagne
s'est assez vite réduit, dans chaque région, à ne
plus guère comprendre que des Allemands
immigrés ou des Germano-américains. A Boston, dans tous les cas, ils constituaient une société

à peu près fermée, qui avait ses réunions spéciales, soirées, dîners, fêtes de charité, etc., dont les journaux rendaient compte, mais qui n'intéressaient guère, m'a-t-il semblé, la société américaine proprement dite. Lorsqu'un Américain de marque se risquait dans une de ces réunions, il avait soin de faire en sorte que sa politesse ne pût être interprétée comme une adhésion. C'est ainsi que le président Roosevelt, ayant été invité à déjeuner par le professeur Hugo Münsterberg, prit la précaution, lorsqu'il se trouva en présence de son hôte, de lui dire, devant ses invités, en lui serrant la main avec effusion : « Vous avez été bien aimable, mon cher M. Münsterberg, de m'inviter à déjeuner, connaissant mes opinions ». Cet exorde coupait court à toute espèce de tentative de prosélytisme !

*
* *

Au moment où s'engagea la guerre, l'état de l'opinion américaine à l'égard des divers belligérants pouvait, je crois, se résumer à peu près de la sorte.

Les Allemands, d'abord, occupaient dans l'estime américaine une situation importante. L'émigration allemande avait fourni aux Etats-Unis une masse considérable de citoyens utiles, peu remuants et sans ambitions politiques, mais fort prisés pour leur application au travail et leur intelligence. Vers 1900 déjà on comptait aux Etats-Unis environ huit millions d'Allemands ou fils d'Allemands et depuis lors ce chiffre n'avait fait que grandir. Les Américains, d'autre part, ressentaient la plus sincère admiration pour le nouvel Empire allemand. Ils avaient été séduits par le génie de Bismarck, émerveillés par les victoires des Allemands en 1870, éblouis ensuite par leurs triomphes économiques, impressionnés par la solidité de leurs méthodes, par leur talent d'organisation. Ils admiraient leur « efficiency », l'efficacité de leur activité au point de vue militaire, industriel, commercial, pédagogique, scientifique. Beaucoup éprouvaient un très sincère enthousiasme pour un peuple qu'ils avaient d'excellentes raisons de respecter et dont ils ne pensaient rien avoir à craindre.

Entre temps, cependant, avaient surgi entre l'Amérique et l'Allemagne une série d'incidents qui, peu à peu, refroidissaient la chaleur de ces sympathies. A Samoa, dès 1888, et depuis lors aux Philippines, en Chine, au Venezuela, en Amérique du Sud, l'Allemagne trahissait des ambitions et des appétits qui mettaient en défiance les Américains. Elle se dévoilait à eux

comme une puissance avide et remuante qui, se
sentant à l'étroit sur son propre territoire et
trouvant son empire colonial insuffisant pour ses
besoins d'expansion, risquait de devenir une
menace pour la paix du monde. Ils se deman-
daient si elle accepterait de respecter la doctrine
de Monroë, si elle se laisserait arrêter par la
volonté des Américains de rester maîtres chez
eux et d'empêcher toute ingérence étrangère en
terre américaine, si l'effort d'expansion économique des Allemands n'allait pas entrer en col-
lision avec les tendances du pan-américanisme.
L'un des plus pénétrants d'entre les historiens
récents de l'impérialisme américain, M. A. Coolidge[1], comparait dès 1908 les Etats-Unis et
l'Allemagne à deux maisons de commerce jeunes
et ardentes l'une et l'autre, résolues à se faire
leur place au soleil à côté des firmes plus
anciennes, fières des résultats obtenus par leur
activité, mais disposés à se considérer l'une
l'autre avec une certaine méfiance, inquiètes
chacune d'une concurrence possible de l'autre
sur les marchés encore ouverts aux rivalités commerciales, en Amérique du Sud ou en Extrême-
Orient. Telles étaient les dispositions un peu
hésitantes déjà des Américains à l'égard des

---

1. Voir : The United States as a World Power, 4e éd. 1912.

Allemands au moment où s'alluma la guerre.

En même temps que l'admiration américaine pour l'Allemagne se nuançait de réserve, les sentiments des Américains pour l'Angleterre devenaient de plus en plus cordiaux.

Pendant le siècle qui suivit la guerre d'indépendance, les relations entre l'Angleterre et sa colonie rebelle avaient été aussi peu amicales que possible. Non seulement les deux pays ne cessèrent pas de se quereller pour les motifs occasionnels les plus variés — traitement infligé aux vaisseaux américains neutres pendant les guerres napoléoniennes, tracé de la frontière du Canada puis de l'Alaska, pêcheries de Terre-Neuve, traité sur l'isthme de Panama, affaire de l'Alabama, question du Venezuela, etc., — mais l'inimitié entre eux était entretenue par un certain nombre de motifs permanents. L'Angleterre, qui était jusqu'à la guerre d'Espagne de 1898, la seule grande puissance contre laquelle les Etats-Unis eussent fait la guerre, jouissait pour cette raison du privilège d'être représentée par les publicistes ou orateurs politiques américains comme l'ennemie naturelle de l'Amérique. Puis les émigrants irlandais qui jouaient aux Etats-Unis un rôle politique tout à fait hors de proportion avec leur importance numérique, transportaient dans leur nouvelle patrie leurs haines et leurs rancunes contre les oppresseurs anglo-saxons. On comprend sans peine, dans ces conditions, que les rapports de l'Amérique et de l'Angleterre soient longtemps restés assez orageux. Les Anglais considéraient avec une défaveur assez marquée ces fils rebelles qui s'étaient détachés avec tant d'ingratitude de la mère-patrie et ils ne leur épargnaient pas, à l'occasion, les témoignages de leur hautaine désapprobation. Les Américains, de leur côté, qui ignoraient en général avec la plus tranquille indifférence les critiques de l'étranger, devenaient d'une extrême susceptibilité dès que ces critiques étaient de provenance anglaise et ripostaient aussitôt avec la dernière violence. Ils se faisaient d'ailleurs un malin plaisir de « tordre la queue du lion » et de mettre à une rude épreuve la patience britannique par l'accent provoquant de leurs diatribes. Tout cela n'était pas pour ramener la cordialité dans les relations des deux pays.

Un changement se préparait cependant, lentement mais sûrement. Les Anglais, peuple pratique et respectueux du succès, ne pouvaient pas, à la longue, se refuser à constater que les Américains faisaient leur chemin de par le monde. Petit à petit l'opinion anglaise s'accoutuma à éprouver pour l'Amérique les sentiments d'un père à l'égard d'un fils désobéissant et irrespectueux, mais qui a fini par devenir un solide gaillard un peu mal élevé et sans-gêne, mais vigoureux et dont un père a le droit, somme toute, d'être fier. Quant aux Américains, ils furent sensibles à ce revirement de l'opinion britannique, et comme, après tout, il n'y avait pas entre les deux pays de motifs sérieux d'antagonisme, ils prirent de plus en plus conscience des liens profonds qui les unissaient à une nation dont ils tenaient leur langue, leurs mœurs, leurs institutions juridiques, et, pour une large part, leur mentalité tout entière. Ils comprirent que, selon le dicton célèbre, « le sang est plus épais que l'eau ». Ce travail spontané de rapprochement porta ses fruits vers la fin du XIXᵉ siècle. Pendant leur guerre contre l'Espagne, les Américains, qui sentaient avec colère peser sur eux la désapprobation presque unanime de l'Europe, furent profondément reconnaissants à l'Angleterre qui, pour des motifs qu'il est inutile d'exposer ici en détail, leur accorda un appui moral solide. Inversement lorsque, en 1899, au moment de la guerre des Boers, ce fut au tour de l'Angleterre de se sentir isolée au milieu d'une opinion européenne hostile, les Américains qui, en d'autres temps, n'auraient pas manqué de célébrer l'héroïsme des fermiers hollandais défen-

dant leur liberté contre l'oppression britannique, inclinèrent à voir dans ce conflit, comme
dans la guerre qu'ils soutenaient eux-mêmes à
Cuba ou aux Philippines, un épisode de la lutte
pour la suprématie des Anglo-saxons sur des
races inférieures en civilisation, et demeurèrent
en majorité favorables à l'Angleterre.

A partir de ce moment et en dépit de conflits
momentanés qui furent aisément aplanis, les
liens de sympathie entre l'Amérique et la mère-
patrie tendirent à devenir toujours plus solides.
Le vaste mouvement de synthèse qui pousse
aujourd'hui les États à se grouper selon les affinités raciales, qui se manifeste avec une élémen-
taire puissance dans le phénomène du pangermanisme contemporain, mais qui se fait jour
aussi dans l'agitation panslaviste, dans le panis-
lamisme, dans les rêves d'union latine ou encore
dans le pan-ibérisme — ce grand effort d'unification qui travaille aujourd'hui le monde entier,
a aussi, suivant la remarque de M. Coolidge,
favorisé un rapprochement plus intime entre les
deux grandes nations anglo-saxonnes, rivales
jadis, mais qui se sont éveillées aujourd'hui à
la conscience de leurs affinités profondes.

Vis à vis de la France, d'autre part, l'opinion
américaine inclinait vers une sympathie toujours
plus marquée.

Cette sympathie, d'abord, était de tradition. Le souvenir reconnaissant de l'aide décisive apportée par la France aux Américains au moment de la guerre d'indépendance est aujourd'hui encore vivant aux États-Unis. Un Lafayette ou un Rochambeau ont gardé de nos jours encore, de l'autre côté de l'Atlantique, une réelle popularité. L'idée que, dans un conflit où notre existence nationale même est en jeu, l'Amérique ne pourrait pas sans déshonneur laisser succomber une nation qui jadis, à l'heure du danger suprême, était venue à son secours et avait empêché son écrasement, est répandue aux États-Unis et impressionne fortement les imaginations américaines. D'autre part, il n'y a plus, à l'heure présente, aucun motif d'inimitié entre les deux pays. La politique brouillonne de Napoléon III qui avait abouti à la désastreuse expédition du Mexique et nous avait aliéné les sympathies américaines n'est plus qu'un souvenir historique qui n'a laissé aucune trace durable dans la conscience nationale. L'Amérique qui, par aversion pour les menées de Napoléon III assistait naguère avec plaisir au spectacle de nos défaites de 1870, avait peu à peu, nous nous en souvenons, mis une sourdine à son enthousiasme pro-germanique. Et du même coup ses sympathies pour la France s'étaient réveillées et avivées.

Sans doute les sympathies des Français étaient visiblement allées à l'Espagne au moment de la guerre hispano-américaine. Mais les Américains ne nous en ont pas voulu d'avoir témoigné à une nation « latine » un intérêt qui, de notre part, n'avait rien que de naturel Et, de même, ils ne se sont pas émus des sympathies pro-boers qui se manifestaient chez nous alors que l'opinion américaine se rangeait du côté de l'Angleterre ; peut-être se rendaient-ils compte que, en d'autres temps, ils eussent été les premiers à célébrer l'héroïsme des fermiers hollandais luttant pour leur indépendance. L'alliance franco-russe, assurément, ne leur inspirait aucun enthousiasme. L'autocratisme moscovite leur demeurait profondément antipathique et l'on sait que dans le conflit russo-japonais leurs sympathies allèrent très franchement aux Japonais. Mais ils comprenaient d'ailleurs fort bien les raisons politiques qui nous commandaient l'alliance russe et se rendaient compte que seule cette alliance pouvait garantir notre indépendance vis-à-vis de l'Allemagne. D'autre part, l'entente franco-anglaise survenant au moment même où les relations anglo-américaines se faisaient plus cordiales, fut saluée avec un plaisir marqué par les Américains et donna un élan nouveau à leurs sympathies pour la France. Enfin, quand la foi dans la vertu exclusive et souveraine de la science et de la culture germanique commença à s'atténuer un peu aux États-Unis, les Américains se reprirent à estimer de nouveau plus haut la civilisation française sous toutes ses formes. Ils ne se bornèrent pas à admirer notre littérature ou nos arts plastiques, mais ils « découvrirent » aussi l'originalité et l'intérêt de notre renouveau musical ; ils écoutèrent de même plus volontiers nos savants, nos conférenciers, nos penseurs ; ils firent plus de cas de nos méthodes d'enseignement.

*
* *

Lorsque la guerre éclata, les Américains ne songèrent naturellement pas un instant à intervenir dans une lutte où ils n'étaient pas directement intéressés et que leur pacifisme résolu regardait comme une blâmable barbarie. Mais comme les belligérants en appelaient hautement au jugement des puissances neutres, la question se posa rapidement pour eux de se former une opinion et de se rendre compte des responsabilités encourues par chacun. Ils le firent avec un bon sens admirable.

On pouvait être tenté, au premier abord, de se demander si le conflit qui se déchaînait n'était

pas de nature à raviver les vieux dissentiments
entre l'Amérique et l'Angleterre. Des éléments
importants de l'opinion américaine étaient et
demeurent encore à certains égards hostiles à la
Grande-Bretagne. Non seulement la masse des
Germano-américains était résolument anti-anglaise, mais chez les Irlandais aussi le ressenti-
ment contre l'Angleterre était loin d'être complètement éteint, malgré l'adoption de la loi du
home rule. Souvenons-nous, en outre, que jadis,
en 1812, la guerre s'était allumée entre l'Angleterre et les États-Unis en raison du traitement
que la flotte britannique avait fait subir à la marine marchande américaine. Et n'oublions pas
que l'Amérique ne saurait pas voir d'un bon œil
l'établissement d'une sorte de monopole tyran-
nique de l'Angleterre sur les mers. Or toutes ces
considérations sont restées sans force, aux yeux
des Américains, devant ce grand fait qui leur
apparut très vite : c'est que la guerre avait été
imposée et voulue non par l'impérialisme anglais,
mais par l'ambition pangermaniste. Sans doute
les deux partis aux prises, les Austro-Germains
comme les Alliés, prétendaient avoir pris les
armes pour repousser une odieuse tentative d'oppression. Les Alliés dénonçaient les appétits de
domination de l'Allemagne. Les Allemands se
plaignaient de l'encerclement dont ils étaient

victimes et s'élevaient contre l'hégémonie maritime et commerciale de l'Angleterre. Tous deux
se posaient en champions de la liberté. Or une
constatation s'imposait immédiatement. Y avait-
il, de par le monde, des Allemands qui fussent
maintenus malgré eux sous une domination
étrangère? Impossible de le soutenir sérieusement. Au contraire il était évident que les Aus-
tro-Allemands, eux, tenaient sous leur domination une série de populations étrangères.
Alsaciens-Lorrains, Danois, Polonais, Tchèques,
Croates, Serbes, Roumains, Italiens — qui, tous,
protestaient plus ou moins violemment contre la
situation qui leur était faite. Manifestement les
Allemands faisaient figure d'oppresseurs et non
pas d'opprimés dans l'Europe actuelle.

Les Américains observaient, en outre, que les
deux Empires germaniques étaient, de par leur
structure politique et sociale, des États de type
encore à demi féodal. On y voyait fleurir le militarisme, l'autocratisme du souverain, l'absolutisme gouvernemental, la diplomatie secrète,
toutes choses absolument contraires à l'esprit
américain. Force leur était, dès lors, de constater aussi que la victoire de l'Allemagne serait un
échec grave pour l'idéal démocratique et fédéra-
liste auquel ils étaient attachés.

Ils notaient, enfin, que par leur mépris voulu

et calculé des règles du droit international et des stipulations des traités — mépris qui s'était affirmé de façon particulièrement scandaleuse par la violation de la neutralité belge, — l'Allemagne trahissait un état d'esprit dangereux au plus haut point pour l'existence de la civilisation et la sécurité des relations internationales.

Ils n'hésitaient pas, dans ces conditions, à rejeter sur elle la responsabilité de la guerre et à estimer que son triomphe serait un péril pour l'humanité entière. Ils gardaient, sans doute, tout leur respect pour la force et la méthode des Allemands, pour leurs hautes qualités individuelles ; ils ne voulaient voir en eux ni des barbares ni des sauvages et ne cessaient pas de les regarder comme des membres utiles et estimables de la grande collectivité humaine. Mais ils constataient que, par leur impérialisme oppressif, par leur orgueil encombrant, par leur arrogante volonté de domination, par leur insuffisant respect du droit des faibles, ils s'étaient mis indubitablement dans leur tort. Leurs succès militaires et économiques les avaient grisés. Ils étaient atteints d'une mégalomanie dangereuse pour les voisins. Ils avaient besoin d'une leçon. Et ils la recevraient sans nul doute. Car l'histoire a toujours montré l'effondrement lamentable de toutes les tentatives d'hégémonie universelle.

Ayant ainsi reconnu l'inanité de la thèse germanique d'après laquelle ce serait l'envie et la rancune anglaises qui auraient déchaîné la lutte contre l'Allemagne, les Américains se rangeaient, dans le grand conflit entre l'impérialisme alle- et l'impérialisme anglais, du côté de la Grande-Bretagne.

Il leur apparaissait clairement que c'étaient les ambitions d'outre-Rhin qui, comme le proclamaient avec une franchise compromettante nombre de publicistes allemands, trouvaient trop étroites les limites de la puissance germanique et prétendaient les élargir par la violence. Le monde se trouvait ainsi en présence d'un fait sans précédent. Une de ces collectivités nouvelles en voie de formation, le Pangermanisme, qui a pris corps dans l'étroite union austro-allemande, se lève, menaçante, contre les autres nations, avec la tendance avouée d'agrandir par la force son champ d'action. Or c'est là, aux yeux des Américains, une tentative condamnable au premier chef. Le panslavisme peu organisé encore se réduit à une protestation désordonnée contre l'asservissement de populations slaves sous le joug germanique ou turc. L'union latine n'est et ne sera encore de longtemps qu'un rêve d'intellectuels sans portée politique. Il apparaît donc nettement que le pangermanisme, qui a devancé ses rivaux en se constituant comme une réalité concrète, tente une action offensive pour s'assurer l'hégémonie avant qu'aient pu s'agglomérer effectivement des groupements basés sur le même principe et en situation de le tenir en échec. Or l'Amérique ne peut que désapprouver une telle tentative. Elle n'éprouve pas, sans doute, le besoin de se mêler à la querelle. Elle blâme, en principe, le recours aux armes et ne se soucie pas de partir en guerre quand ses intérêts ne sont pas directement en cause. Elle estime d'ailleurs que la Grande-Bretagne et ses alliés sont de taille à tenir tête à l'orage. Mais ses sympathies vont spontanément et avec une entière décision à la cause anglaise. Pas un instant elle n'a eu l'idée de venir au secours de l'agression pangermaniste. Il peut lui arriver de protester contre certains procédés anglais, contre le contrôle maritime que s'arroge la flotte britannique ; elle peut s'amuser parfois, comme jadis, à « tordre la queue du lion ». Mais elle sent parfaitement, au fond, que, si jamais elle devait s'agréger à un groupement supra-national, elle ne pourrait, de par ses origines, s'unir qu'à un groupement anglo-saxon, que ce serait pour elle un véritable suicide que de favoriser d'une façon quelconque le triomphe du pangermanisme sur l'Angleterre. Si l'Amérique est de structure

essentiellement composite, si elle est hautement
consciente de son individualité propre et de son
existence séparée, elle n'en sent pas moins que
le type dominant chez elle, le type qui s'impose
petit à petit à tous les immigrants et les assimile,
est, de par ses traits essentiels, nettement anglo-
saxon. C'est pourquoi aussi elle ne *peut* se laisser
troubler ni par les sympathies des Germano-
américains ni par les rancunes des Irlandais.
Dans la mesure où il est *américain*, le citoyen
des États-Unis est *pour* l'Angleterre *contre* le
pangermanisme.

Favorable à l'Angleterre malgré certaines ré-
serves, l'opinion américaine est, presque sans
restriction aucune, sympathique à la Belgique et
à la France. Cette sympathie, tout à fait instinctive et spontanée, s'affirme de la façon la plus
visible. Tous les visiteurs français en ont éprouvé
les effets. Je n'oublierai jamais, pour ma part,
la manière dont j'ai été reçu à Cambridge et
Boston pendant les quatre mois que j'y ai passés.
Mes prédécesseurs à Harvard étaient d'accord
pour me vanter la cordialité simple, franche et
généreuse de l'hospitalité américaine. Or tout ce
qu'ils m'avaient dit à ce sujet s'est trouvé, pour
moi, vérifié ou dépassé. Les Américains ont su
gré à la France d'avoir affirmé, en maintenant
avec les États-Unis les relations intellectuelles

accoutumées, en dépit de la crise tragique que
nous traversions, l'importance que nous accor-
dions à ces échanges et le prix que nous atta-
chions à l'opinion américaine. Ils ont vu avec
plaisir que nous leur adressions le même contin-
gent de conférenciers et de professeurs que
chaque année, que nous ne reculions pas devant l'effort, évidemment difficile pour nous en
ce moment, d'une participation à l'exposition de
San-Francisco. Et ils ont tenu à honneur de
témoigner aux hôtes que la France leur envoyait,
leur sympathie toute spéciale. En ce qui me concerne, je ne pourrai jamais assez dire ma reconnaissance pour l'accueil que j'ai trouvé là-bas,
pour les attentions et les prévenances de toutes
sortes dont j'ai été comblé. En m'ouvrant les
portes de tous les clubs de Cambridge ou de
Boston, en me conviant à une foule de réunions
privées ou de banquets, surtout en m'admettant
chez eux dans l'intimité, en m'invitant à m'asseoir à leur table de famille, à prendre part aux
fêtes tout intimes de la Noël, à les visiter à la
campagne, à circuler avec eux à travers la con-
trée, mes collègues et amis de Harvard se sont
ingéniés avec une sollicitude pleine de tact à
rendre mon séjour parmi eux aussi agréable,
aussi intéressant, aussi fécond que possible, à
compenser à force de cordialité l'inévitable an-

goisse de l'éloignement dans les circonstances présentes, à m'ôter de toute façon la sensation de l' « exil ». Dans un pays dont je comprenais médiocrement et dont je parlais plus mal encore la langue, je ne me suis jamais senti « étranger », tant j'ai trouvé tout autour de moi de sympathie vraie.

Et ce sentiment de sympathie dont j'ai éprouvé sur moi les effets bienfaisants, s'étendait de façon toute générale à la Belgique et à la France. L'élan de charité qui a poussé la société américaine à venir en aide aux détresses des réfugiés belges et aux souffrances des blessés français a été d'une spontanéité et d'une générosité admirable. Des sommes considérables ont été versées pour soulager ces infortunes ; et cette générosité était d'autant plus méritoire que, comme chacun sait, les affaires étaient loin d'être brillantes aux États-Unis, en sorte que beaucoup de familles se voyaient obligées de restreindre leurs dépenses. Ce malaise n'a pas ralenti un seul instant le zèle américain. De toute part on organisait des collectes, des fêtes de charité, des concerts ou des représentations de bienfaisance, des envois de vivres, de vêtements, de présents de toute sorte. A Boston et Cambridge les dames ne quittaient pas leur tricot. Chez elles, en visite, au thé, aux conférences, même aux concerts symphoniques

leurs aiguilles marchaient sans arrêt. On multi-
pliait les démarches, à Harvard, pour offrir à
quelques professeurs de l'université de Louvain
une situation qui leur permît d'attendre des jours
meilleurs. Des traits amusants montrent la popularité du général Joffre aux États-Unis. Nombre
d'Américaines ont donné à leurs bébés et, chose
plus significative encore, à leurs toutous favoris,
le nom du vainqueur de la bataille de la Marne !
Et j'entends encore l'une d'elles me narrer, en
riant à gorge déployée, les exploits de son bon
chien Joffre qui, par une audacieuse marche de
nuit, avait envahi le poulailler du voisin (il
répondait au doux nom de Hafenfass), avait
consciencieusement tordu le cou à toute la vo-
laille germanique, et frétillait de la queue d'un
air triomphant, le lendemain, quand le propriétaire éploré était venu protester contre ce raid
scandaleux !...

Mais les sympathies américaines pour la
France n'étaient pas seulement un élan spontané de commisération et de charité. Elles étaient
en même temps réfléchies et raisonnées. On
nous savait gré, d'abord, de n'avoir été poussés
à la guerre par aucun mobile intéressé. L'Angleterre était comme l'Allemagne une nation
« impérialiste ». Si la volonté d'hégémonie
maritime de l'Angleterre était plus légitime et

s'affirmait sous des formes plus admissibles que
les ambitions effrénées du pangermanisme, les
Américains n'en constataient pas moins que les
Anglais luttaient eux aussi pour le pouvoir et
que, dans la guerre présente, ils poursuivaient
leur intérêt. Il n'en était pas de même de la
France. Ils ne nous tenaient pas pour une nation impérialiste. Ils étaient convaincus que,
malgré notre légitime désir de reprendre l'Alsace-Lorraine, nous n'aurions jamais pris l'initiative d'une guerre de revanche. Si nous avions
été entraînés dans cette guerre, c'était par respect
pour nos engagements envers la Russie, parce
que la guerre nous était *imposée* par la volonté
agressive de l'Allemagne, parce que la neutralité eût été, de notre part, une lâcheté et un
suicide. Enveloppés contre notre désir dans la
grande tourmente, c'est nous qui subissions le
plus lourdement (avec les Belges) les maux de
la guerre. C'est notre armée qui supportait le
choc principal de la formidable machine de
guerre allemande. C'est sur notre territoire
que la lutte sanglante déroulait ses péripéties.
C'étaient nos populations du Nord et de l'Est,
c'étaient les monuments précieux de notre art
national qui subissaient les fureurs sauvages
des envahisseurs germaniques. En un mot, nous
nous trouvions impliqués par une inexorable

fatalité dans une lutte terrible où se jouait
notre existence nationale elle-même et qui en-
traînait pour nous les plus terribles souffrances.
Nous étions, aux yeux des Américains, comme
la Belgique, un pays martyr.

Il y a plus. Si la guerre présente avait été
uniquement la lutte entre l'impérialisme anglais
et l'impérialisme allemand ou le duel entre l'autocratisme russe et l'absolutisme allemand, elle
n'aurait pas eu la haute portée *morale* que la
conscience américaine lui reconnaissait. C'est
la présence de la *démocratie* française dans les
rangs des alliés qui donnait, pour les Américains, au conflit mondial sa vraie signification.
Si l'idéalisme américain a pris fait et cause pour
les Alliés, c'est parce qu'ils étaient, à ses yeux,
les champions de la démocratie et du fédéra-
lisme. Les grandes idées françaises et « révolu-
tionnaires » de liberté, d'humanité, de fédéra-
tion européenne, de justice sociale et de droit
international ce sont là, pour lui, les énergies
spirituelles vivantes et agissantes qui s'efforcent
aujourd'hui vers la lumière et se dressent contre
les puissances « réactionnaires » de l'absolutisme, du nationalisme, du militarisme. Il voit
dans cette guerre la lutte entre la religion du
Droit et celle de la Force, entre le pacifisme
humanitaire qui exige le respect de toutes les

individualités ethniques, et l'impérialisme brutal
qui courbe les faibles sous la domination du
« peuple élu ». Assurément cette conception
de la guerre peut être contestée. Les Allemands
eux aussi se sont donnés pour les champions de
la « liberté » contre la volonté de domination
britannique et l'autocratisme moscovite. Mais
leurs protestations libérales et pacifistes n'ont
trouvé de l'autre côté de l'Atlantique que peu
de créance. Et le fait significatif, pour l'opinion
américaine c'est que le libéralisme anglais et la
démocratie française se donnent la main pour
combattre les trois grands autocrates d'Europe,
l'Empereur d'Allemagne, l'Empereur d'Autriche
et le Sultan. Le tzar même, se trouvant dans le
camp des alliés, se voit amené à donner des
gages de « libéralisme » en promettant l'émancipation de la Pologne. Il n'y a donc pas de
doute pour les Américains : le triomphe de l'Allemagne inaugurerait une ère de réaction et
affermirait le joug sur la nuque des peuples
opprimés. La victoire des alliés consacrerait, au
contraire, le droit des peuples à disposer librement d'eux-mêmes et à évoluer dans la paix vers
leurs destinées normales.

Voilà pourquoi l'opinion américaine s'est prononcée si nettement en notre faveur. Elle estime
que les Français, contrairement aux assertions

allemandes, ne font la guerre ni par ambition
d'hégémonie diplomatique, ni par nationalisme
traditionaliste, ni par vanité blessée ou désir de
revanche, mais tout simplement pour défendre
leur individualité menacée. Elle nous reconnaît
donc le droit de reprendre l'Alsace-Lorraine qui
nous a été arrachée par la force et d'obtenir
une compensation équitable pour les pertes
énormes que nous avons subies. Elle n'admet-
trait pas que nous puissions succomber définitivement. Elle est convaincue de notre victoire
nécessaire.

* *

Une fois son verdict prononcé, le public américain l'a maintenu avec une inébranlable cons-
tance, sans se laisser circonvenir un seul instant par les plaidoyers ou par les protestations
des Allemands. Il a pris parti pour les Alliés
avec une telle décision que la presse a dû suivre
le courant et que, en dépit de la neutralité officielle, elle a laissé apercevoir toujours plus dis-
tinctement la sympathie des Américains pour les
Alliés. Toute la propagande progermanique n'a
obtenu aucun succès sérieux. Et à mesure que
l'attitude de l'Allemagne s'est faite plus violente,
la désapprobation américaine s'est manifestée
avec plus d'énergie. Lorsque les procédés de

guerre allemands en Belgique, en Lorraine ou
dans le Nord de la France commencèrent à être
connus des Américains non plus par des articles
de journaux toujours sujets à caution mais par
des témoins oculaires américains qui racontèrent
ce qu'ils avaient vu de leurs propres yeux, lorsqu'on vit l'Allemagne traîner de force à sa suite
la Turquie vassalisée et tâcher de déchaîner la
guerre sainte dans les colonies musulmanes des
alliés, lorsqu'on observa la frénésie de terrorisme militaire qui saisit l'Allemagne à mesure
que se resserrait autour d'elle l'étreinte des
Alliés — bombardements inutiles de villes ou-
vertes par des Zeppelins ou des aéroplanes, massacres de femmes et d'enfants par les obus des
croiseurs allemands à Scarborough ou Hartle-
pool, destruction de vaisseaux de commerce
par des sous-marins, etc., — alors l'indignation
des Américains s'aviva. Leur jugement sur la
propagande allemande et les démarches des Germano-américains devinrent plus âpres. L'Allemagne leur apparut décidément comme frappée
de vertige. On la représenta comme « the mad
dog in the street », comme le chien enragé qui
se déchaîne à travers les rues d'un village paisible, mordant au hasard tous les gens qu'il
rencontre, semant partout devant lui la terreur
et la mort.

Cette impression s'est évidemment accrue et avivée encore ces derniers temps. Les articles de M. Bédier sur les carnets de guerre allemands et l'enquête officielle sur la conduite des troupes allemandes en France ont achevé d'édifier les Américains sur les procédés de terrorisme militaire qui ont été employés systématiquement par nos ennemis. Puis l'outrance de la propagande allemande en Amérique et sa croissante arrogance ont de plus en plus indisposé l'opinion américaine. Elle s'est irritée lorsqu'elle a constaté le sans-gêne avec lequel les Allemands organisaient partout des bureaux d'espionnage, lorsqu'elle a vu des consuls allemands se compromettre en fabriquant de faux passeports, lorsqu'elle a appris que des agents allemands organisaient des complots pour faire sortir clandestinement des ports américains les navires allemands qui y étaient internés, lorsqu'elle fut informée que le télégraphe allemand falsifiait les dépêches adressées par les attachés militaires des États-Unis à leur gouvernement. Les Germano-américains qui se faisaient les dociles instruments des Allemands virent leur conduite blâmée toujours plus vigoureusement par leurs concitoyens. On trouva qu'ils se montraient vraiment trop allemands et trop peu américains. Le président Roosevelt les qualifia dure-

ment d' « amphibies sans patrie, qui, malgré
tout veulent avoir deux patries et préfèrent celle
qu'ils ont reniée ». On se scandalisa de voir
s'organiser des partis destinés à soutenir aux
diverses élections des candidats germanophiles
et à combattre ceux qui étaient hostiles aux Allemands[1]. On s'irrita de la campagne menée au
Sénat et à la Chambre par un groupe de députés
germano-américains qui, par le *Ship purchase
bill*, essayèrent de rendre possible, au mépris
des stipulations expresses du droit international,
l'acquisition par l'Amérique des navires allemands internés dans les ports des États-Unis.
Une tentative récente de fonder une association
de professeurs américains ayant étudié en Allemagne souleva les protestations d'une grande
partie de l'élite intellectuelle de la nation.

Aujourd'hui la situation est extrêmement
tendue entre l'Allemagne et les États-Unis.

Les Allemands se plaignent avec une violence

1. Ce sentiment vient de se manifester d'une façon significative dans l'élection du maire de Chicago. La ville de Chicago est un boulevard du parti démocratique et contient
environ 400.000 Allemands ou descendants d'Allemands. Or
le candidat *démocrate* et *pro-germain*, M. Robert M. Sweitzer
vient de se faire battre par le candidat *républicain* et *américain* M. William H. Thompson dont les chances paraissaient
nulles, et cela par 250.000 voix contre 400.000. La grande
erreur commise par les partisans de M. Sweitzer avait été de
trop faire ressortir, dans leur campagne, le germanisme de
leur candidat.

croissante que les Américains violent la neutralité en tolérant l'exportation des armes et des
munitions en France et en Angleterre. Or la
conduite des Américains est absolument irré-
prochable au point de vue du droit international.
Il est interdit, en effet, à une puissance neutre
de laisser sortir de ses ports une *unité armée*,
par exemple un vaisseau de guerre ou un régi-
ment prêt à entrer en campagne. En revanche
le trafic des armes et munitions demeure libre.
Les États-Unis pourraient sans doute l'interdire
par une loi spéciale. Mais comme il serait évidemment de toute impossibilité pour eux de
démontrer que cette interdiction est motivée par
les besoins du marché américain, elle apparaî-
trait aussitôt comme une mesure dirigée *contre*
celui des belligérants qui achète des armes et
des munitions, par conséquent comme une rupture de la neutralité au détriment des Alliés.
Les Américains, bien entendu, n'ignorent pas
cette situation. Et ils voient dans les protestations allemandes une nouvelle manifestation
de ce dédain germanique pour les « chiffons de
papier », pour les stipulations positives du droit,
qui s'est manifesté d'une façon si éclatante par
la violation de la neutralité belge.

La colère allemande s'est accrue le jour où,
l'Allemagne ayant établi le monopole du blé,

l'Angleterre s'est vue en droit de faire saisir à bord des navires neutres tous les envois de céréales à destination de l'Allemagne, puisque ces envois étaient, en fait, adressés à l'*État* allemand et non aux civils. Ainsi les Alliés pouvaient librement s'approvisionner en munitions, tandis que l'Allemagne se voyait privée du blé dont elle avait besoin! Pour tout observateur impartial, il était manifeste que cet état de choses, assurément dommageable pour l'Allemagne, provenait du fait que l'Angleterre possédait la maîtrise des mers, tandis que l'Allemagne était contrainte de garder sa flotte de guerre soigneusement abritée dans ses ports. Mais à cette situation les États-Unis ne pouvaient rien. Les Allemands demeuraient libre de saisir — s'ils le pouvaient — les envois d'armes adressés aux Alliés. En revanche ils n'étaient pas fondés à demander aux Américains d'interrompre leurs expéditions de munitions aux uns, sous prétexte que leurs expéditions de céréales n'arrivaient plus aux autres. C'était de nouveau exiger des Américains qu'ils se départissent, en faveur de l'Allemagne, de la neutralité correcte qu'ils entendaient garder.

On sait comment, pour riposter à la saisie des envois de céréales, l'Allemagne institua un blocus fictif de l'Angleterre et donna l'ordre à ses sous-marins de torpiller tous les navires neutres qui pénétreraient dans la zone interdite. Du coup l'opinion américaine à son tour s'indigna. La mesure édictée par les Allemands n'était pas seulement une violation flagrante du droit des gens. Elle mettait en péril les personnes et les biens de citoyens américains. Parmi les 111 passagers et marins noyés lors du torpillage du *Falaba*, se trouvait un citoyen américain. Au nombre des victimes du *Prinz-Eitel-Friedrich*, qui venait ces derniers temps se réfugier à Newport, se trouvait un navire américain, le *William P. Frye*. Les États-Unis pouvaient difficilement persister dans une attitude purement passive en présence d'une action qui devenait à la fois dangereuse pour les intérêts et dommageable pour le prestige américains.

Les rapports entre l'Allemagne et les Etats-Unis ne se sont pas améliorés depuis. L'affaire de l'*Eitel-Friedrich* s'est, il est vrai, arrangé. L'Allemagne a admis en principe l'obligation d'indemniser les propriétaires du *William P. Frye*. Et le corsaire allemand, après avoir prolongé son séjour à Newport au delà de tous les délais admissibles, a fini par être mis sous séquestre par les soins du département de la marine américaine à l'arsenal de Norfolk. Mais d'autres motifs de récriminations ont surgi. Le

secrétaire-adjoint du Trésor ayant refusé l'autorisation de quitter le port de Porto-Rico à
l'*Odenwald* que l'on savait pertinemment destiné
à ravitailler le croiseur auxiliaire allemand
Kronprinz-Wilhelm, l'ambassadeur de Guillaume II a élevé une protestation contre cette
interdiction imposée cependant par le droit international. La prétention allemande s'affirme,
d'autre part, avec une irritante insistance,
d'obliger les Etats-Unis à interrompre leur commerce d'armes avec les alliés s'ils ne peuvent
obtenir de l'Angleterre le droit de ravitailler
l'Allemagne en blé. Le ton de la presse allemande se fait de plus en plus acrimonieux et
menaçant vis-à-vis des Etats-Unis et se plaint
avec une violence croissante de ce que la neutralité américaine ne soit pas équitable. La
Gazette de Cologne fait paraître un article insul-
tant où elle suggère, pour arrêter le trafic
d'armes américain, un moyen particulièrement
gracieux : qu'on rembourse aux cupides *busi-
nesmen* yankees les petits profits qu'ils retirent
de leur commerce illicite et ils renonceront aussitôt à ces malpropres spéculations ! En même
temps le comte Bernstorff dépose à Washington
un memorandum dans lequel il adresse, sur
cette question du trafic d'armes, des remontrances si déplaisantes aux Etats-Unis, que la

presse américaine prend feu à son tour. Comme
le memorandum a été communiqué aux journaux
par l'ambassadeur sans attendre l'autorisation
de Washington, elle souligne l'incorrection de
de cette façon d'agir, la lourdeur des procédés
d'intimidation que l'Allemagne se permet vis-
à-vis des États-Unis ; elle demande que l'on
s'enquière si le comte Bernstorff a agi de sa
propre initiative ou sur les instructions expresses de son gouvernement. Une campagne
se dessine pour demander à l'Empereur le rappel de cet ambassadeur malencontreux. On
se demande si l'Allemagne ne cherche pas, de
propos délibéré, une rupture diplomatique avec
les États-Unis, peut-être pour se libérer du
contrôle — sans doute importun — que l'ambassade américaine de Berlin exerce sur le traitement des prisonniers anglais et français en
Allemagne !

Et tandis que le président Wilson s'efforce de
maintenir une neutralité officielle rigoureusement correcte, s'applique à garder la sérénité de
l'arbitre impartial entre les partis en présence,
et refuse obstinément de se laisser arracher une
déclaration qui compromettrait dans un sens ou
dans l'autre le gouvernement américain[1], on

1. Dans une réunion des membres de l'Église méthodiste,
le président Wilson a, pour la première fois, parlé de la

voit se développer de plus en plus une agitation en faveur d'une attitude plus décidée, d'une intervention plus active. Ces jours derniers encore l'ex-président Roosevelt, qui mène avec sa coutumière impétuosité la campagne contre les violateurs du droit, faisait dans le *Metropolitan Magazine*, avec une pittoresque virulence, le procès de l'attitude trop « prudente » que gardent les États-Unis entre les victimes et l'agresseur. Il comparait plaisamment la « neutralité » des Américains en face du traitement infligé à l'inof-

guerre, en des termes qui caractérisent de façon bien curieuse et significative sa façon de penser ;

« Nous traversons actuellement des journées de grande perplexité. Un grand nuage de troubles flotte au-dessus de la plus grande partie du monde. Il semble que les grandes forces matérielles, aveugles, tenues longtemps en laisse, ont été lâchées.

« Encore, sous ce nuage, peut-on voir se manifester des impulsions nées d'un idéal grandiose. Il serait impossible que les hommes supportassent ce qu'ils endurent actuellement en Europe s'ils ne voyaient ou s'ils ne croyaient voir, à travers les ténèbres sinistres de la nuit terrible, un épanouissement de lumière, là où le soleil matinal doit sugir, et s'ils ne croyaient, chacun de son côté, soutenir quelque principe éternel du droit.

« Tout autour d'eux et tout autour de nous, siège, dans une attente silencieuse, le grand tribunal qui va prononcer le jugement final sur cette lutte. C'est le grand tribunal de l'opinion mondiale et j'aperçois les grandes forces spirituelles qui guettent le dénouement pour revendiquer leurs droits.

« Il n'existe pas, à mon avis, d'homme suffisamment sagace pour prononcer à l'heure actuelle un jugement, mais nous devons tenir nos esprits prêts à accepter la vérité, lorsque le résultat de ce conflit titanique nous le révélera. »

fensive Belgique par le puissant Empire allemand à la neutralité de cet habitant des bois qui
voyant sa femme attaquée par un ours se borne
à s'écrier philosophiquement : « Hardi la vieille !
Hardi l'ours ! » Cette conduite-là peut être prudente ; mais elle n'est certes pas d'une moralité
impressionnante ! Et M. Roosevelt de stigmatiser
« l'insignifiance morale de ces professionnels
avocats de la paix qui n'ont pas osé élever la voix
pour demander la raison du tort fait à la Belgique ». Il énonce que le rôle piteux joué dans
la crise actuelle par les Etats-Unis est fait pour
éveiller contre eux, dans l'opinion impartiale,
« un sentiment croissant d'antipathie, voire de
mépris ». Et il conclut en exhortant les Américains à s'affranchir de ce pacifisme dégradant, à
reconnaître enfin que, dans l'état de choses actuel, aucun traité n'existe qui n'a pas derrière
lui une force capable de le faire respecter, et à
adopter les mesures de préparation militaire
qui seules peuvent donner aux Etats-Unis une
force en rapport avec leur importance mondiale.

Cette campagne interventionniste finira-t-elle
par amener les Etats-Unis à sortir de leur neutralité ? Il serait imprudent, je crois, d'y compter.
Assurément nul ne peut garantir que l'arrogance
et la maladresse germanique ne finiront pas par
obliger l'Amérique à se joindre aux Alliés. Mais

il me semble peu probable qu'ils s'y décident
sans y être véritablement *contraints* par des événements qu'on ne peut guère prévoir pour l'instant. Et cela, d'abord, en raison de leur foi paci-
fiste et de leur anti-militarisme invétéré. On
sent très bien que, pour beaucoup d'Américains,
la guerre, prise en soi, est une barbarie et
qu'ils éprouvent à s'immiscer dans un conflit de
ce genre la même répugnance qu'un bourgeois
paisible pourrait ressentir à l'idée d'intervenir
dans une de ces querelles nocturnes que des
apaches vident parfois, dans nos carrefours, à
coups de revolvers. On voit, assurément, se
dessiner dans la presse, comme nous l'avons
constaté, une campagne pour dénoncer à l'opinion
américaine les dangers que lui fait courir son
manque de préparation à la guerre. L'initiative
privée s'efforce même, en ce moment, de constituer une armée américaine de volontaires. Je
me demande toutefois si cette agitation sera
très efficace dans un pays où tant de gens sont
persuadés que les préparatifs guerriers sont en
eux-mêmes une provocation à la guerre et constituent, pour une nation, une tentation de faire
la guerre, et où certains Etats se refusent encore
même à organiser une gendarmerie, tant ils ré-
pugnent à tout ce qui ressemble de près ou de
loin à une armée permanente. — Une autre raison

qui détournera les Américains d'une intervention, c'est les égards qu'ils conservent pour les
Germano-américains. Sans doute ils ne sont pas
enchantés de les voir, dans les circonstances
présentes, subir trop docilement les suggestions
qui leur viennent de la mère-patrie. Certains
écrivains comme tout récemment le professeur
Baldwin ont exprimé ce mécontentement de
façon significative. Il n'en reste pas moins certain que, aux yeux des Américains, l'émigrant
allemand est, malgré ses défauts, au nombre des
plus « désirables » qui soient. — En tout état de
cause, d'ailleurs, les Germano-américains sont
nombreux ; ils sont une puissance électorale. Il
faut, par conséquent, les ménager, ou, dans tous
les cas, éviter de les pousser à bout. Et enfin,
ne nous dissimulons pas que l'admiration pour
les Allemands subsiste malgré tout en Amérique.
L'Américain a le respect de la force, de « l'efficiency ». Or l'Allemand est évidemment « efficace ». Et la guerre présente, avec toutes ses
horreurs, n'en démontre pas moins l'extraordinaire énergie qu'il est capable de déployer et la
puissance d'organisation et de discipline dont il
sait faire preuve en toute occasion. — Dans ces
conditions on sent très bien que les Américains
gardent au fond, pour lui, une réelle estime. Ils
admettent que les Allemands sont momentané-

ment sortis de leur naturel par suite de la crise
de fureur impérialiste qu'ils traversent et du
vertige nationaliste qui les a saisis. Mais on les
tient, malgré tout, pour des gens fort capables
qui, le jour où ils seront revenus à la raison,
inspireront de nouveau bien vite l'estime et la
commisération. Pour cette raison encore, l'Américain se décidera difficilement à une intervention
contre l'Allemagne.

On le voit, en définitive, l'Américain ne se
fait pas le moins du monde le complice des ambitions anglaises comme le lui reprochent si souvent les publicistes allemands. Une tentative de
l'Angleterre pour s'arroger une hégémonie na-
vale qui mettrait en péril l'indépendance des
autres peuples, rencontrerait sans aucun doute
son opposition décidée. Il ne se passionne pas
davantage pour le rêve d'une domination du
monde par les Anglo-Saxons. Ce sont là des
perspectives qui n'ont pas d'attrait immédiat
pour son sens pratique. Il ne demande pour
l'instant qu'une chose, c'est qu'on respecte
son indépendance. Et il souhaite l'avènement
dans le monde d'un ordre de choses nouveau,
où l'indépendance de chacun, et spécialement
des faibles, soit respectée de tous et assurée par la soumission de tous aux règles
d'un droit international toujours plus soigneu-

sement élaboré et plus strictement observé.

En attendant, il réprouve de toutes ses forces et trouve monstrueux que des êtres intelligents puissent s'immoler à l'idée impérialiste, se ruer en masse à la mort *pour l'Empereur et l'Empire et non pour le pays.* Il constate qu'après huit mois d'une guerre conduite avec un acharnement inouï, l'Allemagne a attiré sur elle la condamnation du monde civilisé tout entier, que les ambitions et l'esprit militariste allemands sont l'objet d'une défaveur croissante, que l'Empire est aujourd'hui une forteresse assiégée, où la gêne commence en attendant la famine. Il estime que l'issue de la guerre est dès à présent certaine, que la formidable machine de guerre allemande a trouvé plus fort qu'elle. Et il donne sans ambages aux Allemands le conseil de reconnaître leur erreur et de mettre fin, avant qu'il soit trop tard, à une guerre d'orgueil et d'ambition. L'Amérique, selon toute vraisemblance, ne s'unira pas au reste du monde pour donner le coup de grâce au colosse allemand. Mais elle estime qu'il doit tomber et tombera. Et si, malgré tout, elle garde peut-être certains ménagements envers l'Allemagne, si elle appelle de ses vœux une « conversion » de l'Allemagne au démocratisme et ne regarde pas comme entièrement chimérique l'espoir de la voir se déprendre

4

de la superstition monarchique et des rêves impérialistes, elle souhaite *d'abord* que le militarisme allemand soit brisé, et qu'ainsi se dissipe le cauchemar qui pèse depuis des années sur la vie européenne [1].

Paris, le 30 avril 1915.

---

[1]. Au moment où s'achève l'impression de cette esquisse nous parvient la nouvelle du torpillage de la *Lusitania*. Il est évidemment de plus en plus difficile de savoir si, comme nous le disions, l'arrogance et la maladresse germaniques ne finiront pas par *contraindre* les Américains à se joindre aux Alliés.

DOCUMENTS

I

Troisième lettre du Président honoraire de l'Université de Harvard, Charles-W. Eliot, au *New-York Times* [1].

POURQUOI L'AMÉRIQUE EST CONTRE L'ALLEMAGNE

Les multiples brochures que les écrivains allemands répandent en ce moment aux Etats-Unis, les nombreuses lettres au sujet de la guerre que les Américains reçoivent journellement d'amis allemands et de compatriotes d'origine allemande, nous prouvent que l'opinion publique américaine a quelque poids, ou du moins quelque intérêt pour le gouvernement et pour le peuple de l'Empire, mais que les raisons qui font pencher les sympathies américaines en faveur des Alliés ne sont pas connues en Allemagne et ne sont pas toujours comprises par les nombreux immigrés de ce pays fixés aux Etats-Unis.

Ce serait commettre une erreur grave que de s'imaginer qu'il y a en Amérique un sentiment quelconque d'hostilité ou de jalousie à l'égard de l'Allemagne, ou qu'on y manque à reconnaître les immenses obligations que le reste du monde a contractées envers cette grande nation, bien que d'ailleurs on y sente en ce moment qu'elle a été égarée par ses chefs et qu'elle doit aujourd'hui subir les conséquences, qui remontent assez haut dans le passé, de fautes politiques, d'erreurs de pensée et d'action.

Il n'est pas superflu de préciser les principaux points de contact entre l'opinion américaine et l'opinion allemande. Ils sont importants :

[1] Nous donnons la traduction de M. Ch. Borgeaud dans le *Journal de Genève*.

1. L'unité de l'Allemagne, œuvre de Bismarck et de ses collaborateurs, s'est recommandée d'elle-même aux suffrages des Américains, citoyens d'un Etat fédératif solidement constitué par l'union de beaucoup d'autres, formé de peuples d'origine et de nature parfois très différentes. Sans approuver les méthodes et les moyens de Bismarck, la plupart des Américains ont applaudi au succès de son œuvre d'unification nationale.

2. Les Américains ont admiré sans réserve l'essor de l'industrie et du commerce de l'Allemagne au cours des quarante dernières années, le considérant comme le fruit d'un esprit d'entreprise supérieurement dirigé.

3. La pensée américaine est profondément reconnaissante à la nation allemande pour l'œuvre magnifique qu'elle a accomplie depuis un siècle, dans le domaine de la science, des lettres et de l'instruction publique. A cet égard, tout sentiment de jalousie lui est absolument étranger et il lui paraîtrait inouï, intolérable, qu'aucune puissance, aucune influence extérieure entreprît jamais d'arrêter ou de ralentir les progrès de l'Allemagne dans ce domaine.

4. Tous les Américains qui ont quelque expérience des fonctions administratives reconnaissent que l'administration allemande — en temps de paix comme en temps de guerre — est la mieux ordonnée qui soit au monde. Les résultats qu'elle obtient leur paraissent commander le respect et l'admiration, à la seule réserve des cas où ils ne sont poursuivis qu'au prix d'une restriction ou d'une suppression inadmissible de la liberté individuelle.

5. La sympathie des Américains est acquise au sentiment national unanime, s'affirmant en faveur d'une guerre qu'un peuple croit essentielle à la grandeur comme à la sécurité de la patrie, et pour laquelle il est prêt à des sacrifices de vies et de biens, terribles dans le présent, irréparables dans l'avenir. Et les Américains reconnaissent que le peuple allemand est inspiré à cette heure par un tel sentiment irrésistible.

Comment se fait-il que, malgré tant de points de contact, tant de sentiments communs la portant à sympathiser avec le peuple allemand, dans les bons et dans les mauvais jours, dans la paix ou dans la guerre, tout le poids de l'opinion américaine se soit jeté dans la guerre actuelle du côté des Alliés ?

Il est clair que les raisons doivent en être cherchées dans l'histoire politique et sociale du peuple américain et dans les principes de son gouvernement d'aujourd'hui. Ces raisons sont un héritage du passé, pénétrant toute la mentalité et toute l'activité politique de la nation américaine. Elles conduisent nécessairement les Américains à s'opposer avec force, et sans compromission, à certaines pratiques gouvernementales allemandes de grande conséquence, qui sont l'aboutissement de théories prussiennes qui ont prévalu en Allemagne, au cours du dernier siècle. Énumérer ces pratiques gouvernementales allemandes, qui heurtent de front toutes nos idées, tous nos principes politiques, servira, je l'espère, à faire comprendre un peu mieux au dehors les véritables motifs de l'opinion américaine.

a) Nous ne pouvons admettre que de graves décisions, engageant la politique étrangère d'une nation, lui soient imposées par un pouvoir exécutif permanent, Tsar, Kaiser ou Roi, sur l'avis secret de diplomates de carrière qui se considèrent comme représentant personnellement leurs souverains respectifs. Le peuple des États-Unis n'a pas d'exécutif permanent et la diplomatie n'est pas chez lui une carrière professionnelle. Dans la conduite des affaires nationales, il se défie par-dessus tout du secret et il est accoutumé à exiger et à obtenir de son gouvernement la publicité la plus complète possible.

b) Il ne peut admettre que le pouvoir de décréter la mobilisation ou de déclarer la guerre, sans la consultation préalable et sans la coopération effective d'une assemblée nationale, soit placé entre les mains d'un chef d'État, quel qu'il soit. Le fait que la mobilisation allemande a été ordonnée trois jours avant la réunion du Reichstag, bouleverse toutes les idées américaines touchant les droits de la nation et les limites qu'ils imposent à l'autorité exécutive.

c) Le secret qui entoure les relations diplomatiques, les accords internationaux et les traités d'alliance, tel qu'il est ordinairement compris en Europe, est, aux yeux de la plupart des Américains, non seulement inopportun, mais dangereux et injustifiable. La Constitution des États-Unis exige, pour tout traité négocié par le président et son ministère, la discussion publique et la ratification du Sénat.

d) A tout Américain qui pense et qui juge, la conception politique qui fait de la force des armées le fondement de la véritable grandeur d'une nation apparaît comme erronée et si elle domine longtemps, comme dégradante pour un peuple chrétien. Il est convaincu que les États-Unis peuvent prétendre au titre de grande nation, mais que leur grandeur est due à des forces intellectuelles et morales, exerçant leur action par des moyens matériels correspondants et manifestées par le niveau de l'instruction, de la santé publique, de l'ordre public, le développement de l'agriculture, de l'industrie et du commerce et la prospérité générale qui en résulte. Jamais dans leur histoire, ils n'ont organisé de forces militaires qu'on puisse qualifier d'armée permanente ou demandée à la conscription, et, jusqu'à une date qui ne remonte pas à plus de vingt ans, leur marine de guerre est restée minuscule en regard de l'étendue de leurs côtes. Aucune expérience de cette histoire ne saurait engager le peuple américain à envisager la force militaire comme une condition de réelle grandeur nationale.

e) Nous ne pouvons admettre l'extension d'un territoire national par la force, contrairement aux vœux des populations en cause. Cette objection est une conséquence nécessaire de nos institutions démocratiques. Le peuple des Etats-Unis s'est montré fidèle à ce principe de la démocratie dans des circonstances où il était particulièrement difficile à son gouvernement d'y satisfaire, par exemple lorsqu'il a évacué la belle île de Cuba, occupée par les troupes américaines pendant la courte guerre de 1898 contre l'Espagne, et lorsqu'il s'est refusé à une intervention armée au Mexique pour la protection des intérêts de capitalistes américains, au moment où ce pays voisin était troublé par une guerre intestine.

Cette objection porte sur des actes anciens du gouvernement allemand, tels que l'annexion du Schleswig-Holstein et de l'Alsace-Lorraine, aussi bien que sur sa manière de procéder dans la guerre actuelle en Belgique.

f) L'opinion américaine proteste, avec la dernière énergie, contre la violation des traités internationaux, sous prétexte de nécessités militaires ou pour toute autre

raison, quelle qu'elle soit. Elle est fermement persuadée
que le progrès de la civilisation dépendra à l'avenir du
respect universel de la sainteté des contrats, ou pactes
solennels entre les nations, et du développement par
commun accord du droit international. Les traités de neutralisation et d'arbitrage, les conférences de la Haye et
quelques-unes des tentatives sérieuses de médiation,
malgré leurs imperfections et leur insuffisance, malgré
les violations brutales qu'il a fallu enregistrer en trop
d'occasions, sont le témoignage éclatant d'une tendance
irrésistible du monde civilisé à prévenir les guerres entre
nations par le moyen d'accords délibérés et conclus en
temps de paix. Les Etats-Unis en ont proposé et accepté
un plus grand nombre qu'aucune autre puissance ; ils s'y
sont conformés et en ont bénéficié. C'est par le moyen
d'un accord de ce genre, fait il y a près d'un siècle, que
le Canada et les Etats-Unis ont évité le poids de fortifica-
tions et d'armements réciproques. Ceci bien qu'ils aient
éprouvé de graves dissentiments et de véritables chocs
d'intérêts, sur une frontière de 3.000 milles anglais, dénuée
de barrières naturelles sur presque toute sa longueur.

Nourrissant l'espérance de voir un jour la paix de l'Europe et les droits de ses peuples assurés par la conclusion
de traités solennels, qui devraient comprendre l'établissement d'une cour suprême de droit international, efficace-
ment appuyée par une force internationale, les Américains
voient dans l'attitude du gouvernement allemand à l'égard
du traité de neutralisation de la Belgique, considéré par
lui comme un chiffon de papier qui pouvait être déchiré
sous l'empire de considérations stratégiques, le témoignage de l'adoption par l'Empire d'une politique rétro-
grade, du caractère le plus alarmant. Ce seul acte de
l'Allemagne, — la violation de la neutralité belge, — eût
déterminé à lui seul l'opinion américaine en faveur des
Alliés. La raison supérieure en est que toutes les espérances que l'Amérique place dans la paix et l'ordre du
monde civilisé sont basées sur l'inviolabilité des traités.

g) Notre opinion publique s'est de plus profondément
émue de la façon dont la guerre est conduite du côté allemand. Aux yeux du peuple américain, rien ne peut justifier ni le fait de lancer des bombes, sans but spécial, sur
des villes peuplées de non combattants, ni le fait de brûler

ou de faire sauter des quartiers de villes non fortifiées, ni
la destruction de monuments précieux et de trésors de l'art,
ni la dispersion de mines flottantes dans la mer du Nord,
ni l'exaction de rançons extorquées aux cités menacées de
destruction, ni l'arrestation de citoyens qui ne portent
pas les armes, pour être gardés comme otages répondant
de la conduite pacifique de populations entières et frappés
d'exécution sommaire en cas de désordre. Tous ces procédés paraissent aux Américains faits de guerre évitables,
inopportuns et injustifiables, dont résultent fatalement des
sentiments de haine et de mépris pour la nation qui en est
responsable et qui rendront par suite plus difficile aux
générations futures le maintien de la paix et de l'ordre en
Europe. Ils ne peuvent s'empêcher de songer aux pertes
dont la civilisation serait menacée, s'il arrivait que les
Russes vinssent apporter en occident le genre de guerre
que les Allemands ont inaugurée en Belgique et en France.
Ils s'attendaient à ce qu'en ce siècle les hostilités ne fussent
dirigées que contre des combattants en armes, leurs
sources d'approvisionnements et leurs centres de protection.

Cette manière de voir du peuple américain est indubitablement le produit des idées que les colons de la Nouvelle-
Angleterre ont apportées avec eux dans les solitudes du
nouveau monde, au xvii⁰ siècle, des longs débats qui ont
précédé l'adoption de la Constitution fédérale, au
xviii⁰ siècle, et des expériences particulières qu'ont faites,
durant les cent vingt-cinq années qui viennent de s'écouler,
les libres républiques dont l'union a constitué les Etats-Unis
d'Amérique.

Les expériences et la situation de l'Allemagne moderne
sont absolument différentes. Durant des siècles, l'Allemagne a été divisée en groupes d'Etats rivaux, a dû faire
face à des voisins ambitieux et belliqueux et a souvent
pâti de leurs attaques. De la guerre est sortie la puissance
prussienne et en dernier lieu l'unité allemande. L'habitude de faire de la force des armes le fondement de la
grandeur nationale s'est imposée de la sorte à l'intelligence comme au patriotisme de l'Allemagne. Mais cette
habitude paraît aux Américains à la fois malsaine et dangereuse. Les guerres et les menaces de guerre qui ont
ébranlé l'Europe, depuis 1870-71, et le cataclysme actuel

leur paraissent établir suffisamment que ce n'est pas la préparation à la guerre, à quelque degré qu'elle soit poussée chez les nations européennes, qui peut maintenir la paix du continent ou même seulement diminuer la fréquence du fléau destructeur. Ils estiment aussi que cet état de préparation à la guerre, que l'Empire allemand peut entretenir mieux qu'aucun de ses voisins, ne saurait lui conserver le bienfait de la paix, ni le protéger contre l'invasion étrangère, même si cet état de meilleure préparation lui assure dans le détail de l'armement la supériorité de perfectionnements tenus secrets. Toutes les nations qui l'entourent sont capables de développer chez elles un esprit d'offensive puissant et efficace ; et tous les pays de l'Europe, à l'exception de l'Angleterre et de la Russie, ont les moyens de mobiliser et de mettre en ligne à bref délai de grands corps de troupes. En d'autres termes, tous les États européens sont capables de faire preuve d'un patriotisme ardent et tous possèdent le réseau de voies ferrées, de routes, de télégraphes, de téléphones et d'autres moyens de communication qui rendent possible une mobilisation rapide.

Dans les conditions où se trouvent à l'heure qu'il est les grandes puissances de l'Europe, aucun degré de perfectionnement de la machine militaire, aucune application, si constante fut-elle, à l'étude stratégique des plans de campagne contre le voisin ne saurait donner à l'Allemagne une sécurité véritable. Dans l'état actuel de perfectionnement des moyens de destruction et de la fortification rapide, l'assaillant, dans une bataille sur terre ferme, ne bénéficie plus, dans les mêmes conditions qu'autrefois, de l'avantage marqué de l'offensive. Il y a modification à cet égard des conditions de la lutte en faveur de son adversaire Les batailles ne sont plus décisives et il faut, pour que la guerre le devienne, que chaque parti soit décidé à la soutenir jusqu'à l'écrasement complet du parti adverse, — un effort gigantesque qui entraîne des pertes incalculables et des misères sans fin. Les Américains se souviennent toujours de leurs quatre années de guerre civile qui, bien que résolument conduite de part et d'autre, ne cessa que lorsque les ressources des États du Sud, en hommes et en matériel, furent épuisées. Dans cette terrible crise, le capital entier de ces États fut englouti.

Maintenant que l'attaque brusquée sur Paris a échoué,
que le temps nécessaire a été donné aux forces lentes à
mouvoir de la Russie et de l'Angleterre, et que ces deux
nations, résolues et tenaces, ont décidé de consacrer
toutes leurs forces morales et matérielles à la lutte en
commun avec la France contre l'Allemagne, l'issue de la
lutte, quelle que soit sa durée, ne paraît pas douteuse. Ce
sera la défaite de l'Allemagne et de l'Autriche-Hongrie
dans leur présente et commune entreprise et l'abandon
nécessaire, dans les deux pays, du principe qui fait
dépendre leur salut du militarisme et du maintien d'un
pouvoir exécutif absolu, disposant du droit et des moyens
de faire une guerre brusquée.

Un tel pouvoir ne doit appartenir à aucun être humain.
L'alternative est, cela va sans dire, un gouvernement
vraiment constitutionnel, où la puissance militaire est
subordonnée au pouvoir civil.

Le peuple américain ne peut voir sans une profonde
affliction le sacrifice stérile de vies, de propriété et de
bonheur humain que les peuples allemands font à un
idéal irréalisable de puissance nationale. Le sacrifice que
l'Allemagne impose aux Alliés est considérable, terrible,
mais il y a des raisons d'espérer qu'il ne sera pas stérile,
parce que de grands bienfaits peuvent en résulter pour la
liberté et pour la paix de l'Europe.

De ce côté de l'Atlantique, tous ceux qui ont l'expérience
de la lecture des journaux savent parfaitement que les
neuf-dixièmes des informations qui leur parviennent, au
sujet de la guerre, sont de source anglaise ou française, et
ceci les rend attentifs à ne pas émettre de jugement, sur
des points de détail, jusqu'au moment où les événements
et les faits racontent eux-mêmes leur histoire. Ils n'ont
pas la prétention de savoir de quel côté la victoire incline,
en une bataille prolongée sur un front étendu, jusqu'à ce
que le changement constaté des positions respectives des
combattants fasse voir quels ont été les succès et les
revers. L'Angleterre et la France sont avantagées, en ce
qui concerne la formation de notre opinion publique,
parce que leurs gouvernements nous envoient des communiqués officiels plus fréquents et plus précis que ne le fait
le gouvernement allemand. Le secret avec lequel les opérations sont conduites de part et d'autre est, il faut le

dire, nouveau et difficile à accepter pour le public américain, comme d'ailleurs pour le public anglais.

Les brochures des publicistes et des universitaires allemands qui nous parviennent, et les diverses publications analogues qui ont vu le jour ici même, paraissent indiquer que le public allemand est toujours tenu dans l'ignorance des réels antécédents de la guerre et de même de beaucoup des événements et des aspects de la lutte épouvantable qui se poursuit. Ces écrits nous paraissent contenir une quantité d'informations erronées touchant l'attitude de l'Autriche-Hongrie à l'égard de la Serbie, les négociations diplomatiques et la correspondance échangée entre les souverains à la veille des déclarations de guerre, de même que sur l'état d'esprit des populations de Belgique et d'Angleterre. Les Américains, qui croient au bon sens et aux bons sentiments des masses, sont portés à penser que, lorsqu'une calamité terrible s'abat sur une nation, celle-ci n'a pas pu être évitée à temps, sans quoi elle l'eût évitée. Dans le cas particulier, ils se demandent si l'Empereur, la chancellerie et l'état-major allemands n'ont pas eux-mêmes été mal informés, sur quelque point important, et n'ont pas commis de graves erreurs de calcul qu'ils ont résolu de céler, le plus longtemps possible, au pays qu'ils ne mettent pas dans leur confidence.

Les sympathies américaines vont au peuple allemand dans ses souffrances et dans ses deuils, mais non pas à ceux qui le gouvernent, ni à la caste militaire, ni aux professeurs et aux lettrés qui ont enseigné, depuis plus d'une génération, que la force crée le droit. Cette courte phrase résume l'erreur fondamentale qui, depuis cinquante ans, a empoisonné les sources de la pensée allemande et de la politique allemande.

La crainte du Moscovite ne paraît pas aux Américains une explication suffisante à la conduite actuelle de l'Allemagne et de l'Autriche-Hongrie, si ce n'est pour autant qu'un état de panique irraisonnée peut être allégué à titre d'explication.

Contre une agression possible, bien que peu probable, de la Russie, une solide alliance défensive des puissances d'occident serait une protection plus désirable que l'hégémonie de l'Allemagne. On pourrait également et aisément concevoir de nouveaux « États tampons » : la Pologne reconstituée et une Confédération balkanique. Quant à la « revanche » française, c'est l'inévitable et légitime conséquence de la façon dont la France a été traitée par l'Allemagne en 1870-71. Le grand succès commercial de l'Allemagne au cours des trente dernières années fait qu'il est difficile aux Américains de comprendre l'indignation des Allemands contre les Anglais à raison de l'opposition que l'Angleterre peut y avoir organisée en vain. Aucun degré d'exclusivisme commercial à la charge de l'insulaire Angleterre ne saurait justifier de la part de l'Allemagne une prétention à se saisir du pouvoir suprême en Europe, et ensuite, peut-être, dans le monde.

Il faut dire enfin que les Américains regarderaient comme fatal et contraire à toutes leurs espérances que le résultat de la guerre fût la destruction ou la ruine de la nation allemande. Au contraire, ils estiment que l'Allemagne sera plus libre, plus heureuse et plus grande que jamais lorsque, délivrée des monstrueuses pratiques de la politique bismarckienne et d'une conception surannée des fonctions du chef de l'État, elle aura joui de vingt années de véritable paix.

28 Septembre 1914.

II

Lettre de J. Mark Baldwin à Hugo Kirchbach. secrétaire de la Ligue universitaire allemande de New-York (publiée par le *Temps*).

« Vous me demandez qu'en qualité d'ancien étudiant à certaines universités allemandes je me joigne à la Ligue universitaire allemande de New-York pour l'aider « à répandre la vérité d'accord avec le but poursuivi par l'Allemagne ». Vous faites appel pour cela à ma camaraderie avec de nombreux étudiants allemands pendant une longue carrière académique.

D'après moi, la vérité est que les négociations diplomatiques avant la guerre indiquent, de la part de l'Allemagne, une honteuse malhonnêteté, du cynisme et du chantage. Le défi de la guerre finalement déchaînée par l'Allemagne ne pouvait pas ne pas être accepté par tout peuple honnête se respectant. La France et la Russie se trouvaient toutes deux devant le devoir et la nécessité de se battre. L'Angleterre n'avait qu'un seul devoir : un devoir envers la Belgique et la civilisation.

L'honneur n'en est que plus grand pour elle, car elle a accepté ce devoir sans être contrainte.

L'Allemagne a conduit la guerre en bandit, en pirate national, en mettant à profit, dans toutes les circonstances, l'esprit chevaleresque et l'honneur de ses adversaires. Ses méthodes ont été celles d'un vandalisme officiel. Elle s'est placée en dehors de toute sympathie possible de la part de ceux dont la culture n'est pas celle des primitifs sauvages. L'appel aux professeurs américains et aux étudiants est en soi-même un affront ; car ces étudiants et ces professeurs sont ceux qui savent entretenir le feu de l'enseignement moral, qui cherchent à maintenir l'intégrité de l'idéal humain, de l'idéal chrétien. Ce sont eux qui sont responsables de l'opinion publique et qui forment la jeunesse. Leur réponse est : Honte à vous et à votre maison ! Que les professeurs allemands de morale et de vraie science puissent « justifier » les méthodes guerrières allemandes et les buts poursuivis, cela est un coup dont tout le corps de l'université américaine ne se remettra jamais. A ses yeux la débâcle morale de l'Allemagne semble être proche.

Les buts et les procédés d'un groupe d'Allemands aux États-Unis commencent à devenir suspects à tous les Américains. Nos études en Allemagne ne nous ont pas rendus moins patriotes comme Américains ou partisans de l'idéal anglo-saxon. Nous n'avons pas été « made in Germany ». Nous commençons à demander que la catégorie des étudiants, des journalistes ou des politiciens « made in Germany » soient répudiés et que ceux qui exploitent cette catégorie en prenant pour base les États-Unis pour se livrer à une propagande non neutre et anti-patriotique reçoivent leurs passeports, des passeports allemands et non de faux passeports américains. Conduite par l'ambassadeur allemand dont l'activité, dès le début, aurait justifié le rappel, menée par des journaux, des circulaires et des harangues publiques, il n'est pas étonnant que la campagne ait atteint le niveau où l'on trouve les

bombes, l'incendie, le complot politique. Ces Allemands
sont traîtres à leur pays d'adoption. Nous leur avons
montré une tolérance égale à leur mépris pour nous. Les
Allemands qui vivent aux États-Unis doivent faire en
sorte que l'appellation « Germano-Américains » ne soit
pas synonyme des termes « intrigue et déloyauté ». Il est
certain que de nombreux Américains considèrent les Allemands avec méfiance, même les naturalisés se trouvant
aux États-Unis dont le patriotisme n'a pas donné de
preuves adéquates. Le premier devoir de votre organisation universitaire serait d'exposer la trahison allemande
à l'égard des lois des États-Unis.

Vous enlèveriez ainsi aux Germano-Américains l'op-
probre qui, dans l'avenir, peut peser sur eux. »

III

**Extraits de l'article publiés par le Président Théodore Roo-
sevelt dans le numéro d'avril du** *Métropolitan Magazine*
**sous le titre : « Le besoin d'être prêt » et avec le sous-
titre : « Le seul ami d'oncle Sam est l'oncle Sam : et c'est
pourquoi il doit être capable de se défendre lui-même
(Traduction du** *Petit Parisien*).

« Nous devrions comprendre clairement l'insignifiance
morale de ces professionnels avocats de la paix qui n'ont
pas osé élever emphatiquement la voix pour demander
raison du tort fait à la Belgique. Les États-Unis ont failli
outrageusement à leur devoir envers la Belgique. Nous
avions solennellement donné notre assentiment au congrès international qui garantissait implicitement la Belgique contre le type même du désastre qu'elle a d'abord
supporté et contre les hideux méfaits qui ont suivi cet
initial désastre : mais, avec une timide compréhension du
devoir qui a apporté le déshonneur sur ce pays, le gouvernement n'a pas cru devoir murmurer un seul mot en
faveur des engagements violés et dont le pays pourtant
avait pris d'avance sa responsabilité. Par la faute de leur
gouvernement, les États-Unis ont été sans foi à leur
parole, ils ont failli à leur devoir et perdu toute chance
de gagner un ascendant moral qui aurait pu avoir la plus

puissante influence pour les meilleurs intérêts de l'humanité. Quand cette nation, la plus puissante des nations neutres qui ont signé les conventions de la Haye, n'a pas protesté contre leur violation, toute opportunité est désormais perdue pour elle de prendre une position effective pour la paix et contre les injustes violences internationales. Les traités sont presque sans valeur quand ils ne sont pas observés ; car un traité est seulement une promesse : et il vaut beaucoup mieux ne jamais faire de promesse que d'en faire légèrement et se dispenser avec autant de légèreté de les tenir... »

« ... Il est clairement de notre devoir de soutenir nos propres intérêts. Mais il y a quelque chose d'essentiellement ignoble à manquer de soutenir de façon courageuse et virile les droits de ceux qui ont été cruellement lésés ; à manquer au devoir auquel nous étions tenus, en faveur de l'humanité ; puis à faire une volte-face rapide et produire notre première protestation, dans l'intérêt de nos propres dollars et contre la nation qui avait, elle, pleinement rempli son devoir envers la Belgique et en supportait à ce moment les conséquences.

Il n'y a rien d'héroïque en aucun cas dans la position d'un neutre. Et crier pour la paix, quand le crieur est en sûreté et quand il n'ose pas dire un seul mot sur la question de droit, est certainement pour faire naître une désagréable émotion parmi ceux qui, de tout leur cœur, croient qu'ils combattent pour le droit et qui accomplissent le plus grand sacrifice que peut accomplir l'humanité pour la cause qu'ils défendent.

Être « neutre » quand l'inoffensive Belgique souffre les plus atroces injures de la part du puissant empire allemand, rappelle d'une façon déplaisante la neutralité de ce sauvage habitant des bois qui, voyant sa femme attaquée par un ours, remarque philosophiquement : « Vas-y, la vieille ! Vas-y, l'ours ! » Ce type de neutralité est quelquefois prudent. Jamais il n'impressionne par sa moralité... »

N° 37

" *Pages actuelles* "
1914-1915

L'Occupation Allemande à Bruxelles racontée par les Documents allemands

AVIS ET PROCLAMATIONS AFFICHÉS A BRUXELLES
DU 20 AOUT 1914 AU 25 JANVIER 1915

INTRODUCTION
par

L. DUMONT‑WILDEN

BLOUD ET **GAY**, ÉDITEURS

7, PLACE SAINT‑SULPICE, PARIS

L'Occupation Allemande à Bruxelles racontée par les Documents Allemands

MÊME COLLECTION

Comment les Allemands font l'opinion. *Nouvelles de guerre affichées à Bruxelles pendant l'occupation* . . . . . . 2 vol.
Introduction par L. DUMONT-WILDEN.

« *Pages Actuelles* »
1914-1915

L'Occupation Allemande à Bruxelles racontée par les Documents Allemands

@ @ @

Avis et Proclamations = = =
= = = = Affichés à Bruxelles = = = =
du 20 Août 1914 au 25 Janvier 1915

@ @ @

INTRODUCTION

PAR

L. DUMONT-WILDEN

PARIS

LIBRAIRIE BLOUD & GAY

7, PLACE SAINT-SULPICE, 7

1915

INTRODUCTION

Un député français, retour de Suisse, remarquait dernièrement que, chez les neutres, les boutiques des libraires
sont de véritables champs de bataille : d'un côté, pareilles
à de redoutables bastions, s'élèvent les lourdes piles des
gros bouquins, des tracts, des innombrables brochures allemandes ; de l'autre, se disposent comme des bataillons
prêts à monter à l'assaut les écrits français, et, selon que le
libraire est plus ou moins favorable aux empires du centre
ou aux puissances de la Triple-Entente, le bastion allemand
semble inexpugnable, ou l'assaut français paraît au moment de triompher. Dans cette bataille de l'imprimé, les
Pages actuelles figurent avec avantage. On sait, en effet,
que nos amis du dehors y trouvent d'amples moissons
d'arguments, d'innombrables raisons d'espérer et de fortifier leur espérance. Et, en général, les gens impartiaux
s'entendent pour louer le ton modéré et la parfaite bonne
foi de la propagande française.

Pourtant, on a entendu quelques neutres, quelques-
uns de ces neutres qui font de la neutralité une sorte de
religion timide et scrupuleuse, nous objecter : « Vous
aussi, vous interprétez les faits avec passion ; vous aussi,
vous faites intervenir le sentiment dans vos raisonnements ;
vous aussi, vous vous refusez à faire crédit à l'adversaire,

et à croire à sa bonne foi. Ce que nous cherchons pour nous faire une opinion sur les origines de cette guerre et sur ses péripéties, c'est le document « objectif », le document d'archives, le document d'histoire. Eh bien ! des documents de cette nature, en voici.

On ne trouvera dans ces quelques pages qu'une collection d'affiches et de proclamations, celles qui furent placardées sur les murs de Bruxelles, du 20 août au 1er novembre. Il n'est point de pièces plus froides et plus incontestables. Nous n'avons pas voulu y faire un choix, nous avons tout donné, jusqu'à des règlements sur la police du roulage, nous n'y avons ajouté aucun commentaire, à peine quelques notes explicatives, et l'on ne trouvera ici exactement que l'histoire de l'occupation allemande à Bruxelles racontée par les documents allemands.

Pourquoi d'ailleurs aurions-nous cherché à commenter ces actes administratifs tour à tour doucereux et impérieux ? Leur langage glacé n'en est que plus éloquent. Ils racontent presque jour par jour le supplice d'une ville gouvernée par l'ennemi ; ils donnent le détail de la politique à la fois cauteleuse et brutale au moyen de laquelle le gouvernement allemand a voulu, tantôt séduire, tantôt dompter la population belge ; ils racontent aussi la résistance patiente, ironique, héroïque, d'un peuple que rien n'avait préparé au grand rôle que l'histoire lui réservait et qui s'est montré capable de le jouer supérieurement.

Mais pour bien comprendre la signification de ces documents, il est pourtant nécessaire de se figurer ce qu'était l'atmosphère morale de la ville où ces affiches furent placardées.

Les premiers temps de la guerre furent, à Bruxelles, des semaines de fièvre et d'exaltation. A l'inquiétude des premiers jours, une magnifique confiance avait succédé ; l'étonnement de voir Liège résister aux masses allemandes, tenir et tenir victorieusement, avait soulevé la nation entière d'un enthousiasme qui avait balayé ses querelles, ses incertitudes et ses timidités. On connut à Bruxelles quelques jours de joie magnifique et de fol espoir. Puis, brusquement, alors qu'on croyait encore les Allemands en échec, on apprit coup sur coup que l'armée belge se retirait sur Anvers, que plus d'un million d'hommes envahissaient le pays et que Bruxelles allait être occupé. Ce fut un moment de stupeur et de consternation, dont heureusement peut-être, on n'eut pas le temps de revenir.

C'est le 19 août, dans l'après-midi, qu'on connut la fatale nouvelle. Le lendemain à 9 heures du matin, le bourgmestre, M. Adolphe Max, qui, durant toute l'occupation et jusqu'à son emprisonnement, fut admirable de dignité, d'ironie spirituelle et d'héroïsme civique, se rendait sur la route de Tervueren à la rencontre du général Sixt von Armin, commandant de l'armée allemande, pour arrêter avec lui les conditions de la capitulation. Quelques instants après, les premiers uhlans entraient dans Bruxelles...

Pendant trois jours, ce fut l'invasion. De tous les côtés, les hordes d'Allemands arrivèrent dans la ville : les premières venaient de Louvain, mais bientôt ce furent tous les abords de la Cité qui en furent inondés. Ils passèrent comme un flot, comme un raz-de-marée, logeant dans les casernes, dans les monuments publics, chez les habitants des faubourgs, repartant le lendemain de leur marche automatique, obstinée vers le Sud, vers Paris. Bruxelles, pour cette première armée, armée magnifique, composée des meilleures troupes de l'Empire et qui, jusqu'à la Marne, parut s'avancer vers Paris d'un élan invincible, n'était momentanément qu'une étape, un centre de ravitaillement. La première affiche qui parut sur les murs de la ville, quelques heures à peine après l'installation du général von Armin à l'Hôtel de Ville, l'apprend à la population.

Bruxelles, le 20 août 1914.

PROCLAMATION

Des troupes allemandes traverseront Bruxelles aujourd'hui et les jours suivants, et sont forcées par les circonstances de réclamer à la ville la prestation de logements, de nourriture et de fournitures. Toutes ces prestations seront réglées régulièrement par l'intermédiaire des autorités communales.

Je m'attends à ce que la population se conforme sans résistance à ces nécessités de guerre et, spécialement, à ce qu'aucune agression n'ait lieu contre la sûreté des troupes, et à ce que les prestations exigées soient promptement fournies.

En pareil cas, je donne toute garantie pour la conservation de la ville et pour la sécurité des habitants.

Si cependant, ainsi qu'il est malheureusement arrivé ailleurs, il se produisait des agressions contre les troupes, des tirs contre les soldats, des incendies ou des explosions de tout genre, je me verrais contraint de prendre les mesures les plus sévères.

Le général commandant le corps d'armée,
SIXT von ARMIN.

Cette première proclamation était relativement modérée de ton. Le général qui l'avait signée n'avait sans doute pas oublié les premières instructions qui avaient été données à l'armée d'invasion, dans l'hypothèse d'une demi complicité de la Belgique (1). Mais d'autres placards allaient bien-

---

(1) Voici l'affiche qui fut placardée sur les murs de Spa par les premières troupes allemandes qui pénètrent en Belgique convaincue qu'on allait les laisser passer.

Au Peuple Belge,

C'est à mon grand regret que les troupes allemandes se voient forcées de franchir la frontière de la Belgique. Elles agissent sous la contrainte d'une nécessité inévitable, la neutralité de la Belgique ayant été déjà violée par des officiers français qui, sous un déguisement, ont traversé le territoire belge en automobile pour pénétrer en Allemagne.

tôt donner un tout autre accent à l'attitude des vainqueurs.
Le 21 août les faubourgs de Bruxelles sinon le centre de la
ville étaient inondés d'affiches comminatoires :

Aux habitants de la Belgique,

Les événements des derniers jours ont prouvé que les habitants de la Belgique ne se rendent pas assez compte des tristes
conséquences que les violations des lois de la guerre doivent
entraîner pour eux-mêmes et pour tout le pays. Je leur recommande de lire attentivement la publication suivante :

1. *Seront punis de mort* tous les habitants qui tirent sur nos
soldats sans appartenir à l'armée organisée et entreprennent
de nuire à nos troupes ou d'aider les troupes belges ou alliées
et qui se rendent coupables d'un acte quelconque apte à mettre
en péril la vie ou la santé de nos soldats, enfin particulièrement qui commettent des actes d'espionnage.

Des perquisitions seront ordonnées dans les villages.

Qui sera attrapé ayant des armes dans sa maison subira une
sévère punition, dans les cas graves *la punition de mort*.

Belges ! C'est notre plus grand désir qu'il y ait encore moyen
d'éviter un combat entre deux peuples qui étaient amis jusqu'à
présent, jadis même alliés. Souvenez-vous du glorieux jour de
Waterloo où c'étaient les armes allemandes qui ont contribué à
fonder et établir l'indépendance de votre patrie.

Mais il nous faut le chemin libre. Des destructions de ponts, de
tunnels, de voies ferrées devront être regardées comme des actions hostiles.

Belges, vous avez à choisir.

J'espère donc que l'armée allemande ne sera pas contrainte de
vous combattre. Un chemin libre pour attaquer celui qui voulait
nous attaquer, c'est tout ce que nous désirons. Je donne des garanties formelles à la population belge qu'elle n'aura rien à
souffrir des horreurs de la guerre, que nous paierons en or
monnayé les vivres qu'il faudra prendre du pays, que nos soldats
se montreront les meilleurs amis d'un peuple pour lequel nous
éprouvons la plus haute estime, la plus grande sympathie.

C'est de votre sagesse et d'un patriotisme bien compris qu'il
dépend d'éviter à votre pas les horreurs de la guerre.

Le général commandant en chef de l'armée de la Meuse.

Les villages où des actes d'hostilité seront commis par les habitants contre nos troupes *seront brûlés*.

2. Seront tenus responsables de toutes les destructions des routes, chemins de fer, ponts, etc., les villages dans la proximité des points de destruction.

Les mesures les plus rigoureuses seront prises pour garantir la prompte réparation et pour éviter de semblables méfaits.

3. Chaque personne qui s'approchera d'une place d'atterrissement d'aéroplanes ou de ballons jusqu'à 200 mètres sera *fusillée sur place*.

Pour la sauvegarde des intérêts supérieurs dont je suis chargé, je suis fermement résolu d'employer *chaque moyen possible* pour forcer le respect des lois de la guerre et pour protéger nos troupes contre les attaques d'une population hostile.

Les punitions annoncées ci-dessus seront exécutées sévèrement et sans grâce.

La totalité sera tenue responsable.

Les ôtages seront pris largement.

Les plus graves contributions de guerre seront infligées.

Par contre, si les lois de la guerre seront respectées et si tout acte d'hostilité sera évité, je garantis aux habitants de la Belgique la protection absolue de leur personne et de leur propriété.

Le commandant en chef de l'armée.

Cette affiche concernait spécialement les villages, paraît-il.

Celle-ci s'adressait au pays tout entier.

Aux habitants des provinces occupées,

Les pouvoirs exécutif et administratif dans les provinces occupées passent aujourd'hui entre les mains des chefs supérieurs des troupes allemandes.

J'avertis la population de se tenir tranquille et de continuer à ses occupations civiles. Nous ne faisons pas la guerre aux habitants paisibles, mais seulement à l'armée. Si la population obéit, on ne lui fera pas de mal.

La propriété des communes et des particuliers sera respectée et les vivres et matériaux nécessaires à l'armée d'occupation seront exigés avec égard et seront payés.

D'autre part, la résistance et la désobéissance seront punies avec extrême sévérité.

Toutes les armes, toutes les munitions, tous les explosifs doivent être remis aux troupes allemandes au moment de leur arrivée.

Les habitants des maisons où l'on trouverait des armes, des munitions, des explosifs, auront à craindre d'*être fusillés et de voir leurs maisons brûlées.*

Quiconque résistera à main armée *sera fusillé.*

Quiconque s'opposera aux troupes allemandes,

Quiconque attentera à leurs blessés,

Quiconque sera trouvé l'arme à la main,

sera fusillé de même.

Le général commandant le IIIe corps d'armée.

von LOCHOW,

Général d'infanterie.

Je me souviendrai toujours de cette matinée ensoleillée où je lus, pour la première fois, ces affiches allemandes.

Une jolie lumière d'été, une lumière du Dimanche, baignait les marronniers de l'Avenue Louise, la promenade élégante de Bruxelles. Sous les arbres, il y avait, comme tous les jours, de jolis enfants qui jouaient, mais les passants pressaient le pas, et de temps en temps, s'écartaient de quelques groupes de soldats allemands qui, les bras ballants, traînant leurs lourdes bottes, s'en allaient Dieu sait où, d'un air morne, et promenaient leurs yeux sans regard sur cette ville conquise. Rencontrait-on quelqu'un de connaissance, on s'arrêtait, on se serrait les mains sans rien dire de cet air de circonstance que l'on prend dans les maisons où il y a un mort. Et la beauté de la journée commençante, cette propreté, cet air de confort élégant qui fait le charme de Bruxelles, et que l'on sentait plus puissamment que jamais ce jour-là, semblait-il, contribuait à serrer le cœur. La ville, si animée, si fiévreuse la veille encore, paraissait brusquement être tombée dans le coma...

Mais, au coin d'un de ces larges carrefours aérés, qui

sont une des beautés de la ville, devant la façade banale et
bien lavée d'un vaste hôtel bourgeois, voici un attroupe-
ment : une cinquantaine de personnes qui s'agitent. De
tous les points de la place, les passants se hâtent vers ce
noyau d'une foule qui va grossissant. Qu'est-ce donc ?
L'épigastre contracté, sachant que tout est à craindre,
chacun se précipite : c'est l'affiche, la *première* affiche. On
la lit péniblement, car elle est collée très haut afin qu'on
ne puisse pas la déchirer. Ceux qui ont de bons yeux en
communiquent les phrases à leurs voisins, et une stupeur
indignée s'empare de cette foule. Dans les quartiers popu-
laires, on m'a affirmé que l'indignation l'emporta, et que
ce jour-là, les choses faillirent se gâter. Il fallut la fermeté
de la police, et de quelques braves gens qui s'épuisèrent à
donner des conseils de sagesse, pour empêcher que l'on ne
molestât quelques soldats allemands, ce qui eût provoqué
de terribles représailles. Mais parmi ces paisibles bourgeois,
la stupeur dominait. A ces gens qui venaient de quitter
leurs enfants, qui avaient fait dans ce décor accoutumé, la
route habituelle les conduisant à leurs affaires, voici qu'un
général von Lochow parlait de fusillades, de maisons brûlées,
de « punitions sévères ». La guerre, qu'ils n'avaient pas encore eu le temps de s'imaginer dans toute son horreur (le
sac de Louvain n'avait pas encore eu lieu, et l'on ignorait à
Bruxelles les massacres qui avaient eu lieu en Wallonie) et
dont ils n'avaient eu encore, en ces jours de fièvre, que des
échos confus et contradictoires, malgré la proximité des
champs de bataille, se présentait à eux, chez eux, sous la
forme brutale de cet ordre et de cette menace. Habitués à
la vie la plus libre, fort enclins à se laisser aller au plaisir
de fronder l'autorité la plus légitime, voici qu'ils aperce-
vaient, sur le mur de leur maison, la silhouette insolente
du poing germanique.

Ainsi donc, ils n'étaient plus chez eux dans leur propre
ville, dans leurs propres maisons. Ils avaient des maîtres

et quels maîtres ! Ces gars étrangers qu'on avait vu passer
par les rues, aux membres lourds, aux regards stupides,
ces gars étrangers et leurs chefs arrogants et lointains. Ils
avaient des maîtres auxquels il allait falloir obéir sous
peine d'être fusillé ou de voir sa maison brûlée. Pour la
première fois, la guerre prenait à leurs yeux l'aspect d'un
mal direct, concret, personnel ; pour la première fois, ils
concevaient, ils sentaient que ce pays, cette ville où ils
avaient leurs affaires, leurs habitudes, leurs amis, cette
ville qu'eux et leurs pères avaient aménagée pour eux, cette
ville, ces maisons, ces monuments qu'ils aimaient, dont ils
étaient fiers, étaient à la merci d'un moment de colère ou
de caprice d'un général von Lochow ou von Armin. N'y
avait-il pas de quoi tomber dans le plus morne désespoir ?

Et, en effet, je ne voyais guère autour de moi que de
pauvres mines bouleversées, décomposées. Le pénible silence
de cette foule, silence qu'interrompait seule la voix de ceux
qui lisaient l'affiche pour les nouveaux arrivants, avait
quelque chose d'impressionnant. Mais tout à coup, un vieux
monsieur, dont je vois encore la bonne figure réjouie de
bourgeois brabançon, dit très haut, en haussant les épaules
d'un air d'immense dédain : « Tout cela ne les empêchera
pas de prendre la pile : il suffit d'un peu de patience !... »

Cette scène m'est demeurée gravée dans la mémoire, et
il me semble qu'elle fixe très nettement l'attitude que
Bruxelles n'a cessé de garder durant l'occupation.

Ah ! la brave et bonne ville ! Le premier moment de
stupeur et d'inquiétude passé, et malgré quelques dé-
faillances individuelles et exceptionnelles, elle n'a cessé
d'opposer aux menaces et aux sourires insolents du vainqueur la même dignité tranquille, le même visage ironique
et impénétrable. Von Armin, von Luettvitz, von der Goltz,
von Bissing, tous les gouverneurs que les hasards de la
politique allemande lui ont donnés, ont essayé tour à tour
de la frapper de terreur ou de la séduire : elle n'a pas

bronché. Elle a continué à vivre comme si ces vainqueurs d'un jour n'existaient pas. D'instinct, elle a retrouvé en quelques semaines l'attitude de défense qui a permis à l'Alsace-Lorraine de maintenir sa protestation et son espoir pendant quarante-quatre ans : ironie, dignité, résignation. Dès *leur* arrivée, il semble qu'on se soit donné le mot du haut en bas de l'échelle sociale. Un général, venant discuter la question des *réquisitions* avec le bourgmestre, dépose avec ostentation son revolver sur la table : sans se troubler, M. Max tire son stylographe de sa poche, et, du même geste que le brutal soldat, le place à côté de l'instrument de massacre ; afin d'impressionner la population, des bataillons se promènent par la ville et enseignent aux Bruxellois les splendeurs de la Parade-Marsch : aussitôt les gamins du quartier des Marolles, fichant des carottes dans le fond de vieux chapeaux melons, afin d'en faire des casques à pointe, et traînant derrière eux des tuyaux de poêle rouillés en guise d'artillerie, imitent à leur manière cette grotesque parade militaire ; on interdit de chanter la *Brabançonne* dans les rues : on la chante dans les églises après l'office ; les officiers allemands, invités par ordre à se mêler le plus possible à la population, envahissent les cafés : aussitôt les cafés se vident comme par enchantement.

Tout d'abord, le ton, le style de cette attitude fut fixé par le bourgmestre. M. Adolphe Max fut vraiment, en ces heures tragiques, le chef, le père de la ville. Il incarna l'âme de la résistance, en détermina les moyens et en fixa les limites avec autant d'intelligence que de fermeté. Quand von der Goltz Pacha l'eut brutalement emprisonné, sans raison, sans prétexte, à la turque, les échevins qui prirent sa succession difficile n'eurent plus qu'à suivre ses traces. Ils savaient comment s'y prendre, et toute la population le savait aussi.

Les affiches que nous publions racontent par le menu, presque jour par jour, quelles furent ses souffrances et quel fut son héroïsme quotidien. Nous laissons aux juristes de l'avenir le soin de dégager ce qu'elles contiennent d'illégalités, de violences gratuites contre le droit privé et contre le droit public. Nous laissons aux lecteurs aujourd'hui la tâche d'imaginer que ces défenses brutales, ces permissions dédaigneuses, ces menaces rageuses et ces satisfecit insolents apportaient presque chaque jour de souffrance et de colère à une population habituée au plus libre, au plus libéral des régimes. Nous n'avons fait ici que réunir des documents indiscutables sur l'occupation allemande dans une ville où ils ont voulu se montrer exceptionnellement doux et humains.

L. DUMONT-WILDEN.

PROCLAMATIONS ET AVIS ALLEMANDS AFFICHÉS A BRUXELLES DU 20 AOUT AU 31 DÉCEMBRE 1914.

Dans les premiers jours de l'occupation de Bruxelles, les divers généraux qui y exercèrent le commandement ne firent que passer. N'ayant d'autre but que de ravitailler leurs troupes, et de les diriger le plus vite possible vers la France, ils se préoccupèrent très peu de la population bruxelloise, et furent assez sobres de proclamations. Après les affiches comminatoires que l'on trouvera dans l'introduction, ils se bornèrent à réglementer la circulation dans les environs de la ville, et à proclamer les victoires allemandes en une série d'affiches que l'on trouvera dans une autre brochure de la collection des « Pages actuelles » : Comment les Allemands font l'opinion (*nouvelles de guerre affichées à Bruxelles pendant l'occupation*).

En réalité l'occupation ne s'organisa qu'à partir de l'arrivée du maréchal von der Goltz, le 2 septembre.

Nous donnons les avis et proclamations dans l'ordre chronologique.

Bruxelles, le 20 août 1914.

PROCLAMATION

Des troupes allemandes traverseront Bruxelles aujourd'hui et les jours suivants, et sont forcées par les circonstances de réclamer à la ville la prestation de logements, de nourriture et de fournitures. Toutes ces prestations seront réglées ré-

2

gulièrement par l'intermédiaire des autorités communales.

Je m'attends à ce que la population se conforme sans résistance à ces nécessités de guerre et, spécialement, à ce qu'aucune agression n'ait lieu contre la sûreté des troupes, et à ce que les prestations exigées soient promptement fournies.

En pareil cas, je donne toute garantie pour la conservation de la ville et pour la sécurité des habitants.

Si cependant, ainsi qu'il est malheureusement arrivé ailleurs, il se produisait des agressions contre les troupes, des tirs contre les soldats, des incendies ou des explosions de tout genre, je me verrais contraint de prendre les mesures les plus sévères.

Le général commandant le corps d'armée,

SIXT von ARMIN.

AVIS TRÈS IMPORTANTS

1. Les habitants de Bruxelles sont informés qu'il est défendu à tout le monde de circuler, soit à pied, soit en voiture, dans toutes les parties des environs de Bruxelles qui sont occupés par les troupes allemandes, exception seule faite pour ceux qui sont porteurs de sauf-conduits du soussigné gouvernement.

Ceux qui se trouvent en route dans le but du ravitaillement de la ville doivent également être munis d'un sauf-conduit signé par le bourgmestre de Bruxelles et par le gouvernement militaire allemand.

2. Il n'y a plus de blessés belges dans les lignes de combat au nord de Bruxelles. Il est absolument défendu à toutes les automobiles, inclues celles de la Croix-Rouge, de se rendre aux parties occupées par nos troupes.

En cas de nouveaux engagements, le secours volontaire sera accepté avec reconnaissance. Le gouvernement militaire indiquera alors, par des affiches, les points où les automobiles sanitaires devront se réunir. Les personnes qui conduisent ou accompagnent ces automobiles doivent être munies d'un laissez-passer signé par le gouvernement militaire allemand.

Le dit laissez-passer doit contenir nettement le but de la course, avec l'indication de l'heure et du lieu.

Bruxelles, le 30 août 1914.

Le gouverneur militaire allemand,

(Signé) von LUETTWITZ,

Général.

AVIS IMPORTANT ( ).

Il est strictement défendu, aussi à la municipalité de la ville, de publier des affiches sans avoir reçu ma permission spéciale.

Bruxelles, le 31 août 1914.

Le gouverneur militaire allemand,

(Signé) von LUETTWITZ,

Général.

KOMMANDANTUR

Bruxelles, le 2 septembre 1914.

La ville de Bruxelles n'est pas cernée ; chacun est libre de sortir de la ville à pied, excepté dans la direction des avant-postes allemands, c'est-à-dire vers Anvers et Ostende.

Les personnes qui doivent circuler en dehors de Bruxelles avec une auto, voiture, camion ou tout autre véhicule ont à se munir d'un « laissez-passer » délivré par la ville de Bruxelles et contresigné par le commandant militaire allemand.

Ce « laissez-passer » est délivré à l'hôtel de ville de Bruxelles.

Le commandant de Bruxelles,

BAYER.

PROCLAMATION

Sa Majesté l'Empereur d'Allemagne, après l'occupation de la plus grande partie du territoire belge, a daigné me nommer gouverneur général en Belgique. J'ai établi le siège du gouvernement général à Bruxelles (Ministère des Sciences et des Arts, rue de la Loi).

Par ordre de Sa Majesté, une administration civile a été

---

(1) Cet avis fut placardé sur une affiche signée de M. Max par laquelle le bourgmestre de Bruxelles démentait courageusement un bruit répandu par les Allemands, et suivant lequel le bourgmestre de Liège aurait déclaré officiellement que la France abandonnait la Belgique à son sort.

installée auprès du gouvernement général (Ministère de la Guerre, rue de Louvain). Son Excellence Monsieur von Sandt a été appelé aux fonctions de chef de cette administration.

Les armées allemandes s'avancent victorieusement en France. Ma tâche sera de conserver la tranquillité et l'ordre public en territoire belge.

Tout acte hostile des habitants contre les militaires allemands, toute tentative de troubler leurs communications avec l'Allemagne, de gêner ou de couper les services des chemins de fer, du télégraphe et du téléphone, seront punis très sévèrement. Toute résistance ou révolte contre l'administration allemande sera réprimée sans pardon.

C'est la dure nécessité de la guerre que les punitions d'actes hostiles frappent, en dehors des coupables, aussi des innocents. Le devoir s'impose d'autant plus à tous les citoyens raisonnables d'exercer une pression sur les éléments turbulents en vue de les retenir de toute action dirigée contre l'ordre public.

Les citoyens belges désirant vaquer paisiblement à leurs occupations n'ont rien à craindre de la part des troupes ou des autorités allemandes. Autant que faire se pourra, le commerce devra être repris, les usines devront recommencer à travailler, les moissons être rentrées.

Citoyens Belges,

Je ne demande à personne de renier ses sentiments patriotiques, mais j'attends de vous tous une soumission raisonnable et une obéissance absolue vis-à-vis des ordres du gouvernement général. Je vous invite à lui montrer de la confiance et à lui prêter votre concours. J'adresse cette invitation spécialement aux fonctionnaires de l'Etat et des communes qui sont restés à leurs postes. Plus vous donnerez suite à cet appel, plus vous servirez votre patrie.

Fait à Bruxelles, le 2 septembre 1914.

Le gouverneur général,
Baron von der GOLTZ,
Feldmaréchal.

L'ECHANGE DE NOTES ENTRE L'ALLEMAGNE
ET LA BELGIQUE APRÈS LA PRISE DE LIÈGE

7 septembre.

Après la prise de Liège, le gouvernement allemand a fait soumettre au gouvernement belge, par l'entremise d'une puissance neutre, la note suivante :

« La forteresse de Liège a été prise d'assaut après une défense vaillante. Le gouvernement regrette profondément que la manière d'agir du gouvernement belge vis-à-vis de l'Allemagne ait rendu nécessaires des rencontres sanglantes. L'Allemagne ne vient pas en Belgique en ennemie. Ce n'est que forcée par les circonstances et en présence des dispositions militaires prises par la France qu'elle a été obligée de prendre la grave résolution de pénétrer en Belgique, et qu'elle a dû occuper Liège comme point d'appui pour ses opérations militaires ultérieures.

L'armée belge ayant par sa résistance héroïque contre une grande suprématie sauvegardé de la manière la plus brillante l'honneur de ses armes, le gouvernement allemand prie Sa Majesté le Roi et le gouvernement belge d'épargner à la Belgique la continuation des horreurs de la guerre. Le gouvernement allemand est prêt à faire avec la Belgique n'importe quelle convention qui puisse d'une manière quelconque être rendue compatible avec le différend entre lui et la France. L'Allemagne affirme à nouveau, de la manière la plus solennelle, qu'elle n'a pas été guidée par l'intention de s'approprier du territoire belge, et que cette intention lui est totalement étrangère. L'Allemagne est encore toujours prête à évacuer immédiatement le royaume de Belgique, dès que la situation sur le théâtre de la guerre le lui permet.

La réponse reçue le 13 août de la Belgique est libellée comme suit :

« La proposition qui nous est soumise par le gouvernement allemand répète la demande formulée dans l'ultimatum du 2 août. Fidèle à ses obligations internationales, la Belgique ne peut que répéter sa réponse à cet ultimatum, d'autant plus que depuis le 3 août sa neutralité a été violée, qu'une guerre douloureuse a été portée sur son sol et que les puissances garantes ont répondu immédiatement et loyalement à son appel de secours. »

Le Gouvernement militaire allemand.

AVIS

1. La circulation des automobiles privées, motocyclettes et vélos est interdite tant pour la ville de Bruxelles que pour les faubourgs, sauf à des personnes munies d'un permis spécial du commandant allemand (rue de la Loi, 6).

Ces permis ne seront délivrés qu'en cas d'urgence.

Toute contravention sera punie de la saisie des véhicules.

L'ordre formel a été donné aux troupes allemandes opérant à l'alentour de Bruxelles de tirer sur chaque cycliste en civil. Cette mesure s'impose parce qu'on a des preuves que la garnison d'Anvers a été informée continuellement des mouvements de nos troupes par l'intermédiaire de cyclistes.

2. Les personnes qui, après le 15 septembre, sont encore en possession de pigeons voyageurs, ainsi que d'autres personnes qui, par des signaux ou n'importe quel autre moyen, essayeront de nuire aux intérêts militaires allemands, seront jugés d'après les lois de la guerre.

Bruxelles, le 13 septembre 1914.

Le gouverneur militaire allemand
de Bruxelles,
(Signé) von LUETTWITZ,
Général.

PUBLICATION

Bruxelles, 16 septembre.

Le 31 juillet, est tombé entre des mains allemandes un rapport du chargé d'affaires belge à Saint-Pétersbourg au ministre des affaires étrangères belge, M. Davignon ; ce rapport avait été envoyé le 30 juillet sous une fausse adresse. Dans ce rapport, il est dit entr'autres :

« Il reste incontestable ceci seulement : que l'Allemagne s'est, autant ici qu'à Vienne, efforcé de trouver un moyen pour éviter un conflit général, mais qu'elle a rencontré en cela la ferme résolution du cabinet autrichien de ne pas faire un pas en arrière, ainsi que la défiance du cabinet de Saint-Pétersbourg à l'égard des assurances de l'Autriche-Hongrie disant qu'elle ne songe qu'au châtiment et non pas à une prise de possession de la Serbie. Aujourd'hui, un communiqué officiel, transmis ce matin aux journaux annonce que les réservistes ont été, en un nombre déterminé, rappelés sous les drapeaux. Quiconque connaît la grande réserve des communiqués officiels russes, dira avec certitude que la mobilisation est générale. Aujourd'hui on est à Saint-Pétersbourg fermement convaincu et *on possède même l'assurance formelle que l'Angleterre viendra au secours de la France.* Ce secours pèse énormément dans la balance et n'a pas peu contribué à donner gain de cause au parti de la guerre... Tout espoir d'une solution pacifique semble être perdu ».

Par ce rapport du représentant diplomatique du royaume de Belgique près la Cour de Saint-Pétersbourg, il est prouvé : 1° que l'Allemagne était animée d'intentions pacifiques et cherchait par toutes les voies à éviter la guerre ; et 2° que l'Angleterre n'est pas intervenue dans la guerre à cause de la Belgique, mais parce qu'elle avait promis à la France de lui prêter son secours.

Le Gouvernement militaire allemand.

AVIS

A la date du 14 septembre 1914, un tribunal de guerre légalement convoqué a condamné les sujets belges suivants :

1. Van der Hagen, Jean, ouvrier, domicilié à Bruxelles, né le 6 juin 1878 à Cureghem, pour résistance contre une sentinelle allemande se trouvant dans l'exercice de ses fonctions.

A SIX MOIS DE PRISON

2. Verheyden, Hortense, veuve Robaert, domiciliée à Bruxelles, né le 9 avril 1878 à Bruxelles, pour offenses graves contre l'armée allemande et contre un de ses membres.

A UN AN DE PRISON

3. Debonnet, Julien, ouvrier, domicilié à Strombeek, né le 23 septembre 1880 à Roubaix (France), pour coups de feu contre une sentinelle allemande.

A LA MORT

Bruxelles, le 16 septembre 1914.

(Signé) von LUETTWITZ,
Général et gouverneur.

AVIS

La population de Bruxelles, comprenant bien ses propres intérêts, a observé en général dès l'entrée des troupes allemandes jusqu'à présent l'ordre et le calme. Pour cette raison, je n'ai pas encore pris des mesures pour défendre le pavoisement de drapeaux belges, considéré comme une provocation par les troupes allemandes qui sont :de séjour ou de passage à Bruxelles. C'est précisément pour éviter que nos troupes ne soient amenées à agir de leur propre gré, que j'engage maintenant les propriétaires des maisons de faire rentrer les drapeaux belges.

Le gouvernement militaire n'a aucunement l'intention de froisser par cette mesure les sentiments et la dignité des habitants. Il a le seul but de préserver les citoyens de tout dommage.

Bruxelles, le 16 septembre 1914.

Baron von LUTTWITZ,
Général et gouverneur.

AVIS OFFICIEL

Les automobiles, les motocyclettes et les vélos privés ne peuvent circuler dans les régions belges occupées par les troupes allemandes qu'à la condition qu'ils soient conduits par des soldats allemands ou que le conducteur soit en possession d'un permis valable.

Ces sortes de permis sont délivrés uniquement par les commandants de place locaux, et seulement dans les cas urgents.

Toute contravention à cette ordonnance entraînera la saisie de l'automobile, de la motocyclette ou du vélo.

Quiconque essaiera de passer, sans permis, les avant-postes ou troupes allemandes, ou quiconque s'en approchera de telle façon que les apparences d'une reconnaissance sont présentées, sera fusillé sur le champ.

Les localités dans le voisinage desquelles les lignes télégraphiques ou téléphoniques sont détruites, seront frappées d'une contribution de guerre, peu importe que les habitants en soient coupables ou non.

Cette ordonnance entre en vigueur à partir du 20 de ce mois.

Bruxelles, le 17 septembre 1914.

Le gouverneur général en Belgique,
Baron von der GOLTZ,
Général-feldmaréchal.

ARRÊTÉ

Il n'est permis qu'en vertu d'une autorisation, délivrée par les autorités militaires locales, de prendre des photographies dans les rues, places et autres endroits publics, dans les régions de la Belgique occupées par les troupes allemandes.

Toute contravention sera punie de peines de prison ou d'amendes jusqu'à concurrence de 3.000 mark et de la saisie des appareils, plaques et épreuves.

Bruxelles, le 19 septembre 1914.

Le général gouverneur en Belgique,
Baron von der GOLTZ,
Général-feldmaréchal.

AVIS (1)

Je me rappelle à la population de Bruxelles et des faubourgs qu'il est strictement défendu de vendre ou de distribuer des journaux qui ne sont pas expressément admis par le gouverneur militaire allemand. Les contraventions entraînent l'arrestation immédiate des vendeurs, ainsi que des peines d'emprisonnement prolongé.

Le gouverneur militaire allemand,
Baron von LUETTWITZ,
Général.

PUBLICATION

Le gouvernement allemand avait ordonné le paiement des bons de réquisitions supposant à bon droit que la ville aurait payé volontairement l'entièreté de la contribution de guerre qui lui avait été imposée.

Ce n'est qu'à cette condition que le traitement de faveur

---

(1) Tant que Gand, Anvers et Ostende ne furent pas occupées les journaux belges paraissant dans ces villes furent vendus à Bruxelles sous le manteau. Ils coûtaient de cinquante centimes à 1 franc. Les journaux français et anglais, beaucoup plus rares, se vendaient couramment 5 francs. A certain moment le *Times* atteignit jusqu'à 50 francs.

peut être justifié dont la ville de Bruxelles a joui, à la différence de toutes les autres villes de la Belgique, lesquelles ne verront les bons de réquisition remboursés qu'après la conclusion de la paix.

Etant donné que l'administration communale de Bruxelles refuse le versement du restant de la contribution de guerre, aucun bon de réquisition ne sera plus payé à partir de ce jour par la caisse gouvernementale.

Bruxelles, 24 septembre 1914.

Le gouverneur militaire,
Baron von LUETTWITZ,
Général-major.

Affiché le 24 septembre 1914.

UN DOCUMENT HISTORIQUE (1)

Le 31 juillet 1914, une lettre fut remise à la poste à Berlin, avec cette adresse :

Madame Costermans,

107, rue Froissard,

Bruxelles (Belgique).

Le même jour, l'état de guerre avait été proclamé pour tout le territoire de l'empire, ce qui impliquait la suspension de l'expédition de lettres privées à destination de l'étranger ; la lettre fut donc transmise, avec une mention concernant l'état de guerre, au bureau de départ. La lettre y resta et fut ouverte, finalement à l'expiration du délai légal, par la direction des

---

(1) La publication de ce document inaugure une campagne qui fut menée avec beaucoup de méthode dans toute la Belgique dans le but de rejeter les responsabilités de la guerre sur la Russie, l'Angleterre, la France. A cet effet on eut recours, non seulement aux affiches, mais encore aux journaux qui parurent en Belgique avec l'autorisation de la censure allemande dès que les organes belges, qui avaient la confiance du public disparurent. Ces journaux extrêmement suspects — quelques-uns étaient manifestement subventionnés par les Allemands — n'eurent jamais aucun crédit ni aucune autorité,

postes à Berlin, afin de constater l'adresse de l'auteur de la lettre. Sous l'enveloppe se trouvait une seconde enveloppe portant cette adresse :

> Son excellence Monsieur Davignon,
> Ministre des Affaires étrangères.

Sur cette enveloppe non plus l'adresse de l'auteur n'était indiquée. Elle fut donc également ouverte : on y trouva un rapport officiel du chargé d'affaires de Belgique à Saint-Pétersbourg, Monsieur B. de l'Escaille, sur la situation politique à Saint-Pétersbourg à la date du 30 juillet. Ce rapport, vu son importance politique, fut alors remis par la direction supérieure des postes à l'office des Affaires étrangères.

Voici le texte original de ce rapport, que nous avons publié, en résumé, antérieurement :

*Légation de Belgique
à Saint-Pétersbourg.*
     795/402.

                              Le 30 juillet 1914.

                                   Situation politique.

          Monsieur le Ministre,

Les journées d'hier et d'avant-hier se sont passées dans l'attente d'événements qui devaient suivre la déclaration de guerre de l'Autriche à la Serbie. Les nouvelles les plus contradictoires ont circulé sans qu'il soit possible de démêler exactement le vrai du faux, touchant les intentions du gouvernement impérial.

Ce qui est incontestable, c'est que l'Allemagne s'est efforcée, autant ici qu'à Vienne, de trouver un moyen quelconque d'éviter un conflit général, mais qu'elle a rencontré d'un côté l'obstination du cabinet de Vienne à ne pas faire un pas en arrière et, de l'autre, la méfiance du cabinet de Saint-Pétersbourg devant les assurances de l'Autriche-Hongrie qu'elle ne songeait qu'à punir la Serbie et non à s'en emparer.

M. Sazanow a déclaré qu'il était impossible à la Russie de ne pas se tenir prête et de ne pas mobiliser, mais que ces préparatifs n'étaient pas dirigés contre l'Allemagne. Ce matin, un communiqué officiel aux journaux annonce que les « réser-» vistes ont été appelés sous les armes dans un certain nombre

» de gouvernement ». Connaissant la discrétion des communiqués officiels russes, on peut hardiment prétendre qu'on mobilise partout.

L'ambassadeur d'Allemagne a déclaré ce matin qu'il était à bout des essais de conciliation qu'il n'a cessé de faire depuis samedi et qu'il n'avait plus guère d'espoir. On vient de me dire que l'ambassade d'Angleterre s'était prononcé dans le même sens.

La Grande Bretagne a proposé dernièrement un arbitrage. M. Sazanow a répondu : « Nous l'avons nous-mêmes proposé » à l'Autriche-Hongrie, elle l'a refusé. »

A la proposition d'une conférence, l'Allemagne a répondu par la proposition d'une entente entre cabinets. On peut se demander vraiment si tout le monde ne désire pas la guerre et tâche seulement d'en retarder un peu la déclaration pour gagner du temps.

L'Angleterre a commencé par donner à entendre qu'elle ne voulait pas se laisser entraîner dans un conflit. Sir George Buchanan le disait ouvertement.

Aujourd'hui on est fermement convaincu à Saint-Pétersbourg, on en a même l'assurance, que l'Angleterre soutiendra la France. Cet appui est d'un poids énorme et n'a pas peu contribué à donner la haute main au parti de la guerre.

Le gouvernement russe a laissé dans ces derniers jours libre cours à toutes les manifestations pro-serbes et hostiles à l'Autriche et n'a aucunement cherché à les étouffer. Il s'est encore produit des divergences de vues dans le sein du conseil des ministres qui s'est réuni hier matin ; on a retardé la publication de la mobilisation ; mais, depuis, s'est produit un revirement, le parti de la guerre a pris le dessus, et ce matin, à 4 heures, cette mobilisation était publiée.

L'armée, qui se sent forte, est pleine d'enthousiasme et fonde de grandes espérances sur les progrès réalisés depuis la guerre japonaise.

La marine est si loin d'avoir réalisé le programme de sa reconstruction, de sa réorganisation, qu'elle ne peut vraiment pas entrer en ligne de compte. C'est bien là le motif qui donnait tant d'importance à l'assurance de l'appui de l'Angleterre.

Comme j'ai eu l'honneur de vous le télégraphier aujourd'hui (T. 10), tout espoir de solution pacifique paraît écarté. C'est l'opinion des cercles diplomatiques.

Je me suis servi, pour mon télégramme, de la voie viâ Stoc-

kholm par le « Nordisk Cabel » comme plus sûr que l'autre.
Je confie cette dépêche à un courrier privé, qui la mettra à la
poste en Allemagne.

Veuillez agréer, Monsieur le Ministre, les assurances de mon
plus profond respect.

B. de L'ESCAILLE.

Le Gouvernement militaire allemand.

GOUVERNEMENT GÉNÉRAL DE BELGIQUE

Il est arrivé récemment, dans les régions qui ne sont pas
actuellement occupées par des troupes allemandes plus ou
moins fortes, que des convois de camions ou des patrouilles
ont été attaqués, par surprise, par les habitants.

J'appelle l'attention du public sur le fait qu'un registre des
villes et communes dans les environs desquelles de pareilles
attaques ont eu lieu, est dressé et qu'*elles auront à s'attendre à
leur châtiment, dès que des troupes allemandes passeront à leur
proximité.*

Le 25 septembre 1914.

Le gouverneur général en Belgique,
Baron von der GOLTZ.
Général-feldmaréchal.

ARRÊTÉ

Dans tous les cas où des étrangers sont empêchés, par suite
de la guerre, de défendre leurs droits devant les autorités judiciaires dans les territoires belges oocupés, le juge doit d'office
accorder des délais conformément à l'article 1244, alinéa 2, du
Code civil en vigueur en Belgique.

En aucun cas, des jugements ou des ordonnances judiciaires
ne peuvent être rendus contre l'étranger empêché.

Cet arrêté entre immédiatement en vigueur.

Bruxelles, le 25 septembre 1914.

Le gouverneur général en Belgique,
Baron von der GOLTZ,
Général-feldmaréchal.

VILLE DE BRUXELLES

AVIS

Le bourgmestre Max, ayant fait défaut aux engagements (1) encourus envers le gouvernement allemand, je me suis vu forcé de le suspendre de ses fonctions.

M. Max se trouve en détention honorable dans une forteresse.

Bruxelles, 26 septembre 1914.

Le gouverneur militaire,
Baron von LUETTWITZ,
Général-major.

AVIS

Pendant l'absence de M. le bourgmestre Max, la marche des affaires communales et le maintien de l'ordre seront assurés par le Collège échevinal.

Dans l'intérêt de la cité, nous faisons un suprême appel au calme et au sang-froid de nos concitoyens. Nous comptons sur le concours de tous pour assurer le maintien de la tranquillité publique.

Bruxelles, 27 septembre 1914.

Le Collège échevinal.

Administration communale de Bruxelles.

AVIS TRÈS IMPORTANT ([2])

Malgré la défense, des rassemblements considérables se sont produits, hier, sur différents points de l'agglomération bruxelloise.

---

(1) On n'a pas pu savoir jusqu'ici en quoi M. le bourgmestre avait pu manquer aux engagements « encourus » envers le gouvernement allemand. Il s'est contenté de défendre les intérêts de la ville avec autant d'esprit et de courtoisie que de dignité et de fermeté. Mais il paraît que cette dignité, cet esprit, cette courtoisie exaspéraient le maréchal von der Goltz qui ne comprend que la servilité.

(2) L'arrestation de M. Max avait failli provoquer des émeutes. Il s'agissait avant tout de les éviter.

Nous rappelons aux habitants l'interdiction des rassemblements et du stationnement sur la voie publique pour éviter tout conflit.

La police ayant reçu, à ce sujet des instructions formelles, les contrevenants se verraient déférés aux tribunaux.

Bruxelles, 28 septembre 1914.

Le Collège échevinal.

AVIS

1. Conformément à l'article 15 de la Convention de Genève du 6 juillet 1906, je défends aux ambulances de la Croix-Rouge belge et autres institutions semblables de recevoir dorénavant des blessés allemands ou belges. Les blessés doivent être dirigés aux hôpitaux militaires allemands, c'est-à-dire :

Hôpital nᵒ 1, avenue de la Couronne, 183 ;

Hôpital nᵒ 2, palais des Académies ;

Hôpital nᵒ 3, hôpital de Schaerbeek ;

Hôpital nᵒ 4, caserne Baudouin.

2. Le drapeau de la Croix-Rouge est à enlever, sous peine de poursuites judiciaires, des ambulances, à l'exception du palais Royal et des hôpitaux Saint-Pierre et Saint-Jean (art. 21 de la Convention de Genève).

3. Pour des raisons d'humanité, les militaires belges gravement malades ou blessés qui, d'après l'opinion des médecins allemands, ne seront plus capables de faire le service de guerre seront dorénavant confiés aux soins des médecins belges, dès qu'ils pourront être transportés. Le gouvernement renonce à les retenir comme prisonniers.

Bruxelles, le 29 septembre 1914.

Le gouverneur militaire,
Baron von LUETTWITZ,
Général-major.

POSTES ET TÉLÉGRAPHES

L'administration allemande se propose de rétablir les services interrompus des postes et télégraphes, ainsi que, plus tard, le service des téléphones.

1. *Postes*. — A partir du 1er octobre les lettres, cartes, postales, imprimés, échantillons sans valeur et papiers d'affaires seront admis à l'expédition d'abord à l'intérieur de la ville de Bruxelles ainsi que de Bruxelles à destination de l'Allemagne et vice-versa. Ensuite, le service postal sera rétabli successivement dans d'autres villes belges.

Les correspondances peuvent être recommandées ; toutefois l'administration n'assume pas, provisoirement, de responsabilité en cas de perte. Les lettres pour l'Allemagne doivent être remises à la poste non fermées. L'envoyeur est tenu d'indiquer au verso de tout envoi, son nom et son adresse. Jusqu'à nouvel ordre, les envois doivent être déposés exclusivement à la poste centrale (place de la Monnaie) ou dans les boîtes aux lettres fixées aux autres bureaux de poste de Bruxelles. Toutes les autres boîtes établies dans la ville ne seront plus levées, les facteurs belges refusant de faire les levées sous la direction allemande. Les envois recommandés ne seront reçus qu'à la poste centrale.

L'administration allemande ne possédant pas de timbres belges, les timbres allemands seront munis d'une surcharge indiquant la valeur belge. Uniquement ces timbres-là, vendus aux guichets de la poste centrale, sont valables pour l'affranchissement des envois à expédier. Les tarifs sont les mêmes que jusqu'à présent, sauf le tarif des imprimés. Le tarif des imprimés est affiché à la poste centrale.

Les facteurs belges refusant également de continuer la livraison à domicile, tous les envois devront, à partir du 1er octobre être retirés à la poste centrale, contre production d'une pièce prouvant le droit à la réception.

2. *Télégraphes*. — A partir de la même date, des télégrammes en langage clair ne contenant pas plus de quinze mots seront admis de Bruxelles pour l'Allemagne et vice-versa. L'envoyeur doit indiquer son nom et son adresse. Le tarif est le même qu'antérieurement. Les télégrammes doivent être déposés aux guichets de la poste centrale.

Bruxelles, le 29 septembre 1914.

L'administration impériale

des Postes et Télégraphes allemands

en Belgique.

AVIS

Des attaques réitérées contre des troupes allemandes et des attentats contre des voies de chemin de fer et des lignes télégraphiques et téléphoniques par des vélocipèdes civils me forcent d'annuler tous les permis de circulation qui ont été délivrés, en vertu de mon arrêté du 17 septembre 1914, à des civils ; ils cessent immédiatement d'être valables.

Des civils qui, en dépit de ceci, circulent encore en vélocipède, s'exposent à ce que des troupes allemandes tirent sur eux.

Si un cycliste capturé est suspect d'un projet d'attentat contre des lignes de chemins de fer, de télégraphe ou de téléphone, ou de l'intention d'attaquer des troupes allemandes, il sera fusillé en vertu de la loi martiale.

Bruxelles, le 30 septembre 1914.

Le gouverneur général en Belgique,
Baron von der GOLTZ,
Général-feldmaréchal.

AN DIE DEUTSCHEN IN BRUESSEL

Die hier 3 bis 4 mal woechentlich für die deutschen Soldaten gedruckte :

« *Deutsche Soldatenpost* »

wird von nun ab auch auf den Strassen zu 5 Centimes die Nummer verkauft werden. Die Zeitung bringt ausser den Mitteilungen vom Kriegschauplatz alle auf amtlichem Wege an die Deustch Zivilverwaltung in Brüssel gelangenden Nachrichten von in Deutschland befindlichen aus Belgien geflüchteten Deutschen und ihre hiesigen Angehoerigen oder Geschaeftsfreunde.

Diese wird an folgenden Stellen der Stadt verkauft werden :
Avenue des Arts, Ecke rue de la Loi ;
Vor dem Nordbahnhof ;
Vor dem Südbahnhof ;
Vor dem Rathaus ;
Auf dem Boulevard de Waterloo, vor der Gendarmerie-Kaserne ;

3

Rue de la Régence, vor dem Alten Museum.

Der Verwaltungschef bei dem General-Gouverneur in Belgien (1),
von SANDT.

AVIS

Dans la soirée du 25 septembre, la ligne du chemin de fer et le télégraphe ont été détruits sur la ligne Lovenjoul-Vertryck. A la suite de cela, les deux localités citées ont eu, le 30 septembre, au matin, à en rendre compte et ont dû livrer des otages.

A l'avenir, les localités les plus rapprochées de l'endroit où de pareils faits se sont passés — peu importe qu'elles en soient complices ou non — seront punies sans miséricorde. A cette fin, des otages ont été emmenés de toutes les localités voisines des voies ferrées menacées par de pareilles attaques, et à la première tentative de détruire des voies de chemins de fer, des lignes du télégraphe ou du téléphone, ils seront immédiatement fusillés.

En outre, toutes les troupes chargées de la protection des

Traduction :

(1)   *Aux Allemands de Bruxelles.*

Le journal *Deutsche Soldatenpost*, qui est imprimé ici trois ou quatre fois par semaine à l'usage des soldats allemands, sera dorénavant vendu également sur la voie publique au prix de cinq centimes le numéro. En dehors des nouvelles du théâtre de la guerre le journal publie tous les renseignements, dont l'Administration civile allemande de Bruxelles a eu connaissance, au sujet des Allemands qui ont quitté la Belgique pour se réfugier en Allemagne, ainsi que les familles et les correspondants de ceux-ci.

La vente aura lieu aux adresses suivantes :

Avenue des Arts, au coin de la rue de la Loi ;
Devant la gare du Nord ;
Devant la gare du Sud ;
Devant l'Hôtel de Ville ;
Sur le boulevard de Waterloo, devant la caserne de la gendarmerie ;
Rue de la Régence, devant le vieux Musée.

Le chef de l'Administration près le gouverneur général de Belgique.
Von SANDT.

voies ferrées ont reçu l'ordre de fusiller toute personne s'approchant de façon suspecte des voies de chemin de fer ou des lignes télégraphiques ou téléphoniques.

Bruxelles, le 1ᵉʳ octobre 1914.

Le gouverneur général en Belgique,

Baron von der GOLTZ,

Général-feldmaréchal.

ARRÊTÉ

La monnaie allemande (espèces et papier-monnaie) doit être acceptée en paiement dans le territoire belge occupé, et ce jusqu'à nouvel ordre, sur la base de *1 mark* valant au moins *1 fr. 25* (1).

Bruxelles, le 3 octobre 1914.

Le Gouverneur général en Belgique,

Baron von der GOLTZ,

Feldmaréchal.

AVIS

Dans la partie du pays occupée par les troupes allemandes, le gouvernement belge a fait parvenir aux miliciens de plusieurs classes des ordres de rejoindre. *Ces ordres ne sont pas valables.* Il n'y a que les ordres du gouverneur général allemand et des autorités lui sous-ordonnées qui sont valables dans la dite partie du pays.

Il est *strictement défendu* à tous ceux qui reçoivent ces ordres d'y donner suite.

A l'avenir, les miliciens ne devront plus quitter leur lieu actuel de résidence (ville, commune) sans y être spécialement autorisés par l'administration allemande.

En cas de contravention, la *famille* du milicien sera également tenue responsable.

Les miliciens se trouvant en possession d'un ordre de re-

---

(1) Le marck en ce moment valait dans les pays neutres 1 fr. 13.

joindre ou d'une médaille de la matricule, seront traités comme *prisonniers de guerre*.

Bruxelles, le 7 octobre 1914.

Le Gouverneur général en Belgique,
Baron von der GOLTZ,
Feldmaréchal.

AVIS

Bruxelles, 10 octobre.

Les troupes allemandes sont entrées à Anvers hier après-midi.

Le Gouvernement militaire allemand.

L'ANGLETERRE ET LA BELGIQUE

(Documents trouvés à l'Etat-major belge).

L'affirmation du Gouvernement anglais que la violation de la neutralité belge ait provoqué l'intervention de l'Angleterre dans la présente guerre s'est déjà, par les propres déclarations de Sir Edward Grey, révélée comme étant intenable. L'indignation morale avec laquelle l'invasion allemande en Belgique a été mise à profit du côté anglais pour monter l'opinion des neutres contre l'Allemagne, est éclairée de nouvelle et singulière façon par certains documents que le haut commandement allemand a découverts dans les archives de l'état-major belge à Bruxelles.

Il ressort du contenu d'un dossier, portant le titre : *Intervention anglaise en Belgique*, que déjà, en 1906, l'envoi en Belgique d'un corps expéditionnaire anglais avait été prévu pour le cas d'une guerre franco-allemande. D'après un document découvert, adressé au Ministre de la guerre belge en date du 10 avril 1906, le chef de l'état-major belge a, avec l'attaché militaire anglais à Bruxelles, le lieutenant-colonel Barnardiston, élaboré à cette époque, sur l'initiative de ce dernier et dans des délibérations répétées, un projet détaillé pour des opérations en commun contre l'Allemagne, d'un corps expéditionnaire anglais de 100.000 hommes avec l'armée belge. Ce projet a trouvé l'approbation du chef de l'état-major anglais,

le général major Grierson. Tous les renseignements concernant
la force et l'organisation des détachements anglais, la composition du corps expéditionnaire, les points de débarquement,
une évaluation du temps exacte pour le transport, etc., ont
été fournis à l'état-major belge. Se basant sur ces renseignements, l'état-major belge a préparé de façon détaillée le transport des troupes anglaises sur le terrain de déploiement belge,
leur logement et leur entretien sur place. Leur coopération a
été étudiée minutieusement jusque dans ses moindres détails.
Ainsi un grand nombre d'interprètes et des gendarmes belges
devaient être mis à la disposition de l'armée anglaise, et les
cartes nécessaires devaient lui être fournies. On avait même
déjà pensé aux soins à donner aux blessés anglais.

Dunkerque, Calais et Boulogne étaient prévus comme tous
points de débarquement des troupes anglaises. De là, elles
devaient être amenées dans le terrain de déploiement, au
moyen du matériel des chemins de fer belges. Le débarquement préconisé dans les ports français et le transport à travers
le territoire français prouve que les conventions anglo-belges
ont été précédées de conventions avec l'état-major français.
Les trois puissances ont exactement fixé les projets pour la
collaboration des « Armées alliées », comme il est dit dans le
document. Ceci est corroboré par le fait que, dans les dossiers
secrets, une carte des opérations de déploiement de l'armée
française a été trouvée.

Le document mentionné contient quelques remarques offrant
un intérêt particulier. A un certain endroit, il est dit que le
lieutenant-colonel Barnadiston avait fait observer que, pour
le moment, on ne pouvait *pas* compter sur l'appui de la
Hollande. Il aurait également fait savoir confidentiellement
que le Gouvernement anglais avait l'intention de transporter
à Anvers la base d'approvisionnement anglaise, dès que la
mer du Nord aurait été débarrassée de tous les navires de
guerre allemands. Ensuite l'attaché militaire anglais proposait
la création d'un service d'espionnage dans la province rhénane.

Les renseignements militaires découverts trouvent un com-
plément précieux dans un rapport adressé au Minsitre des
affaires étrangères par le baron Greindl, qui a été, pendant de
longues années, Ministre de Belgique à Berlin, rapport se trouvant également parmi les papiers secrets. Dans ce rapport sont
dévoilées, avec une grande perspicacité, les arrière-pensées qui
sont au fond de la proposition anglaise, et le ministre y attire

l'attention sur ce que présente de critique la situation dans laquelle la Belgique s'est mise par une prise de parti unilatérale en faveur des puissances de l'Entente. Dans ce rapport très circonstancié, daté du 23 décembre 1911, et dont la publication complète reste réservée, le baron Greindl constate que le projet de l'état-major belge, pour la défense de la neutralité belge dans une guerre franco-allemande, ne traite que la question : « Quelles mesures militaires seraient à prendre au cas où l'Allemagne violerait la neutralité belge » que cependant l'hypothèse d'une agression française contre l'Allemagne, à travers la Belgique, présente tout autant de probabilités. Le Ministre développe alors textuellement ce qui suit :

« Du côté français, le danger n'existe pas seulement au sud du Luxembourg. Il nous menace sur toute l'étendue de la frontière commune. Pour l'affirmer, nous n'en sommes pas réduits aux conjectures, nous avons des données positives.

L'idée d'un mouvement tournant par le nord est certainement entrée dans les combinaisons de l'Entente cordiale. S'il en était autrement, le projet de fortifier Flessingue n'aurait pas soulevé de telles clameurs à Paris et à Londres. On n'y a pas fait mystère de la raison pour laquelle on voulut que l'Escaut restât sans défense. C'est dans le but d'avoir toute facilité pour amener une garnison anglaise à Anvers, donc dans le but de se procurer chez nous une base d'opération pour une offensive dans la direction du bas-Rhin et de la Westphalie et de nous entraîner à la suite, ce qui n'eût pas été difficile : nous étant dessaisis du réduit national, nous nous serions privés de notre propre mouvement, de tout moyen de résister aux injonctions des protecteurs douteux que nous aurions eu l'imprudence d'y admettre. Les ouvertures à la fois perfides et naïves du colonel Barnardiston lors de la conclusion de l'entente cordiale, nous ont clairement fait voir de quoi il s'agissait. Quand il a été évident que nous ne nous laisserions pas émouvoir par le prétendu danger de la fermeture de l'Escaut, le plan n'a pas été abandonné, mais modifié en ce sens que l'armée de secours anglaise ne serait pas débarquée sur la côte belge, mais dans les ports français les plus voisins ; c'est ce dont témoignent les révélations du capitaine Fabert qui n'ont pas été démenties, pas plus que ne l'ont été les informations de journaux qui les ont confirmées ou complétées sur certains points. Cette armée anglaise débarquée à Calais et à Dunkerque ne longerait pas notre frontière jusqu'à Longwy pour atteindre l'Allemagne. Elle entrerait tout de suite chez nous par le nord-

ouest, ce qui lui donnerait l'avantage d'entrer immédiatement
en action, de rencontrer l'armée belge, si nous risquions une
bataille dans une région où nous ne pouvons nous appuyer sur
aucune forteresse ; de s'emparer de provinces riches en ressources de toute espèce ; en tout cas d'entraver notre mobilisation ou de ne la permettre qu'après avoir obtenu de nous
des engagements formels donnant l'assurance que cette mobilisation se fera au profit de l'Angleterre et de son alliée.

Il est absolument indispensable d'arrêter à l'avance le plan
de campagne que suivrait l'armée belge dans cette hypothèse,
aussi bien dans l'intérêt de notre défense militaire que pour la
direction de notre politique extérieure, dans le cas où la guerre
éclaterait entre l'Allemagne et la France ».

Ces développements, venant d'une source libre de tout pré-
jugé, fournissent la preuve péremptoire du fait que cette même
Angleterre, qui se pose maintenant en protectrice de la neutralité belge, a décidé la Belgique à une prise de parti unilatéral
au profit des puissances de l'Entente, et qu'à un moment
donné elle a même songé à une violation de la neutralité hollandaise. De plus, il en résulte que le Gouvernement belge, en
prêtant l'oreille aux suggestions anglaises, s'est rendu coupable d'une grave infraction aux devoirs qui lui incombaient
en sa qualité de puissance neutre. L'accomplissement de ces
devoirs aurait exigé que le Gouvernement belge, dans ses projets de défense, ait également prévu la violation par la France
de la neutralité belge et ait fait, pour ce cas, des conventions
analogues à celles conclues avec la France et l'Angleterre. Les
pièces découvertes constituent une preuve documentaire de la
connivence belge, avec les puissances de l'Entente, fait connu
des services compétents dès avant la guerre. Elles justifient
notre action militaire et confirment les informations reçues par
le haut commandement de l'armée allemande concernant les
intentions françaises.

Qu'elles ouvrent les yeux au peuple belge sur ceux auxquels
il doit la catastrophe qui maintenant s'est déchaînée sur ce
malheureux pays.

Bruxelles, le 11 octobre 1914 (1).

---

(1) Il n'est pas nécessaire d'insister sur la mauvaise foi de cet
exposé auquel le gouvernement belge et le Roi lui-même ont immédiatement répondu. Il suffit de lire sans préventions le document découvert par les Allemands dans les archives du ministère

ARRÊTÉ

1. *Tous les produits d'imprimerie* ainsi que toutes autres reproductions d'images, avec ou sans légende, et de compositions musicales avec texte ou commentaires (imprimés), obtenus par des procédés mécaniques ou chimiques et destinés à être distribués, sont soumis à la *censure* du gouvernement général impérial allemand (administration civile).

Quiconque aura fabriqué ou distribué des imprimés indiqués à l'alinéa 1er sans la permission du censeur, sera puni conformément à la loi martiale. Les imprimés seront confisqués et les plaques et clichés destinés à la reproduction seront rendus inutilisables.

Est considéré également comme distribution d'un imprimé prohibé par le présent arrêté, l'affichage, l'exposition ou la mise à l'étalage en des endroits où le public est à même d'en prendre connaissance.

2. Des représentations théâtrales, des récitations chantées ou parlées de toute espèce, ainsi que des projections lumineuses cinématographiques ou autres, ne peuvent être organisées que lorsque les pièces théâtrales, les récitations ou les projections lumineuses en question auront été admises par le censeur.

Quiconque aura organisé des représentations théâtrales, des récitations ou des projections lumineuses sans la permission du censeur, ou quiconque aura pris part, d'une manière quelconque, à ces représentations, récitations ou projections, sera puni conformément à la loi martiale. Les plaques et films seront confisqués.

---

de la guerre à Bruxelles pour s'apercevoir qu'il s'agissait non d'une convention mais d'une conversation entre un général belge et l'attaché militaire anglais dans l'hypothèse d'une violation de la neutralité belge par l'Allemagne, hypothèse qui ne s'est que trop réalisée. Il a été du reste péremptoirement répondu aux insinuations allemandes dans le livre de M. E. Waxweiller, *La Belgique neutre et loyale* (Paris, Payot édit.,) et dans la Brochure de M. E. Brunet, *Les conventions anglo-belges*, Paris, Hachette édit.). Les Bruxellois, à qui s'adressait cette affiche, n'ont certainement pas vu les réponses. Mais leur bon sens avait immédiatement fait la part de la mauvaise foi allemande. L'effet de cette publication fut nul.

Cet arrêté entre immédiatement en vigueur.

Bruxelles, le 13 octobre 1914.

Le Gouverneur général en Belgique,
Baron von der GOLTZ.

AVIS

Après la prise d'Anvers, je peux admettre des facilités de communication et réduire les mesures destinées à restreindre e libre parcours des personnes et voitures au dedans et au dehors de Bruxelles. J'attends fermement que les habitants retourneront maintenant à leurs occupations.

Je fais remarquer que je punirai le plus sévèrement, comme jusqu'à présent, les moindres injures ou excès contre les troupes allemandes ou des dommages causés aux chemins de fer, aux télégraphes ou téléphones, ainsi que toute autre contravention contre mes ordres et arrêtés.

Le Gouverneur militaire.
Baron von LUETTWITZ,
Général-major.

AVIS

Dernièrement j'ai dû frapper différentes personnes des peines suivantes :

De 2 mois de prison

le sujet belge François Colson, domicilié à Bruxelles, pour injures contre des sujets allemands ;

De 4 mois de prison

le sujet belge Adolphe Thomas, domicilié à Bruxelles, pour avoir heurté à dessein, en pleine rue, des officiers allemands ;

De 6 mois de prison

le sujet français Louis Prost, pour avoir répandu des copies de nouvelles menteuses de la guerre, reproduites par dactylographie (1).

En outre, des tribunaux de guerre légalement convoqués ont puni :

D'un an de prison

_____

(1) Il s'agissait d'extraits de journaux anglais et français, que les Bruxellois privés de nouvelles se repassaient de main en main,

le sujet belge Jean Lecocq et la nommée Edith Carter, de nationalité anglaise, tous les deux pour avoir proféré des injures contre des membres de l'armée allemande.

La publication de ces condamnations doit servir d'avertissement à la population de Bruxelles. Si des délits semblables se répètent, les peines s'aggraveront.

Bruxelles, le 19 octobre 1914.

Le Gouverneur militaire,
Baron von LUETTWITZ,
Général-major.

AVIS CONCERNANT LA DÉTENTION DE PIGEONS (1)

1 Tout propriétaire de pigeons devra tenir, et ce jusqu'à nouvel ordre, ses pigeons enfermés dans son pigeonnier. Quiconque laissera voler librement ses pigeons est passible d'une peine d'emprisonnement pouvant aller jusqu'à trois mois ou d'une amende jusqu'à 3.000 francs. Il est interdit de garder des pigeons séparément du reste des pigeons ou de les cacher dans d'autres endroits de la maison.

2. Chaque propriétaire de pigeons devra remettre jusqu'au 18 octobre au plus tard, au commandant allemand de la place, ou à défaut, dans les localités non occupées par les troupes allemandes au maire de la commune, une liste complète de son colombier, mentionnant exactement la couleur et les inscriptions (numéro et année) de chaque pigeon. Les maires des communes belges devront tenir ces listes toujours à la disposition de l'autorité militaire allemande chargée de ce contrôle. Chaque liste devra également mentionner exactement l'endroit du colombier et le chemin pour y parvenir.

3. Les pigeons non pourvus de bagues sont immédiatement à abattre.

4. Les pigeons égarés, qui pourraient éventuellement se réfugier dans les colombiers, sont tout de suite à abattre ou à délivrer à l'autorité militaire allemande ou, à défaut, au maire de la commune belge la plus proche.

5. Tout échange ou vente de pigeons voyageurs est formelle-

---

(1) Les concours de pigeons-voyageurs sont un des sports favoris du peuple belge. Il y avait à Bruxelles des colombiers de grande valeur qui furent impitoyablement détruits.

ment interdit, ainsi que le transfert des pigeons d'un colombier à un autre. Quiconque sera trouvé avec un pigeon vivant entre les mains, en dehors du colombier, sera puni d'une peine d'emprisonnement jusqu'à un an ou d'une amende allant jusqu'à 10.000 francs.

6. Les pigeons qui pourraient être trouvés égarés, sont à recueillir par les administrations des communes belges et à abattre immédiatement.

7. L'autorité militaire allemande fera visiter les colombiers et faire des perquisitions pour contrôler la stricte observation de ces mesures.

8. Toute infraction à cette prescription entraînera, pour autant que d'autres peines plus sévères ne seront pas applicables, une peine d'emprisonnement pouvant aller jusqu'à un mois ou une amende allant jusqu'à 2.000 francs. S'il y a lieu, une instruction pour espionnage sera ouverte.

Prescriptions transitoires.

9. Dans les localités où les pigeons ont été gardés jusqu'à présent en commun, tel qu'à Bruxelles, les propriétaires devront les faire rechercher dans les quarante-huit heures qui suivront cette publication. Passé ce délai, les pigeons non réclamés seront abattus et remis aux hôpitaux.

Les listes prescrites sous 2 devront parvenir dans les vingt-quatre heures qui suivront le délai précité.

10. Dans les localités à occuper ultérieurement, les mesures précitées seront immédiatement applicables dès l'entrée des troupes allemandes.

Le Gouverneur général en Belgique,
Baron von der GOLTZ,
Feldmaréchal.

AVIS

Dans un ordre du jour de l'armée belge du 8 octobre 1914, trouvé à Anvers, il est affirmé que les prisonniers belges seraient incorporés dans l'armée allemande et employés dans les combats contre les Russes.

Cette affirmation est fausse.

Dans l'armée allemande ne peuvent être incorporés que des soldats allemands.

Bruxelles, le 21 octobre 1914.

Le gouverneur général,
Baron von der GOLTZ,
Feldmaréchal.

ARRÊTÉ

Les délais pendant lesquels doivent être faits les protêts et autres actes concernant les recours, délais provoqués par l'arrêté du 23 septembre 1914 (n° 4 du Bulletin officiel des lois et arrêtés pour le territoire belge occupé) sont prorogés à nouveau par le présent arrêté jusqu'au 30 novembre 1914.

Bruxelles, le 21 octobre 1914.

Le Gouverneur général en Belgique,
Baron von der GOLTZ,
Feldmaréchal.

ARRÊTÉ

L'arrêté du Roi des Belges du 3 août 1914 concernant le retrait de fonds sur les dépôts en banques, reste en vigueur jusqu'au 30 novembre 1914, avec la restriction qu'il a subie par suite de l'arrêté du Roi des Belges du 6 août 1914 et avec l'intention qui lui a été donnée par l'arrêté du 10 septembre 1914 (n° 4 du Bulletin officiel des lois et arrêtés pour le territoire belge occupé).

Bruxelles, le 21 octobre 1914.

Le Gouverneur général en Belgique,
Baron von der GOLTZ,
Feldmaréchal.

AVIS

J'ai appris qu'il existe des doutes si les versements effectués par les particuliers à la Caisse Générale d'Epargne et de Retraite seront considérés et traités comme propriété privée par l'administration impériale allemande.

Quoiqu'il n'existe aucun motif pour de pareils doutes, je n'hésite pas à déclarer expressément et formellement que les versements ayant pour but l'épargne, seront considérés par l'administration impériale allemande comme propriété privée inattaquable et traités comme tels.

Je désire, dans le but de consolider la vie économique et d'activer le fonctionnement de l'épargne, que les relations entre le public et la Caisse Générale d'Epargne et de Retraite ainsi que tous ses bureaux soient rétablies dans toute leur ampleur.

Bruxelles, le 21 octobre 1914.

Le Gouverneur général en Belgique,
Baron von der GOLTZ,
Feldmaréchal.

ARRÊTÉ

relatif au trafic des matières servant aux besoins de la guerre.

1. Les matières ci-après citées servant aux besoins de la guerre sont soumises aux dispositions de cet arrêté :
Argent, cuivre, laiton, plomb, zinc, nickel, minerais de nickel, aluminium, étain, antimoine, ferromanganate, minerais de manganèse ferrosilicium, phosphates bruts et superphosphates, nitrates, acide nitrique, pyrites, acide sulfurique, graphite, gycérine, matières à tanner, explosifs, camphre, codéine, morphine, opium, loques, coton, jute, laine, chanvre et les fils et produits manufacturés de ces matières, sacs, peaux, cuir, caoutchouc, gomme brute, gutta-percha, graisses, huiles minérales, benzine, benzol.

2. L'exportation de Belgique des matières énumérées au paragraphe 1 est soumise jusqu'à nouvel ordre au contrôle du commissaire du ministère de la guerre en Belgique, 65, rue de la Loi, Bruxelles. Les demandes motivées d'autorisation d'exporter sont à adresser au commissaire. Les matières de quiconque éludera son contrôle seront confisquées.

3. Le commissaire du ministère de la guerre (§ 2) peut décider que des provisions de matières énumérées au § 1er doivent être cédées en propriété à l'Empire allemand ou à des tiers, contre remboursement de la valeur. La valeur des provisions sera fixée définitivement par une commission nommée par le ministère de la guerre à Berlin.

4. Cet arrêté entre immédiatement en vigueur.

Bruxelles, le 26 octobre 1914.

Le Gouverneur général en Belgique,
Baron von der GOLTZ,
Feldmaréchal.

AVIS

1. Tous les membres de la garde civique(1) de l'agglomération bruxelloise qui ont pris part à la guerre sont sommés à se présenter le jeudi 29 octobre 1914, entre 10 heures du matin et 2 heures de relevée, dans la cour de la nouvelle École militaire, rue Léonard de Vinci. Les gardes civiques auxquels il serait prouvé par les listes se trouvant en possession de l'auto-

---

(1) La garde civique, sorte de milice bourgeoise, formée de tout les citoyens belges ayant le moyen de payer leur uniforme, était destinée plutôt à maintenir l'ordre à l'intérieur qu'à combattre l'ennemi de l'extérieur, mais n'en constituait pas moins une sorte d'armée territoriale propre au service de garnison. L'attitude des Allemands à son égard a singulièrement varié au cours de la guerre. Ils commencèrent par déclarer qu'ils se refusaient à considérer les gardes civiques comme des belligérants, et les traiteraient en francs-tireurs. Cette menace ne fut jamais mise à exécution, mais ils s'en servirent à différentes reprises pour effrayer la population bourgeoise et urbaine.

La garde civique de Bruxelles, grossie de quelques contingents des provinces wallonnes, fut licenciée quelques heures avant l'occupation de Bruxelles : on expédia la plupart des armes à Ostende et à Anvers, mais quelques milliers de fusils déposés dans les mairies tombèrent aux mains des ennemis. Le premier ban, c'est-à-dire les plus jeunes classes et les corps spéciaux (recrutés par engagements volontaires) demeurèrent sous les armes, et participèrent vaillamment à la seconde partie de la campagne, notamment aux combats devant Termonde. Quelques corps furent licenciés à Bruges, mais l'ensemble de la garde ne fut dissous qu'après la chute d'Anvers. Beaucoup de gardes civiques du premier ban, et presque tous les membres des corps spéciaux, se sont engagés ensuite dans l'armée.

La mesure prise par le général von Luettwitz ne concernait donc en réalité que le second ban de la garde civique de Bruxelles. Elle provoqua un véritable exode, un grand nombre de gardes civiques bruxellois ayant préféré passer en France et en Hollande que de s'engager par écrit, comme on l'exigeait d'eux, à ne plus servir contre l'Allemagne.

rité allemande, qu'ils ne se sont pas présentés, seront punis d'après le droit de guerre.

2. Tous les habitants de l'agglomération bruxelloise sont sommés encore une fois, par la présente, à remettre jusqu'au 1er novembre 1914 toutes les armes qu'ils possèdent à l'hôtel de ville de leur commune respective ; les armes doivent être munies d'une étiquette portant le nom du propriétaire.

Ceux qui, contrairement aux instructions antérieures, avaient gardé jusqu'à présent leurs armes, mais qui les remettent maintenant, ne seront pas punis. Quiconque sera attrapé en possession d'une arme après le 1er novembre 1914 sera jugé d'après les lois de la guerre.

Bruxelles, le 27 octobre 1914

Le gouverneur de Bruxelles,

Baron von LUETTWITZ,

Général.

AVIS

Le tribunal de guerre légalement convoqué a prononcé, le 28 octobre 1914, les condamnations suivantes :

1. Contre l'agent de police De Ryckere pour avoir attaqué, dans l'exercice légal de ses fonctions, un agent dépositaire de l'autorité allemande, pour lésions corporelles volontaires, commises en deux cas de concert avec d'autres, pour avoir procuré l'évasion à un détenu dans un cas, et pour avoir attaqué un soldat allemand :

Cinq ans de prison.

2. Contre l'agent de police Seghers pour avoir attaqué dans l'exercice légal de ses fonctions, un agent dépositaire de l'autorité allemande, pour lésions corporelles volontaires de cet agent allemand, pour avoir procuré l'évasion à un détenu (toutes les infractions constituant un seul fait) :

Trois ans de prison.

Les jugements ont été confirmés le 31 octobre 1914 par M. le Gouverneur général, baron von der Goltz.

La ville de Bruxelles, sans faubourgs, a été punie pour l'attentat commis par son agent de police De Ryckere contre un soldat allemand, d'une contribution additionnelle de

Cinq millions de francs.

Bruxelles, le 1er novembre 1914 (1).

Le Gouverneur de Bruxelles,

Baron von LUETTWITZ,

Général.

AVIS

Afin de pouvoir contrôler jusqu'à quel point la Belgique est pourvue d'aliments, je prescris :

Tout entrepreneur agricole ou industriel qui produit ou travaille dans son entreprise les objets suivants : du froment, du seigle, de l'orge, de l'avoine, du maïs, de la farine, des légumineux et des pommes de terre, est obligé d'établir, endéans les dix jours qui suivront la publication du présent avis, un relevé de ses provisions indiquant les produits précités séparément et mentionnant ses nom, domicile et arrondissement.

Peu importe que les provisions soient la propriété de l'entrepreneur ou qu'il les ait en dépôt. Ne sont dispensés de cette obligation que les entrepreneurs ou industriels n'ayant en leur possession que des provisions de moins de 500 kilos des produits prémentionnés.

Le relevé devra être remis au bourgmestre de la commune ou à son représentant. Celui-ci établira une liste de toutes les provisions et la remettra au chef militaire compétent de l'arrondissement endéans les huit jours suivants.

---

(1) D'après les Bruxellois qui, depuis lors, ont réussi à passer la frontière, ce fut un très minime incident qui donna lieu à cette répression sévère. Un sous-officier allemand, en bourgeois qui s'amusait, durant ses heures de loisir à espionner les Bruxellois, surprit un camelot en train de vendre des journaux sous le manteau. Il voulut l'arrêter : l'homme se rebella. La foule prit son parti, et quand survinrent les agents de Ryckere et Seghers, l'Allemand venait d'asséner un formidable coup de poing à l'un de ses agresseurs. Les agents, ignorant sa qualité, se mirent en devoir de se saisir de lui, ce qui permit au camelot de s'échapper. Survint alors une patrouille allemande qui emmena tout le monde au corps de garde. C'est cet incident ridicule qui valut à la ville de Bruxelles cinq millions d'amende et aux agents de Ryckere et Seghers, cinq ans et trois ans de prison.

Les provisions qui ne seraient pas signalées au bourgmestre endéans le délai de dix jours seront confisquées.

Les bourgmestres sont obligés de faire en sorte que les détenteurs fassent battre et moudre sans retard le blé.

L'interdiction d'exportation déjà en vigueur est rappelée à l'attention du public par le présent avis.

Bruxelles, le 1er novembre 1914.

Le Gouverneur général en Belgique,
Baron von der GOLTZ,
Feldmaréchal.

AVIS

Des doutes ont été exprimés, lesquels des membres de la garde civique sont considérés comme ayant pris part à la guerre.

Par conséquent, il est arrêté :

Tous les membres de la garde civique, aussi ceux *qui n'ont pas pris part à la guerre*, se présenteront à la cour de la nouvelle école militaire dans l'ordre suivant :

Jeudi 5 novembre 1914, ceux dont le nom commence de A jusque F ;

Vendredi 6 novembre 1914, ceux de G à M ;

Samedi 7 novembre 1914, ceux de N à S ;

Lundi 9 novembre 1914, ceux de T à Z.

Les heures de présentation sont de 10 heures du matin à 2 heures de relevée (heure allemande).

Bruxelles, le 2 novembre 1914.

Le gouverneur de Bruxelles,
Baron von LUETTWITZ,
Général.

ARRÊTÉ

relatif à l'interdiction d'effectuer des paiements à l'Angleterre et à la France.

1. Jusqu'à nouvel ordre, il est interdit d'effectuer des paiements destinés tant à l'Angleterre, à l'Irlande et aux colonies et possessions anglaises qu'à la France, ses colonies et pays de

4

protectorat. Cette interdiction comprend tous les paiements de quelque nature qu'ils soient, directs ou indirects, au comptant, par traite, par chèque, par virement ou autres.

Il est également défendu d'expédier ou de transmettre par voie directe ou indirecte des valeurs en espèces ou en titres aux pays ci-dessus mentionnés.

Cette interdiction ne s'étend point aux paiements destinés à venir en aide à des nationaux allemands.

2. Jusqu'à nouvel ordre, il sera sursis à l'exécution de tous les engagements contractés au profit de toute personne morale ou physique domiciliée ou résidant dans les pays indiqués ci-dessus. Ce sursis s'applique à tous les engagements qui ont pris naissance depuis le 31 juillet 1914 ou qui prendront naissance dans la suite. Pendant la durée du sursis, le cours des intérêts dont ces engagements seraient productifs, est arrêté. Sont réputées nulles et non avenues toutes conséquences légales ou contractuelles que la non exécution des engagements susdits ait pu entraîner à compter du 31 juillet 1914 jusqu'à l'entrée en vigueur du présent arrêté.

Le sursis est également opposable à tout cessionnaire de pareil engagement, à moins que la cession ait été faite avant le 31 juillet 1914 ou que le territoire occupé de la Belgique, et que la cession lui ait été faite avant l'entrée en vigueur du présent arrêté. Est mis sur la même ligne qu'un cessionnaire quiconque se trouverait, à la suite de l'exécution d'un engagement, en droit de réclamer l'exécution d'une contre-prestation.

3. Le débiteur pourra se libérer en consignant pour le compte à son créancier à la caisse de l'administration civile allemande à Bruxelles les sommes ou valeurs dues par lui.

4. Sont, à raison de l'interdiction et du sursis de paiement réglés ci-dessus, prorogés jusqu'après l'abrogation du présent arrêté, tous les délais de présentation des traites et tous les délais de protêt faute de paiement si les dits délais n'étaient pas encore venus à expiration au moment de la mise en vigueur du présent arrêté.

Le gouverneur général en Belgique déterminera les délais endéans lesquels la présentation et le protêt devront avoir lieu après l'abrogation du présent arrêté.

Les prescriptions de l'alinéa 1 s'appliquent également aux chèques, dont les délais de présentation n'étaient pas encore expirés au moment de l'entrée en vigueur du présent arrêté.

5. Les prescriptions des articles 1 à 4 ne s'appliquent point

aux engagements devant être exécutés en Allemagne ou dans le territoire occupé de la Belgique si ces engagements ont été contractés au profit des personnes physiques ou morales désignées à l'article 2, dans l'exploitation de leur établissement dont le siège serait en Allemagne ou dans le territoire occupé de la Belgique. Toutefois, les prescriptions des articles 2 et 3 seront appliquées au recours que les dites personnes auraient à exercer du chef d'un refus d'acceptation ou de paiement d'une lettre de change payable en dehors de l'Allemagne ou du territoire occupé de la Belgique.

6. Quiconque aura sciemment contrevenu à la prescription de l'article 1er ou quiconque aura tenté d'y contrevenir sera puni conformément à la loi martiale.

7. Il appartient au gouverneur général en Belgique d'admettre des exceptions à la défense édictée à l'article 1er.

8. Le présent arrêté entre en vigueur avec le jour de sa publication.

Bruxelles, le 3 novembre 1914.

Le Gouverneur général en Belgique,
Baron von der GOLTZ,
Feldmaréchal.

AVIS

Il est venu à ma connaissance que des commerçants de Bruxelles, surtout des marchands de denrées coloniales et de comestibles, refusent la monnaie allemande.

Je me vois forcé de rappeler à la population l'arrêté du 5 octobre 1914, émis par le gouverneur général et publié dans le *Bulletin officiel* des lois et arrêtés pour le territoire belge occupé, n° 6, dans lequel il est ordonné que la monnaie allemande (espèces et papier-monnaie) doit être acceptée en paiement dans le territoire belge occupé, et ce jusqu'à nouvel ordre, sur la base de :

1 mark valant au moins 1 fr. 25.

Dans tous les cas de contravention, je ferai fermer aussitôt les magasins respectifs.

Bruxelles, le 4 novembre 1914.

Le Gouverneur de Bruxelles,
Baron von LUETTWITZ,
Général.

AVIS

J'attire l'attention de la population de la Belgique sur le fait que la vente et la propagation de journaux et de toutes nouvelles reproduites par impression ou de toute autre manière, qui ne sont pas expressément autorisées par la censure allemande, est sévèrement défendue.

Chaque contrevenant sera immédiatement arrêté et puni d'emprisonnement de longue durée.

Bruxelles, le 4 novembre 1914.

Le Gouverneur général en Belgique,

Baron von der GOLTZ,

Feldmaréchal.

AVIS

L'administration militaire allemande a fait tout son possible en prenant soin de faire fournir et parvenir à Bruxelles des vivres et du charbon pour la population de l'agglomération. Dans ce but, les chemins de fer vicinaux ont repris le service dans les environs de la ville et on a facilité de toute façon aux personnes chargées du ravitaillement l'accomplissement de leur tâche. Néanmoins, l'invitation à reprendre l'ouvrage n'a pas encore été suivie par la population dans l'étendue désirable.

Je recommande de la manière la plus énergique aux différentes communes de l'agglomération bruxelloise de ne plus distribuer gratuitement des vivres à des hommes auxquels on peut prouver qu'ils ont l'occasion de travailler, mais qu'ils n'en profitent pas (1).

Puisque les chemins de fer et la poste se règlent déjà sur

---

(1) La révolte des « bras croisés » fut un des moyens de résistance les plus efficaces et les plus héroïques de la population ouvrière belge. L'immense majorité des ouvriers, tant dans le pays flamand que dans le pays wallon, a refusé de travailler pour les Allemands, même à des salaires plus élevés que les salaires ordinaires. Presque toutes les usines métallurgiques ont été fermées et les mineurs des pays de Mons, Charleroi et Liège ne travaillent que trois jours par semaine, et uniquement pour la consommation domestique. Beaucoup d'ouvriers, plutôt que de recevoir leur salaire de l'ennemi, ont passé la frontière la nuit et sans passeport, et sont venus travailler en Hollande, en Angleterre et en France.

l'heure normale de l'Europe centrale, cette heure entrera en vigueur pour toute l'agglomération bruxelloise dès le 8 novembre 1914. Ce jour-là toutes les horloges sont à avancer d'environ 56 minutes. L'heure exacte est donnée par les horloges des gares.

Dès le 8 de ce mois, les restaurants, cafés et débits de boissons sont à fermer seulement à 11 heures du soir (heure allemande).

Bruxelles, le 6 novembre 1914.

Le gouverneur de Bruxelles,
Baron von LUETTWITZ,
Général.

ARRÊTÉ

Sont suspendus pour le temps compris entre le 1er août 1914 et le 15 novembre 1914 le cours de tous les délais impartis en matière civile, commerciale (civile ordinaire et commerciale) pénale et en matière de procédure, ainsi que le cours de toutes prescriptions pour autant que ces délais et prescriptions puissent être invoqués dans le territoire occupé de la Belgique contre des Allemands, Autrichiens, Ottomans et contre les ressortissants d'États neutres.

Le présent arrêté entre en vigueur avec le jour de sa publication.

Bruxelles, le 10 novembre 1914.

Le gouverneur général en Belgique,
Baron von der GOLTZ,
Feldmaréchal.

AVIS .

Il est porté à la connaissance du public que, en vertu de l'article 48 de la Convention de La Haye du 18 octobre 1907 concernant les lois et coutumes de la guerre sur terre, le gouvernement général continue à prélever, dans le territoire occupé, les impôts, droits et péages établis au profit de l'État belge et que, moyennant les recettes qui en résultent, il couvrira les frais de l'administration du territoire occupé.

Les impôts, droits et péages à acquitter suivant les lois en vigueur, seront versés, comme auparavant, aux bureaux de recette belges compétents qui continuent à exercer leurs fonctions. Les impôts droits et péages qui seraient arriérés devront être payés sans retard.

Bruxelles, le 12 novembre 1914.

Le Gouverneur général en Belgique.

Baron von der GOLTZ,

Feldmaréchal.

AVIS

Tous les membres de la garde civique qui ne sont pas encore présentés dans le bureau de la nouvelle Ecole militaire, par suite d'absence, dans l'ignorance des prescriptions ou pour d'autres raisons, sont sommés à réparer cette omission jusqu'au 20 novembre 1914. Dès ce jour-là, la non-représentation entraînera des peines sévères.

Bruxelles, le 13 novembre 1914.

Le gouverneur de Bruxelles,

Baron von LUETTIWTZ,

Général.

ARRÊTÉ

1. Il ne peut pas être dérogé par des conventions particulières à la prescription de l'arrêté royal du 3 octobre 1914. (*Bulletin officiel des lois et arrêtés pour le territoire belge occupé* du 5 octobre 1914, n° 6) d'après laquelle la monnaie allemande (espèces, billets de banque et papier-monnaie) doit être acceptée en paiement, et ce jusqu'à nouvel ordre, sur la base de : 1 mark valant au moins 1 fr. 25.

2. Cet arrêté entre en vigueur le jour de sa publication.

Bruxelles, le 15 novembre 1914.

Le gouverneur général en Belgique

Baron von der GOLTZ,

Feldmaréchal,

ARRÊTÉ

Article 1er. — L'Empire allemand, l'Autriche-Hongrie et la Turquie ne sont point considérés, pour le territoire occupé de la Belgique, comme étant des puissances étrangères ou ennemies dans le sens défini par les articles 113 et suivants du Code pénal belge et de la loi du 4 août 1914 (sur les crimes et délits contre la sûreté extérieure de l'Etat).

Art. 2. — Sera puni d'emprisonnement quiconque aura tenté de retenir, par la contrainte, par la menace, par la persuation ou par d'autres moyens, de l'exécution d'un travail destiné aux autorités allemandes, des personnes disposées à fournir ce travail ou des entrepreneurs chargés par les autorités allemandes de l'exécution de ce travail.

Art. 3. — Les tribunaux militaires sont exclusivement compétents pour connaître des délits commis en cette matière.

Art. 4. — Le présent arrêté entre en vigueur à partir du jour de sa publication.

Bruxelles, le 19 novembre 1914.

Le gouverneur général en Belgique.

Baron von der GOLTZ,

Feldmaréchal.

ARRÊTÉ

Les locataires qui ont été empêchés, par suite de la guerre, de jouir de la chose louée, peuvent demander ou la résiliation du bail ou une diminution du prix pour le temps pendant lequel ils auront été empêchés. Dans l'un et l'autre cas, il n'y a pour le bailleur lieu à aucun dédommagement de la part du preneur.

Toutes les contestations résultant de l'application de l'alinéa précédent sont de la compétence exclusive des juges de paix, à quelque valeur que la demande puisse s'élever.

Le présent arrêté entre en vigueur avec le jour de sa publication.

Bruxelles, le 20 novembre 1914.

Le gouverneur général en Belgique.

Baron von der GOLTZ,

Feldmaréchal.

ARRÊTÉ

Les délais pendant lesquels doivent être faits les protêts et autres actes conservant les recours, délais prorogés par l'arrêté du 21 octobre 1914 (n° 9 du *Bulletin officiel des Lois et Arrêtés pour le territoire belge occupé*), sont prorogés à nouveau par le présent arrêté jusqu'au 31 décembre 1914.

Bruxelles, le 20 novembre 1914.

Le gouverneur général en Belgique,

Baron von der GOLTZ,

Feldmaréchal.

ARRÊTÉ

L'arrêté du Roi des Belges du 3 août 1914, concernant le retrait de fonds sur les dépôts en banque, reste en vigueur jusqu'au 31 décembre 1914 avec la restriction qu'il a subie par suite de l'arrêté du Roi des Belges du 6 août 1914 et avec l'extension qui lui a été donnée par l'arrêté du 23 septembre 1914 (n° 4 du *Bulletin officiel des Lois et Arrêtés pour le territoire belge occupé*).

Bruxelles, le 20 novembre 1914.

Le gouverneur général en Belgique,

Baron von der GOLTZ.

Feldmaréchal.

ARRÊTÉ

I

1. Le commissaire général pour les banques en Belgique pourra, par voie de rétorsion, nommer des personnes qui auront à surveiller les entreprises ou les succursales d'entreprises établies dans le territoire occupé de la Belgique dont la direction ou la surveillance se trouve dans un pays en état de guerre avec l'Allemagne, ou les entreprises ou succursales dont les recettes vont totalement ou partiellement dans ces pays ennemis ou à leurs nationaux, ou dans lesquels ceux-ci seraient intéressés sous une forme quelconque. Les personnes

ainsi nommées par le commissaire général pour les banques en Belgique auront pour mission de veiller, tout en respectant les droits de propriété et autres droits particuliers de ces entreprises, à ce que pendant la durée de la guerre, leurs affaires ne soient pas gérées d'une façon opposée aux intérêts de l'empire allemand et du territoire occupé de la Belgique. Les frais de cette surveillance sont à la charge des entreprises sus-visées.

2. Le commissaire général pour les banques en Belgique pourra prendre les mêmes mesures à l'égard d'entreprises dont le champ d'activité se trouve entièrement ou partiellement au Congo belge ou à l'égard d'entreprises belges dont 10 0/0 au moins du capital se trouvent entre les mains de sujets allemands.

II

Ces commissaires de surveillance sont notamment autorisés :

1. A interdire des mesures de toute nature intéressant les affaires de l'entreprise, spécialement les dispositions concernant des biens meubles et immeubles, ainsi que des communications au sujet des affaires.

2. A prendre connaissance des livres et des écritures, à examiner l'inventaire de la caisse, des valeurs mobilières et des marchandises.

3. A exiger des renseignements sur tout ce qui intéresse l'entreprise.

III

Les administrateurs, les directeurs et les employés des entreprises ou des succursales sont tenus de suivre les instructions et les ordres des commissaires de surveillance qui devront être invités en temps utile à chaque séance du conseil d'administration et à chaque assemblée générale ; l'ordre du jour de ces réunions doit leur être communiqué. Toutes les décisions du conseil d'administration et de la direction doivent être portées par écrit à la connaissance des commissaires de surveillance.

IV

Il est interdit de remettre ou de virer ni indirectement dans les pays ennemis des fonds ou d'autres biens quelconques des entreprises ou des succursales surveillées.

Les commissaires de surveillance pourront admettre des exceptions.

Ils pourront, entre autres, décider, le cas échéant, que des fonds ou des valeurs dont la remise ou le virement est interdit selon l'alinéa 1 pourront être consignés aux caisses du gouvernement civil pour le compte des ayants droit.

V

Sera puni d'une amende pouvant s'élever jusqu'à 50.000 fr. et d'un emprisonnement jusqu'à trois ans ou d'une de ces peines quiconque, en sa qualité d'administrateur, de directeur ou d'employé d'une entreprise ou d'une succursale, aura intentionnellement contrevenu aux prescriptions des articles 3 et 4. La tentative est punissable. La connaissance des infractions au présent arrêté est attribuée aux tribunaux militaires.

VI

Lorsqu'une entreprise ou une succursale surveillée n'a pas d'administrateur, de directeur ou d'employé résidant dans le territoire occupé de la Belgique autorisé à la représenter légalement ou lorsque l'administrateur, le directeur ou l'employé ne remplit pas régulièrement ses fonctions, le commissaire général pour les banques en Belgique pourra, sur la demande du commissaire de surveillance, nommer un remplaçant.

Celui-ci aura à continuer la gestion des affaires courantes de l'entreprise ou de la succursale lorsque le commissaire général pour les banques en Belgique l'aura jugé nécessaire dans l'intérêt de l'empire allemand ou du territoire occupé de la Belgique.

Dans tous les autres cas, il aura à liquider entièrement ou partiellement les affaires courantes. Il pourra aussi faire de nouvelles opérations, mais seulement à l'effet de terminer des affaires en cours. Il aura à suivre les instructions et les ordres du commissaire de surveillance.

Le remplaçant a droit au remboursement de ses débours et à une rémunération convenable de ses soins. Le montant en sera fixé par le commissaire général pour les banques en Belgique et perçu par le remplaçant à la caisse de l'entreprise ou de la succursale surveillée.

Pendant la durée du remplacement, le droit des administrateurs, directeurs ou employés de représenter légalement l'entreprise ou la succursale est suspendu.

Le commissaire général pour les banques en Belgique peut faire cesser le remplacement sur la demande du commissaire de surveillance.

VII

Les prescriptions plus étendues de l'arrêté du 18 septembre 1914 concernant la surveillance d'établissements de crédit et de maisons de banque (*Bulletin officiel des Lois et Arrêtés pour le territoire occupé de la Belgique*, n° 3) ne sont pas modifiées par le présent arrêté.

VIII

Cet arrêté entre en vigueur le jour de sa publication.

Bruxelles, le 26 novembre 1914.

Le gouverneur général en Belgique,
Baron von der GOLTZ,
Feldmaréchal.

AVIS

A la place du général von Lüttwitz qui a été transféré à l'armée de campagne, j'ai été nommé gouverneur de Bruxelles.

Bruxelles, le 26 novembre 1914.

(Signé) von KRAEWEL,
Général.

ARRÊTÉ

I

Sont déclarées applicables, par voie de rétorsion, à l'égard de la Russie et de la Finlande, les dispositions de l'arrêté du 3 novembre 1914 relatif à l'interdiction d'effectuer des paiements à l'Angleterre et à la France (publié dans le n° 10 du *Bulletin officiel des Lois et Arrêtés pour le territoire belge occupé*).

II

Le commissaire général pour les banques en Belgique est chargé de décréter les mesures en vue d'assurer l'exécution du présent arrêté, ainsi que de celui du 3 novembre 1914.

III

Le présent arrêté entre en vigueur immédiatement.

Bruxelles, le 28 novembre 1914.

Le gouverneur général en Belgique,
Baron von der GOLTZ,
Feldmaréchal.

AVIS

Sa Majesté l'Empereur et Roi ayant daigné me nommer gouverneur général en Belgique, j'ai pris aujourd'hui la direction des affaires (1).

Bruxelles, le 3 décembre 1914.

Baron von BISSING,
Général de cavalerie.

ARRÊTÉ

abrogeant la loi du 4 août 1914 sur la délégation des pouvoirs en cas d'invasion du territoire, et réglant l'exercice des pouvoirs qui appartiennent aux gouverneurs provinciaux et au Roi des Belges, en vertu des lois sur l'administration des provinces et des communes.

Article 1er. — La loi du 4 août 1914 relative à la délégation des pouvoirs en cas d'invasion du territoire est abrogée.

Art. 2. — Tous les pouvoirs appartenant aux gouverneurs provinciaux en vertu des lois sur l'administration des provinces et des communes sont exercés par les gouverneurs militaires de l'empire allemand.

Les présidents du gouvernement civil ressortissant aux gouverneurs traitent, au nom de ceux-ci, les affaires courantes de l'administration provinciale et pourvoient aux affaires et à la présidence des députations permanentes. Les pouvoirs appartenant au Roi des Belges sont exercés par moi, en ma qualité de gouverneur général impérial.

---

(1) En remplacement du maréchal von der Goltz, qui partit le soir même pour la Turquie.

Art. 3. — Les résolutions prises depuis l'entrée en vigueur de la loi susmentionnée du 4 août 1914, par les députations permanentes, les conseils provinciaux et les conseils communaux, doivent, pour être valables, être approuvées, après coup, par les autorités désignées à l'article 2, pour autant que ces décisions eussent dû être approuvées par les gouverneurs provinciaux ou par le Roi.

Bruxelles, le 3 décembre 1914.

Le gouverneur général en Belgique

Baron von BISSING,

Général de cavaler e.

ARRÊTÉ

*concernant la convocation des Conseils provinciaux
en session extraordinaire.*

Article 1er. — Les conseils provinciaux des provinces belges sont convoqués, par les présentes, en session extraordinaire pour samedi 19 décembre, à midi (l'heure allemande), aux chefs-lieux des provinces.

Art. 2. — Ces sessions extraordinaires ne seront annoncées que par le *Gesetz und Verordnungsblatt* du gouvernement allemand (*Bulletin officiel des Lois et Arrêtés pour le territoire belge occupé*).

Art. 3. — Les convocations des membres des conseils sont faites par les députations permanentes.

La présence du gouverneur de la province n'est pas obligatoire. La députation permanente nommera celui des membres de la députation par qui la cession du conseil sera ouverte et close. La session sera ouverte et close au nom du gouverneur général allemand impérial.

Art. 4. — La durée de la session ne dépassera pas un jour. La séance se fait en comité secret.

L'objet unique de la délibération dont l'assemblée est tenue de s'occuper exclusivement est : « le mode visant l'accomplissement de l'imposition de guerre mise à la charge de la population belge ».

Art. 5. — La délibération se fait en toute validité, sans égard au nombre des membres présents.

Bruxelles, le 8 décembre 1914.

Le gouverneur général en Belgique.

Baron von BISSING,

Général de cavalerie.

ORDRE

Il est imposé à la population de Belgique une contribution de guerre s'élevant à 40 millions de francs à payer mensuellement pendant la durée d'une année.

Le paiement de ces montants est à la charge des neuf provinces qui en sont tenues comme débitrices solidaires.

Les deux premières mensualités sont à réaliser au plus tard le 15 janvier 1915, les mensualités suivantes au plus tard le 10 de chaque mois suivant à la caisse de l'armée en campagne du gouvernement général impérial de Bruxelles.

Dans le cas où les provinces devraient recourir à l'émission d'obligations à l'effet de se procurer les fonds nécessaires, la forme et la teneur de ces titres seront déterminées par le commissaire général impérial pour les banques en Belgique.

Bruxelles, le 10 décembre 1914.

Le gouverneur général en Belgique,

Baron von BISSING,

Général de cavalerie.

DÉFENSE D'IMPORTATION

Il est défendu d'importer du sel sauné, du sel marin et du sel gemme des pays étant en état de guerre avec l'Empire allemand dans les parties occupées de la Belgique.

Cette défense entre en vigueur immédiatement.

Bruxelles, le 10 décembre 1914.

Le Gouverneur général en Belgique,

Baron von BISSING,

Général de cavalerie.

ARRÊTÉ

Tous les dépôts de benzine, benzol, pétrole, esprit-de-vin, glycérine, huiles et graisses de tout genre, toluol, carbure, caoutchouc brut et déchets de caoutchouc, ainsi que de pneumatiques d'automobile, doivent être déclarés sans retard aux chefs de district ou kommandantures respectifs. La déclaration indiquera la quantité et l'emplacement du dépôt.

L'autorité militaire décide, si les marchandises déclarées seront achetées ou laissées libres pour l'usage et le commerce.

Dans le cas où certains de ces articles susmentionnés continueraient à être fabriqués ou à être importés en Belgique, une déclaration est également nécessaire.

Au cas que la déclaration n'aurait pas été faite, les marchandises seront confisquées au profit de l'Etat et le coupable sera puni par l'autorité militaire.

Bruxelles, le 11 décembre 1914.

Le gouverneur général en Belgique,

Baron von BISSING,

Général de cavalerie.

ARRÊTÉ

Toutes les lois et tous les arrêtés belges sur la milice et la garde civique sont suspendus.

Les contraventions aux prescriptions des dites lois et arrêtés, commises avant la publication du présent arrêté, restent impunies et n'entraînent pour le contrevenant aucune conséquence préjudiciable.

Aucune justification de l'observation des dites lois et arrêtés n'est requise notamment pour la célébration d'un mariage, la demande et la délivrance d'un passeport ou d'une patente, ni pour la désignation d'un emploi d'Etat, un emploi provincial ou communal.

Le présent arrêté ne modifie en rien les dispositions prises ou à prendre par le gouverneur général relativement à la surveillance des anciens membres de la milice ou de la garde civique et relatives au recrutement de l'armée.

Bruxelles, le 12 décembre 1914.

Le Gouvernement général en Belgique,
Baron von BISSING,
Général de cavalerie.

AVIS

Il est porté à la connaissance du public que la navigation sur les voies navigables belges qui suivent peut être reprise :

1. La Meuse, de la frontière hollandaise à Namur ;
2. Le canal de jonction de Liège à Anvers, avec le canal d'embranchement vià Turnhout :
3. Le canal de Bruxelles à l'Escaut :
4. Le canal de Louvain à l'Escaut ;
5. Le canal de Charleroi à l'Escaut ;
6. La Dendre, d'Alost à Termonde ;
7. Le canal de Gand à Terneuzen ;
8. Le canal de Gand à Ostende ;
9. Le canal de Bruges à Zeebrugge ;
10. L'Escaut, de Termonde à la frontière hollandaise.

Les laissez-passer donnant droit à la circulation sur ces voies navigables seront délivrés aux bateaux particuliers, dans le territoire occupé de la Belgique, par l'administration civile impériale à Bruxelles, rue de la Loi, 90, et la commandature impériale du port d'Anvers, dans les territoires des étapes, par les autorités locales compétentes.

Bruxelles, le 14 décembre 1914.

AVIS

Il est interdit de transporter des correspondances en Belgique et au delà des frontières belges sans passer par la Poste allemande.

Bruxelles, le 15 décembre 1914.

Le gouverneur général en Belgique,
Baron von BISSING,
Général de cavalerie.

AVIS

I

Conformément à l'article 3 de la loi du 29 mai 1889 sur le travail des femmes, des adolescents et des enfants, le texte de la loi sur le travail des femmes et des enfants est promulgué comme suit.

II

Les dispositions correspondant aux articles 1 et 2 de la loi du 26 mai 1914 qui sont contenues dans les articles 1, 2, 4, 9, 10, 11, 19, 22, 23, 24 et 27 de la loi modifiée entreront en vigueur le 1er janvier 1915.

Bruxelles, le 15 décembre 1914.

Le Gouverneur général en Belgique,

Baron von BISSING,
Général de cavalerie.

Loi sur le travail des femmes et des adolescents.

Article 1er. — Est soumis au régime de la présente loi le travail qui s'exécute :

1° Dans les mines, minières, carrières, chantiers ;

2° Dans les usines, manufactures, fabriques, ateliers, restaurants, débits de boissons et bureaux des entreprises industrielles et commerciales ;

3° Dans les établissements classés comme dangereux, insalubres ou incommodes, ainsi que dans ceux où le travail se fait à l'aide de chaudières à vapeur ou de moteurs mécaniques ;

4° Dans les ports, débarcadères, stations ;

5° Dans les transports par terre et par eau.

Les dispositions de la loi s'appliquent aux établissements publics comme aux établissements privés, même quand ils ont un caractère d'enseignement professionnel ou de bienfaisance.

Sont exceptés :

Les travaux effectués dans les établissements où ne sont employés que les membres de la famille, sous l'autorité, soit du père ou de la mère, soit du tuteur, pourvu que ces établisse-

5

ments ne soient pas classés comme dangereux, insalubres ou incommodes ou que le travail ne s'y fasse pas à l'aide de chaudières à vapeur ou de moteurs mécaniques.

Art. 2. — Il est interdit d'employer au travail les enfants âgés de moins de 14 ans.

Toutefois la limite d'âge est abaissée à 13 ans pour les enfants porteurs d'un certificat d'études délivré en conformité de la loi décrétant l'instruction obligatoire et apportant des modifications à la loi organique de l'enseignement primaire.

Les dispositions du présent article ainsi que celles de l'article 10 s'appliquent même au travail effectué à domicile pour le compte d'un chef d'entreprise.

Art. 3. — Les enfants âgés de moins de 16 ans ne peuvent être employés au travail après 9 heures du soir et avant 5 heures du matin.

Art. 4. — Le Roi règle la durée du travail journalier, ainsi que la durée et les conditions du repos en ce qui concerne les enfants âgés de plus de 16 ans, ainsi que les filles ou les femmes âgées de plus de 16 ans ou de moins de 21 ans, le tout d'après la nature des occupations auxquelles ils seront employés et d'après les nécessités des industries, professions ou métiers.

Les enfants âgés de moins de 16 ans ainsi que les filles ou les femmes âgées de 16 ans et de moins de 21 ans, ne pourront être employés au travail plus de douze heures par jour divisées par des repos, dont la durée totale ne sera pas inférieure à une heure et demie.

Il est interdit aux chefs d'entreprise de donner à ces personnes de l'ouvrage supplémentaire à effectuer à domicile, en dehors du temps réglé par la présente loi ou par les arrêtés d'exécution.

Art. 5. — Les garçons âgés de moins de 14 ans et les femmes sans distinction d'âge ne peuvent être employés dans les travaux souterrains des mines, minières et carrières.

Art. 6. — Les femmes ne peuvent être employées au travail pendant les quatre semaines qui suivent leur accouchement.

Art. 7. — Le travail de nuit est interdit à toutes les femmes, sans distinction d'âge.

Art. 8. — Le repos de nuit, visé à l'article précédent, doit avoir une durée minimum de onze heures consécutives ; dans ces onze heures est compris l'intervalle de 9 heures du soir à 5 heures du matin.

Art. 9. — Le Roi peut étendre les dispositions de la présente loi à tous autres travaux qui sont de nature à compromettre la santé ou la moralité des enfants.

Art. 10. — Le Roi peut autoriser l'emploi des enfants âgés de 13 à 14 ans et, jusqu'à ce que le 4e degré soit organisé, mais sans dépasser la date du 1er janvier 1920, des enfants âgés de 12 à 14 ans, pour un certain nombre d'heures par jour, pour un certain nombre de jours, et sous certaines conditions, le tout d'après les exigences de l'enseignement primaire et de l'enseignement professionnel, la nature des occupations et les nécessités des industries, professions ou métiers.

Art. 11. — Le Roi peut, soit purement et simplement, soit sous certaines conditions, autoriser la prolongation du travail des femmes majeures employées dans les restaurants et débits de boissons, au delà de 9 heures du soir, pourvu que l'intervalle entre la cessation et la reprise du travail reste de onze heures au minimum.

Art. 12. — Le Roi peut autoriser, soit purement et simplement, soit moyennant certaines conditions, l'emploi des garçons âgés de plus de 14 ans après 9 heures du soir et avant 5 heures du matin, à des travaux qui, à raison de leur nature, ne peuvent être interrompus ou retardés ou ne peuvent s'effectuer qu'à des heures déterminées.

En ce qui concerne les travaux des mines, le Roi peut également autoriser l'emploi au travail de nuit de certaines catégories de travailleurs âgés de plus de 14 ans.

Pareille autorisation pourra être accordée, pour un temps déterminé, par les gouverneurs, sur le rapport de l'inspecteur compétent, pour toutes les industries ou tous les métiers, en cas de chômage résultant de force majeure ou dans des circonstances exceptionnelles.

L'arrêté du gouverneur cessera ses effets si, dans les dix jours de sa date, il n'est approuvé par le Ministre ayant dans ses attributions la police de l'industrie.

L'autorisation ne pourra être accordée, conformément aux deux alinéas précédents, que pour deux mois au plus; elle pourra être renouvelée, l'inspecteur compétent entendu.

Art. 13. — Le Roi peut interdire l'emploi des enfants âgés de moins de 16 ans ainsi que des filles ou des femmes âgées de plus de 16 ans et de moins de 21 ans, à des travaux excédant leurs forces ou qu'il y aurait du danger à leur laisser effectuer.

Il peut interdire ou n'autoriser que pour un certain nombre d'heures par jour, pour un certain nombre de jours, et sous certaines conditions, l'emploi à des travaux reconnus insalubres, des enfants âgés de moins de 16 ans, ainsi que des filles ou des femmes âgées de plus de 16 ans et de moins de 21 ans.

Art. 14. — Le Roi peut autoriser des dérogations aux prescriptions des articles 7 et 8 dans les industries où le travail s'applique, soit à des matières premières, soit à des matières en élaboration, qui sont susceptibles d'altération très rapide et dont la perte paraîtrait autrement inévitable.

Art. 15. — Lorsque, dans une entreprise, un cas de force majeure produit une interruption impossible à prévoir et n'ayant pas un caractère périodique, l'interdiction du travail de nuit (art. 7) peut être levée par une autorisation accordée conformément à l'article 12, 3e, 4° et 5e alinéas de la présente loi.

Art. 16. — Dans les industries soumises à l'influence des saisons, la durée du repos ininterrompu de nuit (art. 8) peut être réduite à dix heures, soixante jours par an.

Ces industries sont déterminées par arrêté royal. L'arrêté fixe les conditions dans lesquelles le chef d'entreprise, qui use de la faculté prévue au présent article, est tenu de prévenir l'inspecteur du travail.

Art. 17. — En cas de circonstances exceptionnelles, la durée du repos ininterrompu de nuit peut être réduite à dix heures, soixante jours par an, en vertu d'une autorisation accordée, conformément à l'article 12, 3e et 4° alinéas de la présente loi.

Art. 18. — Pour exercer les attributions qui lui sont conférées par les articles, 9-16 de la présente loi, le Roi prend l'avis :

1° Des sections compétentes des conseils de l'industrie et du travail ;

2° Du conseil supérieur d'hygiène publique ;

3° Du conseil supérieur du travail.

Ces divers collèges transmettent leur avis dans les deux mois de la demande qui leur en est faite, à défaut de quoi il est passé outre.

Art. 19. — Des fonctionnaires désignés par le gouvernement surveillent l'exécution de la présente loi, sans préjudice aux devoirs qui incombent aux officiers de police judiciaire.

Leurs attributions sont déterminées par arrêté royal.

Art. 20. — Les fonctionnaires désignés en vertu de l'article précédent ont la libre entrée des établissements désignés à l'article 1er.

Ils peuvent exiger la communication des carnets et du registre prescrits par l'article 21.

Les chefs d'entreprise, patrons, gérants, préposés et ouvriers sont tenus de fournir aux inspecteurs les renseignements qu'ils demandent pour s'assurer de l'observation de la loi.

En cas d'infraction à la loi, les inspecteurs dressent des procès-verbaux qui font foi jusqu'à preuve contraire.

Une copie du procès-verbal sera, dans les quarante-huit heures, remise au contrevenant à peine de nullité.

Art. 21. — Les enfants au-dessous de 16 ans, ainsi que les filles et les femmes âgées de plus de 16 ans et de moins de 21 ans, doivent être porteurs d'un carnet qui leur sera délivré gratuitement par l'administration communale du lieu de leur domicile ou, à défaut de domicile connu, du lieu de leur résidence, et qui indiquera leurs nom et prénoms, la date et le lieu de leur naissance, leur domicile, les nom, prénoms et domicile, soit de leurs père et mère, soit du tuteur.

Les carnets seront confectionnés d'après un modèle déterminé par arrêté royal.

Les extraits des registres des actes de l'état civil et tous autres nécessaires pour la tenue du carnet seront délivrés sans frais.

Les chefs d'entreprise patrons ou gérants tiennent un registre d'inscription portant les indications énumérées au premier alinéa du présent article.

Art. 22. — Les chefs d'entreprise sont obligés d'afficher les tableaux qui seront reconnus nécessaires pour le contrôle.

Ils doivent se conformer à toutes autres prescriptions établies par arrêté royal.

Art. 23. — Les chefs d'entreprise, patrons, directeurs, gérants qui auront sciemment contrevenu aux prescriptions de la présente loi et des arrêtés relatifs à son exécution, seront punis d'une amende de 26 à 100 francs. Le minimum de l'amende sera porté à 50 francs en cas d'infraction à l'article 2 de la présente loi.

L'amende sera appliquée autant de fois qu'il y a eu de personnes employées en contravention à la loi ou aux arrêtés, sans que la somme des peines puisse excéder 1.000 francs.

En cas de récidive dans les cinq ans à partir de la condamnation antérieure, les peines seront doublées sans que le total des amendes puisse dépasser 2.000 francs.

Art. 24. — Les chefs d'entreprise, patrons, propriétaires, directeurs ou gérants qui auront mis obstacle à la surveillance organisée en vertu de la présente loi seront punis d'une amende de 26 à 100 francs, sans préjudice, s'il y a lieu, à l'application des peines comminées par les articles 269 à 274 du Code pénal.

En cas de récidive dans les cinq ans à partir de la condamnation antérieure, la peine sera doublée.

Art. 25. — Les chefs d'entreprise sont civilement responsables du paiement des amendes prononcées à charge de leurs directeurs ou gérants.

Art. 26. — Seront punis d'une amende de 1 à 25 francs les père, mère ou tuteur qui auront fait ou laissé travailler leur enfant ou pupille contrairement aux prescriptions de la présente loi.

En cas de récidive dans les douze mois à partir de la condamnation antérieure, l'amende pourra être portée au double.

Art. 27. — Par dérogation à l'article 100 du Code pénal, le chapitre VII et l'article 85 du livre 1er de ce code sont applicables aux infractions prévues par la présente loi. Toutefois l'article 85 du dit code ne sera pas appliqué en cas de récidive.

Art. 28. — L'action publique résultant d'une infraction aux dispositions de la présente loi sera prescrite après une année révolue, à compter du jour où l'infraction a été commise.

Art. 29. — Tous les trois ans, le gouvernement fera rapport aux Chambres sur l'exécution et les effets de la loi.

Art. 30. — Dans les entreprises de peignage et de filature de la laine, les dispositions de la présente loi ne seront applicables aux femmes majeures qu'à partir du 1er janvier 1920.

ARRÊTÉ

Les délais pendant lesquels doivent être faits les protêts et autres actes concernant les recours, délais prorogés par l'arrêté du 20 novembre 1914 (n° 14 du *Bulletin officiel des lois et arrêtés pour le territoire belge occupé*), sont prorogés à nouveau par le présent arrêté jusqu'au 31 janvier 1915.

Bruxelles, le 18 décembre 1914.

Le Gouverneur général en Belgique,

Baron von BISSING,

Général de cavalerie.

ARRÊTÉ

L'arrêté du Roi des Belges du 3 août 1914, concernant le retrait de fonds sur les dépôts en banque, reste en vigueur jusqu'au 31 janvier 1915, avec la restriction qu'il a subie par suite de l'arrêté du Roi des Belges du 6 août 1914 et avec l'extension qui lui a été donnée par arrêté du 23 septembre 1914 (n° 4 du *Bulletin officiel des lois et arrêtés pour le territoire belge occupé*).

Bruxelles, le 18 décembre 1914.

Le Gouverneur général en Belgique,

Baron von BISSING,

Général de cavalerie.

AVIS

La conduite des membres de l'ancienne garde civique étant satisfaisante, j'ordonne, avec le consentement du gouverneur général en Belgique, que les membres de l'ancienne garde civique, habitant l'agglomération bruxelloise, ont à se présenter jusqu'à nouvel ordre seulement deux fois par mois, c'est-à-dire le 2 et le 16 du mois.

La prochaine présentation aura donc lieu le 2 janvier 1915.

Bruxelles, le 20 décembre 1914.

Le gouverneur militaire de Bruxelles,

von KRAEWEL,

Général.

ARRÊTÉ

J'accorde à la Société Générale de Belgique, au début pour une période d'un an, le privilège exclusif d'émettre des billets de banque. L'émission des billets de banque devra se faire par un département d'émission dont les affaires doivent être gérées séparément des autres opérations de la banque. La loi organique de ce département d'émission de la Société Générale sera publiée au *Bulletin officiel des Lois et Arrêtés pour le territoire belge occupé*. Je nomme commissaire du gouvernement auprès du département d'émission de la Société Générale de Belgique M. Félix Somary.

A partir de ce jour, il est interdit à la Banque Nationale de Belgique d'émettre des billets ou de remettre en circulation ceux de ses billets qui lui sont rentrés ou qui lui rentreront. Le commissaire général pour les banques en Belgique est autorisé à prendre toutes les mesures à ce nécessaire et à admettre, le cas échéant, des exceptions. Toute infraction à cette interdiction sera punie d'un emprisonnement d'au moins deux ans et d'une amende d'au moins 100.000 francs. La tentative est punissable. La connaissance des infractions au présent arrêté est uniquement de la compétence des tribunaux militaires.

Bruxelles, le 22 décembre 1914.

Le Gouvernement général en Belgique,

Baron von BISSING,

Général de cavalerie.

AVIS

La Banque Nationale de Belgique a transféré à Londres, à la suite d'une décision du Conseil des ministres belge en date du 26 août de cette année, la totalité de son encaisse métallique, une grande quantité de billets de banque prêts à être émis, ses clichés et ses poinçons, ainsi que les valeurs de l'Etat déposées chez elle, les cautionnements déposés par des tiers et les titres de la Caisse Générale d'Epargne et de Retraite.

Une mission, composée de membres du conseil d'administration de la Banque Nationale de Belgique, qui avait pour but de rapporter une partie de ces valeurs, fut envoyée à Londres avec l'assentiment du gouvernement allemand. Mais la Banque d'Angleterre, chez laquelle ces valeurs sont déposées, leur répondit qu'ils devaient se mettre d'accord avec le ministre des finances belge au Havre. Celui-ci déclara qu'il se réservait de disposer de l'encaisse métallique, des billets et des clichés de la Banque Nationale déposés en Angleterre.

A la demande de plusieurs premiers établissements de crédit et banquiers belges, une personnalité éminente du monde de la finance et de l'industrie belge, présentée par eux, fit une nouvelle tentative auprès du ministre des finances belge au Havre pour le faire revenir sur sa décision ; mais cette démarche n'eut pas plus de succès.

La Banque Nationale de Belgique a, de plus, avancé au gouvernement belge des sommes considérables sans couverture, en contradiction avec ses statuts lui interdisant des opérations de crédit à découvert. Le ministre des finances belge s'est fait accorder des avances en les justifiant textuellement ainsi : « qu'elles devaient être considérées comme ayant le caractère de réquisition à laquelle, malgré son caractère d'institution privée, la Banque était obligée d'obtempérer ». (Lettre du 20 août 1914 du ministre des finances belge adressée à la Banque Nationale de Belgique).

Les procédés de la Banque nationale de Belgique et du ministre des finances belge sont contraires à la loi et aux statuts. Ils violent la loi organique par laquelle le gouvernement belge a institué la Banque Nationale de Belgique et exposent le pays à un grave danger. Car le ministre des finances belge pourrait employer directement ou indirectement aux besoins de la guerre l'encaisse métallique de la Banque, la réserve financière du pays. La base même de la circulation fiduciaire d'environ 1.600 millions de francs s'en trouverait ébranlée. Tout cela menace au plus haut degré les intérêts vitaux du peuple belge. Le gouvernement allemand se trouve devant la possibilité que le gouvernement belge émette, pour soutenir des actions hostiles envers le gouvernement allemand, les billets d'une banque opérant dans le territoire occupé de la Belgique.

Pour toutes ces raisons, je me vois forcé de retirer à la Banque Nationale de Belgique le privilège d'émission des billets de banque et de révoquer le gouverneur et le commissaire nommés par le gouvernement belge.

Les billets légalement émis par la Banque Nationale de Belgique continueront à avoir cours forcé.

Pour éviter une catastrophe économique au pays, j'ai accordé le privilège d'émission de billets de banque au plus ancien établissement financier du pays, la Société Générale de Belgique. Les billets de cette banque auront cours forcé. Les départements d'émission de la Société Générale de Belgique aura la possibilité de satisfaire aux besoins du commerce, de l'industrie et de l'agriculture en pleine liberté et sur les bases les plus solides. La Société Générale aidera à supprimer graduellement le moratoire. Le gouvernement civil, d'accord avec la Société Générale, examinera aussi les mesures à prendre pour remettre la Caisse Générale d'Epargne et de Retraite et ses déposants en possession de leur bien actuellement retenu contre tout droit à la Banque d'Angleterre.

Bruxelles, le 22 décembre 1914.

Le Gouverneur général en Belgique,
Baron von BISSING,
Général de cavalerie.

ARRÊTÉ

Article premier

Les impôts directs et indirects, en principal et en centimes additionnels au profit de l'Etat, existant au 31 décembre 1914, seront recouvrés pendant l'année 1915 d'après les lois et les tarifs qui en règlent l'assiette et la perception.

Art. 2

La présente ordonnance sera obligatoire le 1er janvier 1915.

Bruxelles, le 23 décembre 1914.

Le Gouverneur général en Belgique,
Baron von BISSING,
Général de cavalerie.

ARRÊTÉ

Toutes les publications dont l'insertion au *Moniteur Belge* ou dans ses annexes est prescrite par la législation belge, doivent être faites, à partir de ce jour dans le *Bulletin officiel des Lois et Arrêtés pour le territoire belge occupé* ou dans ses annexes.

Bruxelles, le 23 décembre 1914.

Le Gouverneur général en Belgique,
Baron von BISSING,
Général de cavalerie.

PUBLICATION

Il faut que les sépultures des soldats tombés, n'importe de quelle nationalité, soient conservées et tenues en bon état. Si elles sont endommagées ou violées, non seulement l'auteur sera puni, mais aussi la commune 'en sera faite responsable (1).

Bruxelles, le 23 décembre 1914.

PROCLAMATION

Selon l'ordre du gouvernement général impérial en Belgique, section IVa, n° 533/12 II, il est défendu de réquisitionner des vivres et des fourrages dans l'arrondissement de Bruxelles. Des infractions de cet ordre sont à dénoncer au chef de l'arrondissement de Bruxelles.

Le bourgmestre.

Avec l'approbation du
chef de l'arrondissement de Bruxelles.

AVIS-RAPPEL

Il y a lieu de rappeler les dispositions suivantes :

A. — Le droit de posséder et d'utiliser les installations de télégraphie sans fil appartient exclusivement aux troupes allemandes. Quiconque possède en Belgique une installation quelconque de télégraphie sans fil ou en a connaissance, doit sans retard en faire la déclaration aux autorités allemandes.
B. — Les installations de téléphonie et de télégraphie en Belgique sont à l'usage exclusif des autorités et des troupes allemandes, ainsi que les administrations des communes, canaux et chemins de fer qui, pour les lignes déterminées, ont reçu du gouvernement général ou de l'autorité du chemin de fer militaire, une permission expresse et écrite. Quiconque possède une installation quelconque de téléphonie ou de télégraphie encore utilisable ou qui en a connaissance doit en faire

---

(1) Parmi les formes les plus touchantes que revêtit la protestation dans les villes belges, il faut signaler la part que prit spontanément la population aux funérailles des soldats alliés qui moururent dans les ambulances de Bruxelles. Alors que le convoi des Allemands n'était suivi que par quelques soldats, une foule énorme accompagna régulièrement au cimetière les Belges, les Français, les Anglais, qui y furent enterrés, et des mains pieuses se chargèrent d'entretenir et de fleurir leur tombe.

sans retard la déclaration à l'autorité militaire la plus proche.

Sont seules exceptées les installations de téléphonie à l'usage domestique qui sont exclusivement en usage à l'intérieur de la même maison et ne sont pas reliées à des fils placés en dehors de la maison.

C. — Le droit de laisser voler des pigeons appartient exclusivement aux autorités et aux troupes allemandes. Tout autre possesseur de pigeons doit se conformer strictement aux prescriptions suivantes :

1° Les possesseurs de pigeons de toutes espèces sont tenus de garder jusqu'à nouvel ordre leurs pigeons enfermés dans les pigeonniers. Des pigeons ne peuvent pas être gardés dans des parties séparées du pigeonnier ou dans d'autres parties de la maison. Aucune distinction n'est faite entre des pigeons voyageurs et d'autres. Celui qui lâche des pigeons est puni d'un emprisonnement pouvant aller jusqu'à trois mois ou d'une amende pouvant s'élever jusqu'à 3.000 francs.

2° Tout possesseur de pigeons est tenu de fournir à chaque commandant de place allemand et, dans les endroits sans garnison, à l'autorité belge de la commune, une liste pour chaque pigeonnier, indiquant la couleur et les marques des bagues (numéros, année, etc.) de chaque pigeon séparément. Les autorités belges tiennent ces listes en tout temps à la disposition des commissions militaires allemandes de vérification. Les listes indiqueront aussi exactement la situation et l'accès du pigeonnier. Les clefs du pigeonnier doivent à tout moment être à la disposition des vérificateurs. Si les pigeons déclarés viennent à mourir, le propriétaire devra en garder les bagues intactes.

3° Les pigeons doivent être munis de bagues fermées et non susceptibles d'être enlevées. Tout pigeon sans bague ou porteur d'une bague défaisable doit être tué immédiatement et aussi notamment les pigeons domestiques et d'agrément qui ne portent pas de bagues numérotées et fermées. Toutefois les possesseurs de pigeons non habitués au pigeonnier doivent ou bien les tuer ou leur couper les plumes de façon à les empêcher de voler.

4° Les pigeons étrangers qui entreront dans les pigeonniers doivent être tués à l'instant par le propriétaire du pigeonnier et remis à l'autorité militaire ou à l'autorité belge.

5° Tout transport de pigeons, de même que tout transfert d'un colombier dans un autre sont interdits. De même est interdit tout commerce et échange de pigeons vivants. Est seul autorisé le transport en rue ou vers le marché des pigeons tués. Celui qui est trouvé porteur d'un pigeon vivant en dehors du pigeonnier sera puni d'un emprisonnement jusqu'à un an ou d'une amende jusqu'à 10.000 francs.

6º Les autorités communales belges sont tenues de faire prendre et de tuer les pigeons se trouvant encore en liberté.

7º L'autorité militaire fera la vérification des pigeonniers et procèdera à des perquisitions pour s'assurer si ces prescriptions sont scrupuleusement observées. Si lors de la vérification d'un pigeonnier par l'autorité militaire, on trouve moins de pigeons qu'il n'en a été déclaré à l'origine, le propriétaire justifiera la différence par la production des bagues fermées et intactes.

8º Les contraventions à ce règlement, pour autant que des pénalités plus élevées ne soient pas prévues, sont punies d'un emprisonnement pouvant aller jusqu'à un mois ou d'une amende pouvant s'élever à 2.000 francs. Le cas échéant, on ouvrira, en outre, une enquête pour suspicion d'espionnage.

D. — Prolongation du délai de déclaration :

Tous ceux qui ont négligé de faire les déclarations ultérieurement prescrites au sujet des installations de télégraphie sans fil, de téléphonie et de télégraphie et à l'égard des pigeons, sont de nouveau invités à remettre leur déclaration au plus tard le troisième jour après l'affichage public du présent avis. Ceux qui ont laissé passer le délai antérieurement prescrit n'encourent pas de pénalité, pour autant qu'avant le dépôt de leur déclaration aucune enquête n'ait déjà été ouverte contre eux.

Celui qui laissera passer le délai fixé ci-dessous encourt une pénalité plus élevée.

DÉFENSE D'EXPORTATION

L'exportation de la Belgique de fourrages de tout genre est défendue sur toutes les frontières. Les contraventions entraîneront la confiscation.

Bruxelles, le 27 décembre 1914.

Le Gouverneur général en Belgique,

Baron von BISSING,

Colonel Général.

ARRÊTÉ

I

Les dispositions de l'arrêté du 26 octobre 1914 relatif au transport de matières pouvant être utilisées pour les besoins de la guerre (n° 10 du *Bulletin officiel des Lois et Arrêtés pour le territoire occupé de la Belgique*) s'appliquent également aux matières suivantes :

Platine, mercure, aciers spéciaux, fer blanc, acide chlorhydrique, ammoniaque liquide, couleurs à base de goudron, bois exotiques en blocs et en troncs, jonc pelé, joncs à canneler et verges d'osier, Balata, fibre vulcanisé, soie, déchets de soie, fils de soie, allumettes.

II

Cet arrêté entre immédiatement en vigueur.

Bruxelles, le 30 décembre 1914.

Le Gouverneur général en Belgique,
Baron von BISSING,
Général de cavalerie.

AVIS

Les douilles, les étuis de cartouches et les corbeilles de projectiles qui sont trouvés sur les champs de bataille sont à remettre dans les gares. Un dédommagement sera donné.

Bruxelles, le 30 décembre 1614.

Le chef de l'arrondissement de Bruxelles
von LEIPZIG,
Colonel.

ARRÊTÉ

A tous les miliciens belges de la levée 1912-1915, qui avant la guerre, n'importe de quelle cause, n'ont pas été sous les drapeaux, il est interdit de s'éloigner de leur résidence plus que 5 kilomètres sans avoir reçu une autorisation écrite par la troupe compétente. Les miliciens qui ont quitté leur domicile sans l'autorisation mentionnée et manquent à l'appel, seront sévèrement punis. Aussi les bourgmestres, qui sont obligés de contrôler les miliciens en première instance, sont responsables.

Bruxelles, le 30 décembre 1914.

Le chef de l'arrondissement de Bruxelles,

von LEIPZIG,

Colonel.

POSTES ET TÉLÉGRAPHES

L'administration allemande se propose de rétablir à HAL et environs le service interrompu de la poste, ainsi que, plus tard, les services des télégraphes et des téléphones.

Service de la Poste.

Seront admis à l'expédition, à partir du 30 décembre, les lettres, cartes postales, imprimées, échantillons sans valeur et papiers d'affaires à l'intérieur de la ville de *Hal* et de ses environs et de là à destination de :

BRUXELLES, de l'agglomération bruxelloise et de Auderghem, Boitsfort, Evere, Ganshoren, Haren, Tervueren, Vilvorde, Watermael, Woluwe ;

LOUVAIN et de HEVERLÉ ;

VERVIERS, de ses faubourgs et de Dison, Ensival, Pepinster, Dolhain-Limbourg, Jalhay ;

LIEGE, de ses faubourgs et de Angleur, Ans, Chênée, Comblain-au-Pont, Engis, Flémalle, Grivegnée, Herstal, Hollogne-aux-Pierres, Jemeppe-sur-Meuse, Jupille, Ougrée, Sclessin, Seraing, Tilleur, Val-Saint-Lambert, Wandre ;

HUY et de ANDENNE (Seilles) ;

NAMUR, de ses faubourgs ;

CHARLEROI, de ses faubourgs et de Châtelineau (Châtelet), Couillet, Gilly, Gosselies, Jumet, Lodelinsart, Marchienne-au-Pont, Mont-sur-Marchienne, Montignies-sur-Sambre, Ransart ;

MONS, de ses faubourgs et de Ath, Boussu, Bracquegnies, Braine-le-Comte, Brugelette, Casteau, Cuesmes, Dour, Elouges, Flénu, Frameries, Hornu, Houdeng, Jemappes, La Bouverie,

La Louvière, Lens (Hainaut). Le Rœulx, Nimy, Pâturages, Quaregnon, Quiévrain, Saint-Ghislain, Soignies, Wasmes; HASSELT, de TONGRES et de MAESEYCK.

Les environs de la ville de Hal comprennent les localités suivantes : Braine-l'Alleud, Braine-le-Château, Buysinghen, Enghien, Haute-Croix, Leeuw-Saint-Pierre, Lembecq, Loth, Oetinghen, Pepinghen, Ruysbroeck, Saintes, Tubize, Vollezeele.

Successivement le service postal sera repris aussi entre Hal et environs et les autres villes belges, aussitôt que les bureaux de poste y auront été rétablis. Les communications avec l'Allemagne et tout l'étranger neutre vont suivre.

Les correspondances peuvent être recommandées ; toutefois l'administration n'assume pas, provisoirement, de responsabilité en cas de perte. Toutes les lettres expédiées de Hal et environs, qui ne sont pas destinées pour le lieu de dépôt même, doivent être remises à la poste non fermées.

L'expéditeur est tenu d'indiquer sur chaque envoi son nom et son adresse. Les correspondances ordinaires peuvent être déposées au bureau de poste à Hal ou dans les boîtes aux lettres établies à Hal et dans toutes les localités précitées. Les envois recommandés ne seront reçus qu'au bureau de poste de Hal même.

L'administration allemande ne possédant pas de timbres belges, des timbres allemands ont été munis d'une surcharge indiquant la valeur belge. Uniquement ces timbres-là, vendus aux guichets du bureau de poste et par les facteurs, sont valables pour l'affranchissement des envois à expédier. Les tarifs sont les mêmes que jusqu'à présent, sauf le tarif des imprimés ; ce tarif est affiché au bureau de poste à Hal et peut être demandé aux facteurs.

Bruxelles, le 30 décembre 1914.

L'Administration Impériale des Postes et Télégraphes
allemands en Belgique.

ARRÊTÉ

Tous les sujets des deux sexes des États en guerre avec l'Allemagne, qui sont présents dans le Grand Bruxelles (1) et

---

(1) Le Grand Bruxelles désigne : Bruxelles, Anderlecht, Auderghem, Etterbeek, Forest, Ixelles, Jette-Saint-Pierre, Koekelberg,

âgés de plus de 15 ans — à l'exception des Belges — doivent se présenter *personnellement* mardi 12 janvier 1915, à 9 heures du matin, heure allemande, dans la nouvelle École militaire, afin d'être inscrits sur des listes de contrôle.

Les Belges qui logent chez eux les personnes précitées, doivent les déclarer *par écrit*, avant le 11 janvier, au Bureau de déclaration, à la nouvelle École militaire, en indiquant les nom, profession, âge et lieu de naissance.

Les occupants des maisons en question sont également rendus responsables de cette déclaration, laquelle devra être faite aussi à chaque arrivée et à chaque départ ultérieurs.

L'inobservance de ces ordres sera punie selon la loi militaire (droit de guerre).

Un changement de séjour à l'intérieur de la Belgique n'est permis qu'avec l'autorisation du gouvernement aux sujets des États ennemis de l'Empire allemand, excepté les Belges.

L'autorisation de voyager hors de la Belgique n'est accordée, également aux Belges, que par le gouvernement.

Bruxelles, le 2 janvier 1915.

Le Gouverneur militaire de Bruxelles,

von KRAEWEL,

Général.

AVIS

Dans l'intérêt du développement du commerce de poulains en Belgique, j'ai autorisé la création de *foires aux poulains* et invite les propriétaires de *poulains propres à la vente et âgés de moins de* 2 1/2 *ans*, de faire de gros envois à ces foires.

Je déclare expressément que ces marchés se tiendront à l'exclusion de toute réquisition militaire.

Le prix des poulains s'établira au point de vue de la reproduction, en toute liberté de vendeur à acheteur, et le marché conclu sera payé aussitôt et au comptant.

Les transactions se feront avec la collaboration de représentants des chambres d'agriculture rhénane et westphalienne, qui, à l'exclusion des marchands, seront seuls admis comme acheteurs.

Laeken, Molenbeek-Saint-Jean, Saint-Gilles, Saint-Josse-ten-Noode, Schaerbeek, Uccle, Watermael-Boistfort, Woluwe-Saint-Lambert.

Les foires auront lieu lundi 18 janvier a. c., sur la place du marché à :

Hal, à 9 1/2 (h. a.) du matin, pour Hal et environs ;

Enghien, à 10 192 (h. a.) du matin, pour Enghien et environs ;

Soignies, à 11 1/2 (h. a.) du matin, pour Soignies et environs ;

Nivelles, à 1 (h. a.) après-midi, pour Nivelles, Genappes et environs ;

Wavre, à 2 (h. a.) après-midi, pour Wavre et environs.

Bruxelles, le 4 janvier 1915.

Le Gouverneur général en Belgique,

Baron von BISSING,

Colonel Général.

AVIS

Par jugement du tribunal de campagne à Liège, les personnes dont le nom suit ont été condamnées pour trahison militaire et pour avoir participé à ce crime :

1° Le lieutenant belge Gustave Gille, de Liège, à la *peine des travaux forcés à perpétuité* ;

2° Le général de brigade belge en disponibilité Gustave Fivé, de Liège, à la *peine des travaux forcés à perpétuité* ;

3° Le tailleur Ferdinand L'Homme, de Liège ;

4° Le marchand Alfred Fransquet, de Liège, chacun à 5 *ans de prison* ;

5° Le lithographe Guillaume Yerna-Dewitte, à 4 *ans de prison* ;

6° L'ouvrier Ferdinand Wilde, de Liège, à 3 *ans de prison*.

Ce n'est qu'à cause de l'attitude franche et virile du lieutenant Gille, attitude que les tribunaux allemands respectent, chez l'ennemi également, qu'on a renoncé à une condamnation à mort, peine cependant encourue par Gille et Fivé.

Le Gouverneur général en Belgique,

Baron von BISSING,

Colonel Général.

AVIS

Il est rappelé que dans les parties de la Belgique soumises au gouvernement allemand et depuis le jour de l'institution de ce gouvernement, seules les ordonnances du gouverneur général et des autorités qui lui sont subordonnées, ont force de loi.

Les arrêtés pris depuis ce jour ou encore à prendre par le Roi des Belges et les ministres belges n'ont aucune force de loi dans le domaine du gouvernement allemand en Belgique. Je suis décidé à obtenir par tous les moyens à ma disposition que les pouvoirs gouvernementaux soient exercés exclusivement par les autorités allemandes instituées en Belgique. J'attends des fonctionnaires belges que, dans l'intérêt bien compris du pays, ils ne se refuseront pas à continuer leurs fonctions, surtout que je ne réclamerai pas d'eux des services dans l'intérêt direct de l'armée allemande.

Les traitements qui à l'insu ou contrairement à la volonté du gouvernement allemand seront payés par les anciennes autorités belges aux fonctionnaires belges, sont passibles de confiscation.

Bruxelles, le 4 janvier 1915.

Le Gouverneur général en Belgique,

Baron von BISSING,

Colonel Général.

ARRÊTÉ

Ensuite de l'arrêté du 22 décembre 1914 (n° 24 du *Recueil des Lois et Arrêtés pour le territoire belge occupé* du 24 décembre 1914) il est stipulé :

1° Les billets de la Société Générale de Belgique constituent un mode libératoire légal. Toute convention contraire est sans valeur ;

2° Les billets de la Banque Nationale de Belgique émis jusqu'au 5 novembre 1914 et ceux émis après cette date avec l'approbation du commissaire général pour les banques en Belgique, conservent le pouvoir libératoire légal et le cours forcé ;

3° Cet arrêté acquiert force de loi en remplacement de l'arrêté du Roi des Belges du 2 août 1914 (n° 215 du *Moniteur belge* du 3 août 1914) et entre en vigueur dès le jour de sa publication.

Le Gouverneur général en Belgique,

Baron von BISSING,

Colonel Général.

AVIS

A la condition que les contributions imposées aux neuf provinces, pour la durée d'un an, suivant ordre du 10 décembre 1914 publié au *Recueil des Lois et Arrêtés pour le territoire belge occupé* (n° 27 du 4 janvier 1915) et s'élevant au total à 40 millions de francs par mois, soient payées ponctuellement, les stipulations suivantes ont été arrêtées par l'autorité militaire supérieure pour ce qui a trait au territoire belge d'opérations et d'étapes placé sous sa juridiction et par moi pour le territoire belge occupé, placé sous ma juridiction :

1° Il ne sera plus imposé d'autres contributions au pays, aux provinces ou aux communes que celles constituant des amendes et que rendraient nécessaires des agissements répréhensibles contre l'armée allemande ou l'administration allemande. Les termes des contributions imposées antérieurement et qui devaient être réglés après le 15 décembre 1914 sont abandonnés ;

2° Toutes les réquisitions pour l'armée d'occupation seront réglées au comptant à dater du jour du règlement de la première mensualité, c'est-à-dire à dater du 15 janvier 1915. Il ne sera pas accordé de rétribution pour le logement sans entretien. Toute convention contraire conclue antérieurement reste valable ;

3° Pour les troupes d'étape et pour les armées combattant en Belgique, les réquisitions, c'est-à-dire les prestations obligatoires pour les soins et l'entretien, seront payés le plus tôt possible, et tout au moins partiellement, au comptant. Le paiement du solde aura lieu sur production des bons de réquisition dûment vérifiés et aussitôt après règlement de la plus prochaine mensualité de la contribution ;

4° L'indemnité pour les marchandises réquisitionnées ou à réquisitionner, en bloc, sera réglée le plus tôt possible au comptant, en effets de commerce de premier ordre ou en avoirs dans les banques allemandes.

Bruxelles, le 9 janvier 1915.

Le Gouverneur général en Belgique,
Baron von BISSING,
Colonel Général.

ARRÊTÉ

A l'occasion de l'établissement des listes d'étrangers, il a été constaté qu'il se trouve à Bruxelles un trop grand nombre de sujets français pour pouvoir terminer le contrôle fixé dans une seule journée. Contrairement donc à l'ordre donné le 2 janvier 1915, les sujets des États en guerre avec l'Allemagne devront se présenter le 12 janvier 1915, à 9 heures du matin, à la Nouvelle École militaire, *à l'exception des sujets français*. En ce qui concerne l'inscription des *Français*, la date en sera publiée ultérieurement.

Les personnes empêchées, pour cause de maladie, devront se faire inscrire, par écrit, en produisant une attestation médicale, au bureau de déclaration de la Nouvelle École militaire. Cette déclaration comprendra les nom, prénoms, profession, lieu et date de naissance, avec indication de la province ou du département, ainsi que l'adresse en cette ville. Elle sera écrite lisiblement.

Bruxelles, le 9 janvier 1915.

Le Gouverneur militaire de Bruxelles,
von KRAEWEL,
Général.

AVIS

Il me revient de source sûre qu'il se trouve encore un assez grand nombre d'armes en Belgique. En conséquence, j'invite les habitants de la Belgique à remettre d'ici au 15 janvier prochain toute arme et toute munition qui pourrait encore se trouver en leur possession, à l'hôtel de ville de leur commune.

Sous le nom d'arme il faut entendre :

Toutes espèces d'armes à feu, telles que le fusil militaire, fusil de chasse, carabine de chasse, fusil-canne, pistolet, revolver, fusil à air, à l'exclusion d'armes ayant une valeur artistique ou d'antiquité ;

Toutes espèces d'armes blanches, telles que la baïonnette militaire, le poignard, cannes à poignard, à l'exclusion d'armes ayant une valeur artistique ou d'antiquité.

Sous le nom de munitions il faut entendre :

Les cartouches militaires de tout genre, cartouches de chasse, tant celles prêtes à l'usage que leurs parties.

Quiconque remettra des armes jusqu'à la date indiquée, ne sera pas seulement libre de toute peine, mais recevra pour chaque fusil militaire et pour chaque baïonnette militaire, aussi pour ceux recueillis sur les champs de bataille, une récompense de 1 fr. 50, qui lui sera payée par l'intermédiaire de l'autorité communale par la caisse militaire.

. Toute arme de chasse, tout fusil-canne, etc., se trouvant en possession d'un particulier, doivent être pourvus du nom du propriétaire et doivent être remis contre un reçu du bourgmestre. Les armes demeurent sa propriété et lui seront rendues après la cessation de l'état de guerre.

Après le 15 janvier, il sera procédé sans ménagement à des perquisitions en tout lieu qui paraîtra suspect. Les armes trouvées seront confisquées et les propriétaires seront punis avec toute la rigueur des lois de la guerre.

Bruxelles, le 10 janvier 1915.

Le Gouverneur général en Belgique,

Baron von BISSING

Colonel Général.

ARRÊTÉ

Tous dépôts de benzine, benzol, pétrole, esprit de vin, glycérine, huiles et graisses de tout genre, toluol, carbure, caoutchouc brut et déchets de caoutchouc, ainsi que de pneumatiques d'automobile, doivent être déclarés sans retard aux chefs de district ou kommandantures respectifs. La déclaration indiquera la quantité et l'emplacement du dépôt.

L'autorité militaire décide si les marchandises déclarées seront achetées ou laissées libres pour l'usage et le commerce.

Dans le cas où certains de ces articles susmentionnés continueraient à être fabriqués ou à être importés en Belgique, une déclaration est également nécessaire.

Au cas que la déclaration n'aurait pas été faite, les marchandises seront confisquées au profit de l'État et le coupable sera puni par l'autorité militaire.

Le Gouverneur général en Belgique,
Baron von BISSING,
Colonel Général.

ARRÊTÉ

En vue de mettre un frein à la vie luxueuse et d'agrandir les provisions du pays nécessaires à la fabrication du pain, j'ordonne que la fabrication de pâtisseries de tout genre dans les boulangeries, les pâtisseries et les restaurants ne pourra plus se faire que le mercredi et le samedi de chaque semaine.

Les contraventions à cette ordonnance seront punies et entraîneront éventuellement la fermeture de l'établissement.

Bruxelles, le 11 janvier 1915.

Le Gouverneur général en Belgique,
Baron von BISSING,
Colonel Général.

AVIS

Comme suite à mon avis du 9 courant, j'ai ordonné qu'à partir du 15 janvier 1915, dans la partie de la Belgique faisant partie du Gouvernement général, il ne sera plus fait, en règle générale, des réquisitions sans paiement au comptant.

Si, dans des cas exceptionnels, le paiement au comptant n'est pas possible et la réquisition cependant indispensable dans l'intérêt du service, il sera délivré un reçu de réquisition formel. Autant que possible, il sera fait usage, dans ce but, de formulaires imprimés d'après le modèle ci-joint :

Reçu de Réquisition

Le soussigné reconnaît par celle-ci que...................
à..............., le ....191, a, sur réquisi-

tion, fait à l'armée allemande une livraison de la valeur de
.... *(en paroles)*.....................
    Lieu de la livraison..........................
(*Timbre de service*)............., *le*................19 .
            (*Signature, grade, corps de troupe*).
    Payable à la caisse du Gouvernement militaire de la province................. *à* ....

Il est expressément rappelé, que seuls seront payés les reçus qui auront été délivrés *après* le 14 janvier 1915. Pour Bruxelles, des dispositions spéciales sont en vigueur.

Cette ordonnance n'est pas applicable aux marchandises en masses retenues à Anvers et quelques autres endroits par l'administration militaire. Pour celles-ci, il sera pris des mesures spéciales.

Bruxelles, le 13 janvier 1915.

> Le Gouverneur général en Belgique,
> Baron von BISSING,
> Colonel Général.

ARRÊTÉ

Article Premier. — Les Belges soumis à la contribution personnelle pour l'année 1914 et qui, depuis le début de la guerre, ont volontairement quitté leur domicile et ont séjourné plus de deux mois en dehors de la Belgique, ont à acquitter un impôt additionnel extraordinaire fixé au décuple du montant de la dite contribution y compris les centimes additionnels au profit de l'État, à moins qu'ils ne soient rentrés en Belgique avant le 1ᵉʳ mars 1915.

Est considéré, jusqu'à preuve du contraire, comme résidant en dehors de la Belgique, tout contribuable qui n'est pas resté on ne reste pas à son domicile belge.

Art. 2. — L'article 1ᵉʳ ne s'applique pas aux contribuables dont le montant de l'impôt précité d'après les rôles de 1914, y compris les centimes additionnels au profit de l'État, ne dépasse pas :

35 francs dans les communes jusqu'à 100.00 habitants ;
45 francs dans les communes de 10 à 25.000 habitants ;
60 francs dans les communes de 25 à 50.000 habitants ;
80 francs dans les communes de 50 à 75.000 habitants ;
100 francs dans les communes de plus de 75.000 habitants.

Le chef de l'administration civile près le gouverneur général est autorisé à accorder l'exonération de l'impôt additionnel pour des raisons d'équité.

Art. 3. — La moitié du produit de l'impôt revient au Gouvernement général en Belgique, afin de pourvoir aux frais de l'administration du territoire occupé, conformément aux articles 48 et 49 de la Convention de La Haye concernant la guerre sur terre ; l'autre moitié à la commune dans laquelle le contribuable est soumis, pour l'année 1914, à la contribution visée à l'article 1er.

Art. 4. — L'impôt est payable au plus tard le 15 avril 1915 et recouvrable par voie de contrainte après l'expiration de cette date.

Art. 5. — Toutes impositions communales spéciales assises sur des bases identiques ou semblables à celles prévues à l'article 1er sont abrogées et ne pourront être établies à l'avenir.

Art. 6. — Le présent arrêté entre immédiatement en vigueur. Le chef de l'administration civile près le gouverneur général en Belgique est chargé de son exécution.

Bruxelles, le 16 janvier 1915.

Le Gouverneur général en Belgique,

Baron von BISSING,

Colonel Général.

ARRÊTÉ

touchant les Assemblées et Sociétés politiques.

Article Premier. — Les assemblées en plein air sont interdites.

2. Les assemblées publiques, dans lesquelles doivent être traitées et discutées des questions politiques, dans des locaux fermés, sont également interdites.

3. Pour toute autre assemblée publique ou privée, il faut une autorisation préalable, qui doit être demandée au moins cinq jours d'avance. L'octroi de pareille autorisation est de la compétence du commandant de place, et, à son défaut, du chef de l'arrondissement.

4. Sont exemptées des prescriptions énoncées au n° 3, les assemblées publiques poursuivant un but religieux, de même que les assemblées privées d'un caractère purement religieux,

sociable, scientifique, professionnel ou artistique. Pour ces assemblées, il ne faut pas d'autorisation.

5° En cas de contraventions contre les prescriptions de cet article, seront responsables, non seulement les promoteurs, les organisateurs et le comité des dites assemblées, mais aussi les participants.

Art. 2. — Tous les clubs et sociétés à tendances politiques ou destinés à discuter des buts politiques sont fermés. La création de nouveaux clubs ou sociétés de ce genre est interdite. Seront passibles de pénalités : les dirigeants, fondateurs et membres des dites sociétés.

Art. 3. — Les contraventions contre cet arrêté seront punies d'emprisonnement allant jusqu'à un an ou d'une amende allant jusque cinq mille francs.

Les contravantions sont de la compétence des cours militaires.

Bruxelles, le 16 janvier 1915.

Le Gouverneur général en Belgique,

Baron von BISSING,

Colonel Général.

AVIS

Il est porté à la connaissance du public qu'il existe à Bruxelles, rue Saint-Lazare, 69, un comptoir pour l'achat de peaux brutes. Ce comptoir achète au comptant les peaux de toutes espèces, pesant au moins 10 kilos.

Pour plus amples renseignements, s'adresser rue et numéro précités.

Bruxelles, le 15 janvier 1915.

Le Gouverneur de Bruxelles,

von KRAEWEL,

Général.

AVIS

L'examen des listes établies par les mairies et des renseignements fournis par les locataires principaux permettent de constater que la plupart des Russes, Anglais, Serbes, Monténégrins et Japonais, des deux sexes, ne se sont pas encore annoncées, en personne, au Bureau de déclaration.

En conséquence, un dernier délai leur est accordé en vue de leur déclaration, laquelle devra être faite par eux-mêmes, mercredi 20 janvier, à 9 heures du matin, heure allemande, à la Nouvelle École militaire.

Celui qui ne comparaîtra pas dans ce délai sera arrêté.

Bruxelles, le 16 janvier 1915.

Le Gouverneur de Bruxelles,

von KRAEWEL,

Général.

AVIS

Ensuite des deux arrêtés des 2 et 9 janvier, relatifs aux listes de contrôle des étrangers, il est ordonné ce qui suit :

Tous sujets *français*, des deux sexes, âgés de plus de quinze ans, se présenteront *en personne*, munis de leurs passeport et papiers de domicile, à la Nouvelle École militaire, rue Léonard-de-Vinci, aux jours et heures ci-après :

Lundi 25 janvier : ceux habitant la ville de Bruxelles :

A 9 heures du matin (heure allemande), si leur nom de famille commence par l'une des lettres A à F ;

A 11 heures du matin, si le nom commence par G à N ;

A 1 heure après-midi, si le nom commence par O à Z.

Mardi 26 janvier : ceux habitant Schaerbeek, Ixelles et Laeken :

A 9 heures du matin, si leur nom de famille commence par l'une des lettres A à F ;

A 11 heures du matin, si le nom commence par G à N ;

A 1 heure après-midi, si le nom commence par O à Z.

Jeudi 28 janvier : ceux habitant Saint-Gilles, Anderlecht et Molenbeek-Saint-Jean :

A 9 heures du matin, si leur nom de famille commence par l'une des lettres A à F ;

A 11 heures du matin, si le nom commence par G à N ;

A 1 heure après-midi, si le nom commence par O à Z.

Vendredi 29 janvier : ceux habitant Auderghem, Water

mael-Boitsfort, Uccle, Forest, Kœkelberg, Jette-Saint-Pierre, Saint-Josse-ten-Noode, Woluwe-Saint-Lambert et Etterbeek :

A 9 heures du matin, si leur nom de famille commence par l'une des lettres A à F ;

A 11 heures du matin, si le nom commence par G à N ;

A 1 heure après-midi, si le nom commence par O à Z.

Les personnes empêchées de se présenter, par suite de maladie, sont tenues de s'annoncer par écrit au Bureau de déclaration, à la Nouvelle École militaire, en produisant un certificat médical ; elles devront faire connaître lisiblement leurs nom, prénoms et profession, la date de leur naissance, le lieu de leur naissance, avec mention de la province, et leur demeure dans l'agglomération bruxelloise.

Bruxelles, le 19 janvier 1915.

Le Gouverneur de Bruxelles,

von KRAEWEL,

Général.

ARRÊTÉ

Les délais pendant lesquels doivent être faits les protêts et autres actes conservant les recours, délais prorogés jusqu'au 31 janvier 1915 par l'arrêté du 18 décembre 1914 (n° 22 du *Bulletin officiel des Lois et Arrêtés pour le territoire belge occupé*), sont prorogés à nouveau par le présent arrêté jusqu'au 28 février 1915.

Bruxelles, le 20 janvier 1915.

Le Gouverneur général en Belgique,

Baron von BISSING,

Colonel Général.

ARRÊTÉ

L'arrêté du Roi des Belges du 3 août 1914, concernant le retrait de fonds sur les dépôts en banques, reste en vigueur jusqu'au 28 février 1915, avec la restriction qu'il a subie par suite de l'arrêté du Roi des Belges du 6 août 1914 et avec l'extension qui lui a été donnée par l'arrêté du 23 septembre 1914 (n° 4 du *Bulletin officiel des Lois et Arrêtés pour le territoire belge occupé*).

Bruxelles, le 20 janvier 1915.

Le Gouverneur général en Belgique,
Baron von BISSING,
Colonel Général.

AVIS

Dans l'intérêt du développement du commerce de poulains en Belgique, j'ai autorisé la création de *Foires aux Poulains et Poulaines*, et j'engage les propriétaires de poulains et poulaines propres à la vente et âgés de moins de 2 ans 1/2 à fournir de nombreux contingents à ces foires.

Je déclare expressément que ces marchés se tiendront à l'exclusion de toute réquisition militaire ; le prix des poulains et poulaines sera établi sur la base de la valeur reproductive par convention libre et sera, le marché conclu, payé incessamment et au comptant.

Les achats se feront avec le concours de représentants des Chambres de l'agriculture rhénane et westphalienne qui, à l'exclusion de marchands, seront seuls admis comme acheteurs.

Les foires auront lieu lundi, le 8 février, sur la place du Marché, à :

1° *Wavre*, à 9 heures du matin (heure allemande, pour Wavre et environs ;

2° *Gembloux*, à 10 heures 1/2 du matin (heure allemande), pour Gembloux et environs ;

3° *Eghezée*, à midi (heure allemande), pour Eghezée et environs ;

4° *Huy*, à 1 heure 1/2 de l'après-midi (heure allemande), pour Huy et environs ;

5° *Waremme*, à 3 heures de l'après-midi (heure allemande), pour Waremme et environs.

Bruxelles, le 25 janvier 1915.

Le Gouverneur général en Belgique,
Baron von BISSING,
Colonel Général.

SAINT-AMAND (CHER). — IMPRIMERIE BUSSIÈRE

BLOUD et GAY, Éditeurs, 7, place Saint-Sulpice, Paris-6e

"PAGES ACTUELLES"

Nouvelle Collection de volumes in-16. — Prix : 0 60

Imp. J. Mersch, 17, villa d'Alésia.- Paris-14e. - 18.1.15

"Pages actuelles"
(1914-1915)

À un Neutre Catholique

PAR

Mgr PIERRE BATIFFOL

BLOUD et GAY, Éditeurs

7, PLACE SAINT-SULPICE, PARIS

A un Neutre Catholique

Le *Correspondant,* qui est lu à Rome, a valu à
l'article publié le 10 février dernier sur « La lettre
du cardinal Mercier et la conscience catholique »
d'être lu par un Romain, qui n'est pas seulement
un catholique, mais encore un théologien, un
théologien attentif aux « signes des temps », et
un théologien dont la sympathie nous est à tous
précieuse. Ce grave lecteur n'est pas une fiction.
Je revois la claire cellule qu'il habite, je retrouve
comme le son de sa voix dans le mot qu'il vient de
m'écrire et que, après l'avoir traduit, je citerai en
italien (1) pour que rien ne soit perdu de la viva-
cité et de la nuance de sa pensée.

1. «... In questi giorni ho avuto occasione di leggere nel
Correspondant un suo articolo sulla moralità della guerra
attuale. Ma che moralità! Questa guerra è immorale nelle sue
origini, nei suoi metodi, e nei suoi fini. Ma piuttosto, come
andrà a finire? La Francia può sperare la vittoria? E can-
tando vittoria, resterebbe la Francia anticlericale della sepa-
razione dalla Chiesa e da Dio, oppure ritornerebbe la Francia
primogenita della Chiesa? Stimatissimo Monsignore, Lei che
è prossimo al teatro della guerra, e che ne segue certamente
lo svolgimento con interesse, e che ha fine acume per pre-
vedere nelle cause gli effetti finali, che grande regalo mi

Il m'écrit donc, en date du 14 mars dernier :
« ...Ces jours-ci, j'ai eu l'occasion de lire dans le *Correspondant* un article de vous sur la moralité de la guerre actuelle. Mais que parler de moralité ! Cette guerre est immorale dans ses origines, dans ses méthodes et dans ses fins. Mais plutôt comment finira-t-elle? La France peut-elle espérer la victoire? Et si elle était victorieuse, resterait-elle la France anticléricale, la France de la séparation de l'Eglise et de Dieu, ou redeviendrait-elle la France fille aînée de l'Eglise? Très estimé Monseigneur, vous qui êtes près du théâtre de la guerre et qui en suivez certainement le développement avec attention », vous qui êtes à même « de prévoir dans les causes les conséquences finales, quel grand plaisir vous me feriez si vous vouliez m'indiquer vos pronostics ! Je prie pour la victoire de la France, mais de la France renouvelée en Jésus-Christ. Avec ces sentiments pour la nation sœur, et avec ma sincère estime pour vous, Monseigneur, je suis heureux de me dire votre très dévoué serviteur. »

Le théologien qui écrit là est un homme trop maître de sa pensée et trop habitué à peser les mots qui la traduisent, pour qu'il nous soit interdit d'examiner de très près et en profondeur la signification de ces lignes. Elles expriment en raccourci trois considérations : d'abord une raison d'être neutre, ensuite une raison de le rester, subsidiai-

farebbe se volesse indicarmi i suoi prognostici ! Io prego per la vittoria della Francia, ma della Francia rinnovata in Gesù Cristo. Con questi sentimenti verso la nazione sorella, e con sincera stima per Lei, *etc.* »

rement un scrupule à faire des vœux pour la
France. Il est clair qu'en résumant ainsi la pensée
de mon interlocuteur, je lui enlève cette souplesse
et cette sympathie qui en caractérisent la forme
et qui sont si gracieusement italiennes. Mais, en
cette discussion, le fond des choses seul importe,
et il importe d'autant plus que, bien apparemment,
l'homme de doctrine qui parle là exprime moins
des vues à lui que des vues qui lui sont communes
avec son « milieu ».

⁂

Depuis neuf mois que dure la guerre, nous gar-
dons ineffaçable le souvenir de l'émotion qui nous
envahit à l'annonce soudaine que la guerre mena-
çait, que l'Allemagne la précipitait, enfin que le
sort en était jeté. Dès l'instant que l'Allemagne
eut déclaré la guerre à la France, nous nous trou-
vâmes tous unis dans un même devoir, qui fut de
marcher et de *tenir*, et en parlant de *marcher* et
de *tenir*, je pense aussi bien aux civils qu'aux soldats, je pense à toute la France de « l'union sacrée ». Les neutres n'ont pas connu ce coup de
fouet héroïque.

Ils ont vu dans la guerre une calamité, dont la
sévérité dépassait tout ce qu'on avait jamais vu,
et une calamité qui les atteignait eux-mêmes, en
dépit de la sécurité qu'ils s'étaient promise de
leur neutralité, et dont la satisfaction un peu
égoïste peut-être qu'ils en avaient n'a pas résisté
à l'épreuve. Ils ont été, en effet, atteints ou
menacés économiquement ; ils ont été plus encore,

et plus noblement, émus du spectacle de tant
d'horreurs, épouvantés de tant de ruines ; ils ont
compris que le jour qui se levait sur l'Europe
était chargé de plus de menaces que la veille,
enfin, que la blessure faite par cette guerre à la
civilisation et à la paix du monde était si atroce
et si grave qu'il faudrait des générations pour la
cicatriser. Ils maudissent la guerre actuelle comme
un crime contre l'humanité. Et c'est ce sentiment
de réprobation totale qu'exprime notre neutre,
quand il écrit : « Cette guerre est immorale dans
ses origines, dans ses méthodes et dans ses fins. »
Que l'on nous pardonne de dire que ce jugement
est trop sommaire.

Parmi les causes d'erreur que les logiciens ont
classifiées, il en est une qui consiste à simplifier
tellement la complexité des difficultés que cette
simplification en arrive, sans le vouloir, à ne dif-
férer pas de la fâcheuse *ignoratio elenchi*. La guerre
actuelle est un conflit entre nations, et ce conflit
aurait pu être résolu par les voies pacifiques, mais
à qui la faute s'il n'a pas été résolu ainsi? A qui in-
combe la responsabilité d'avoir voulu cette guerre,
de l'avoir longuement préparée, et en fin de compte
de l'avoir déclarée? Question de fait, sur laquelle
la pleine lumière est acquise aujourd'hui, grâce à
la publication des documents diplomatiques. On
sait, de science historique certaine, que la France,
la Russie et l'Italie étaient prêtes à accepter que
le conflit austro-serbe fût porté devant une conférence ; le Tsar, d'accord avec la Serbie, proposait
de le soumettre au tribunal de La Haye ; l'Allemagne a écarté cette procédure. Et quand l'Au-

triche parut incliner à s'entendre directement avec
la Russie, le Kaiser brusqua la déclaration de
guerre de l'Allemagne à la Russie par l'ultimatum
que l'on sait. L'Angleterre n'était liée envers la
France par aucun engagement, on en a pour preuve
la lettre de M. Poincaré au roi d'Angleterre du 31
juillet 1914 et la réponse de George / du 1ᵉʳ août :
ces deux lettres attesteront devant l'histoire l'an-
goisse de la France et l'indécision de l'Angleterre
à la veille de la guerre. Ici encore, l'Allemagne
brusqua la guerre en la déclarant à la France, et
en adressant à la Belgique l'ultimatum qu'allait
relever l'Angleterre. Sir Ed. Grey, dans son admirable discours du mois de mars, a défini la responsabilité de l'Allemagne en termes qui seront ceux
de l'histoire :

C'est sur l'Allemagne que doit retomber pour toujours
l'entière responsabilité d'avoir plongé l'Europe dans la
guerre, de s'être engagée elle-même et d'avoir engagé la
plus grande partie du continent dans les conséquences qu'elle
doit avoir.

Nous savons maintenant que l'Allemagne avait été préparée à la guerre comme pouvait l'être seulement un peuple
qui projetait de la faire. De mémoire d'homme, c'est la qua-
trième fois que la Prusse déchaîne la guerre en Europe :
guerre du Sleswig et du Holstein, guerre de 1866 contre
l'Autriche, et guerre de 1870 contre la France... La même
chose est encore une fois arrivée. Nous sommes résolus à
ce que ce soit la dernière.

Le *Journal de Genève*, commentant le discours
de Sir Ed. Grey, a pu écrire : « Quand la presse
allemande représente l'Angleterre comme l'insti-
gatrice de la guerre, elle suppose chez ses lecteurs

une totale incapacité de raisonner et de se souvenir (1). » La guerre, préméditée et préparée de longue date par l'Allemagne, a été déclarée par l'Allemagne à l'heure qu'elle a jugée la plus opportune, dans la persuasion où elle était qu'elle gagnerait de vitesse les trois grandes nations par elle attaquées. Elle appelait cela du nom de « guerre préventive », un terme tout moderne substitué au terme d'*injuste agression* créé par la vieille morale chrétienne.

Voilà pour les origines de la guerre. Quant aux méthodes pratiquées par les belligérants, il nous semblait acquis que le droit des gens était une morale que les Allemands pratiquaient mal à la guerre... J'ai été très frappé cependant d'une parole prononcée par Benoît XV dans son discours du 22 janvier 1915, là où le Saint-Père fait appel à l'humanité « de ceux qui ont franchi les frontières les armes à la main ». Il les conjure de ne pas blesser le cœur des habitants des régions envahies « dans ce qu'ils ont de plus cher, les sanctuaires, les ministres des autels, les droits de la religion et de la foi ». Le Saint-Père proclame, avec toute son autorité « d'interprète et de vengeur de la loi éternelle », qu'il n'est permis « à personne, sous aucun prétexte, de violer la justice ». Le Saint-Père résume toute la doctrine dans cette parole : « *Nous frappons de Notre réprobation n'importe quelles violations du droit, où qu'elles aient été commises.* » La généralité de cette déclaration n'est pas une habileté diploma-

1. *Journal de Genève*, 26 mars 1915.

tique. Les violences commises par les Autrichiens
en Serbie, les violences commises par les Allemands en Belgique, en Pologne et dans nos
départements français envahis, ne sont pas les
seules violences commises auxquelles Benoît XV
fait allusion sans doute : il y a eu des violences
commises par les Russes en Galicie, le *Journal de
Genève* (pour citer un organe neutre) en a fait
connaître plus d'un épisode. De là, la portée générale de la réprobation prononcée par Benoît XV,
et qui est pour nous éclairer tous sur l'universalité
des violences où la guerre entraîne les combattants et l'invasion les envahisseurs... Toutefois
l'entraînement des individus ne compromet pas
l'honneur et la responsabilité de la nation belligé-
rante, sinon dans le cas où la violence est par elle
élevée à la hauteur d'un principe, et si les faits
démontrent que la violence est un système. Or
qui pourrait douter aujourd'hui que ce système
ait été adopté par les Allemands, sur terre et sur
mer, et en Belgique dès le premier jour de guerre?

Le gouvernement belge a réuni en une brochure
à couverture rouge, rouge de sang, les *Rapports
sur la violation du droit des gens en Belgique*
(Berger-Levrault, 1915), où l'accumulation et
l'excès des violences exécutées par ordre dépas-
sent tout ce que l'on imagine. M. Van den Heuvel,
aujourd'hui ministre de Belgique auprès du Vatican, a écrit la préface de ce recueil, préface dont
je ne veux détacher, pour le moment, que les premières lignes :

Voici un livre d'horreurs. On y trouvera exposés, avec la

froide sérénité d'un procès-verbal judiciaire, les plus abominables méfaits. C'est le relevé méthodique, dans sa poignante réalité, des crimes commis par les troupes allemandes à la suite de la résistance chevaleresque et héroïque du peuple belge. Nul ne le parcourra sans frémir d'épouvante... Ce qui frappe profondément dans ces abominations, c'est qu'elles ne sont point des actes isolés, commis dans la fièvre du combat, ou l'œuvre exceptionnelle de misérables dépourvus de tout sentiment humain. Les atrocités se sont répétées, laissant une trainée de sang à travers toutes les provinces. Elles ont un caractère uniforme. Elles sont les manifestations voulues d'un système aussi contraire à la voix de la conscience qu'aux dispositions du droit des gens.

C'est ici que la conscience de certains neutres semblera avoir été lente à s'émouvoir. Les Américains ont l'honneur d'avoir été les premiers à élever la voix et à dire la répulsion que provoquait, dans des consciences qui ne se soucient que du droit et du *fair play* et de l'humaine pitié, le spectacle de l'invasion de la Belgique : la consultation du président honoraire de l'université de Harvard, M. Charles W. Eliot, restera une des plus belles pages de l'histoire morale de la présente guerre, parce qu'elle est le verdict spontané et réfléchi d'un témoin que le systématique immoralisme de l'Allemagne arrive à remplir de désaffection et de dégoût (1). Des neutres, même des neutres catholiques, pourraient objecter que le cardinal Mercier n'est pas impartial, étant le pasteur d'un troupeau qui a été décimé. Ils pourraient récuser M. Roosevelt, pour d'autres raisons.

1. Ce manifeste, daté du 28 septembre, a été publié par le *New York Times* du 2 octobre. On en trouvera une traduction française dans le *Journal de Genève* du 12 novembre.

M. Eliot, au contraire, est un « intellectuel » de sang-froid, prédisposé, en tant qu'universitaire, à être porté vers l'Allemagne : il nous a dit la révolte de sa conscience d'homme. Cette révolte vaudrait la peine d'être méditée par tous les neutres, à quelque « dénomination » ou à quelque drapeau qu'ils appartiennent, par tous les neutres auxquels il semble encore si pénible de prendre parti.

Troisièmement, les « fins » de la guerre. Le théologien qui nous écrit attribue à *tous* les belligérants la poursuite de desseins contraires à la justice : nous permettra-t-il de distinguer entre belligérants et belligérants ? Dans le *Correspondant* du 10 février, nous marquions que la raison déterminante que l'Allemagne a eue de déclarer la guerre se ramenait à ce que les théologiens appellent la *libido dominandi*, vieux vocable qui traduit assez bien le *Deutschland über alles* de la chanson allemande. Mettre la volonté de dominer au-dessus de tout, au-dessus du droit, au-dessus de la foi jurée, au-dessus de la pitié, voilà bien la *libido dominandi*. Encore n'est-ce point là l'unique passion en cause, car la domination est pour l'Allemagne, en dernière analyse, une affaire commerciale (1), Karl Liebknecht l'avouait naguère à M. Ibanez de Ibero : « Cette guerre, disait-il au publiciste espagnol, est avant tout une guerre impérialiste, provoquée solidairement par le parti

1. Ce jugement est puissamment confirmé par l'étude d'un économiste neutre, M. Maurice Millioud, publiée dans la *Bibliothèque universelle* (avril 1915) et intitulée *L'Allemagne, la conquête économique et la guerre*. Cette étude a été résumée dans le *Journal de Genève* du 1ᵉʳ mai.

militariste allemand et autrichien, dans le but de
parvenir à la domination capitaliste du marché
mondial et à la domination politique de vastes
contrées où pourrait s'installer le capital industriel. » On nous fera l'honneur de croire que la
guerre n'a pas été, pour nous Français, une spécu-
lation commerciale... Nous défendons ici, en première ligne, les droits des plus faibles. D'autres
revendications peuvent former faisceau autour de
cette fin supérieure : nous avons la conviction que
ces revendications ne sont pas moins honorables
et que, en particulier, notre notion française de *la
revanche* est une forme de la justice, cette revanche
ayant pour fin de nous faire restituer des provinces
qu'on nous a enlevées par la force et auxquelles
nos cœurs n'ont jamais consenti à renoncer. L'irré-
dentisme n'est pas un péché.

* *
*

Les raisons que notre théologien a d'être neutre
sont des raisons rétrospectives, pour autant que
ces raisons ont trait aux origines, aux méthodes,
aux fins de la guerre présente : il s'y joint d'autres
raisons, moins clairement indiquées par lui, mais
qui se devinent et qui reviennent à voir l'avenir si
plein de nouveaux périls, qu'on ne peut qu'en
détester davantage l'heure tragique dont ils seront
la suite. C'est pour ce qu'il augure que notre
neutre veut rester neutre.

Il redoute, pensons-nous, une prépotence russe,
qu'il imagine devoir exercer une action implaca-
blement hostile au catholicisme romain. — Il

redoute peut-être moins la victoire de l'Angleterre, parce que l'impérialisme britannique n'a
pas de couleur sectaire : l'envoi par l'Angleterre d'un ambassadeur auprès du Vatican pour
le temps de la guerre, la présence permanente à
Rome d'un cardinal anglais très considéré et très
liant (le cardinal Gasquet), le rôle très loyaliste et
très habile du cardinal Bourne à Londres, la cor-
rection et la gentilhommerie du gouvernement
anglais, tout cela contribue à dissiper bien des
préventions d'antan contre « la perfide Albion ».
— Mais, d'autre part, notre neutre catholique doit
considérer avec regret l'abolition prochaine du
régime turc à Constantinople et en Orient, car
tout catholique ayant pratiqué l'Orient est turcophile (1). — L'éventualité de plus en plus à prévoir de la défaite et sans doute de la mutilation
de l'Autriche-Hongrie ne peut être, par lui, con-

---

1. Voir, dans *la Bataille à Scutari d'Albanie* (1913) de
J. et J. Tharaud, p. 119 et suiv., la lettre si révélatrice de cet
état d'esprit d'un Frère des écoles chrétiennes de Constantinople : « Vous me trouvez turcophile, comment ne le serais-
je pas ? Voilà vingt-trois ans que je vis au milieu des Turcs,
que j'apprends à connaître l'âme de ce peuple, ses qualités
de cœur, sa large tolérance, sa foi profonde en Dieu, son
respect de l'autorité, sa vaillance, son patriotisme... Les
mensonges d'une presse vénale ou mal informée n'y chan-
geront rien... Les nombreux religieux établis en Turquie,
Jésuites, Lazaristes, Capucins, Franciscains, déplorent cette
campagne antiturque de nos feuilles catholiques et y voient
dans l'avenir un obstacle au progrès de notre religion dans
ces contrées. Où pénètre le slavisme, la guerre au catholicisme. Les Bulgares sont un peuple athée, les Grecs n'ont de
religion que la surface. Quant aux Serbes, ils prohibent notre
culte chez eux... » — Ce dernier trait n'est plus vrai.

sidérée qu'avec peine, parce que la monarchie
dualiste est la dernière « couronne » d'ancien régime qui subsiste, conservant presque intactes
ses institutions ecclésiastiques et aristocratiques,
et pénétrée d'un dévouement au Saint-Siège que
les insolences du Joséphisme jadis n'annoncèrent
pas. — La puissance de l'Allemagne n'a pas pu ne
pas inspirer à notre neutre catholique un sentiment complexe de confiance et d'intimidation :
par le prestige, intact jusqu'au mois de septembre
dernier, de sa force militaire ; par le don de voir
grand, d'organiser toutes ses ressources, de coor-
donner toutes ses entreprises (même son catholicisme allemand) à un intérêt souverain et égoïste,
qui est celui de l'Allemagne ; par une prodigieuse
persuasion d'être la race supérieure, prédestinée
à conduire le monde, l'Allemagne en a imposé à
beaucoup. Elle voulait qu'on crût qu'elle assurait
l'ordre en Europe, elle l'a longtemps fait croire,
et l'on sait de reste aujourd'hui que d'elle seule,
en effet, dépendait la paix des nations. Le piétisme
de Guillaume II donnait une couleur mystique à
cette toute-puissance : un des derniers gestes de
ce piétisme de parade fut, à la veille de la guerre,
de commander un labarum sur le modèle présumé
de celui de Constantin et de l'offrir au pape Pie X,
car Guillaume II qui dit : « Mon ami Luther »,
cherchait les occasions de marquer au Pape une
déférence, très calculée, toujours voyante. Il y a
des intégristes espagnols qui ont l'illusion de
croire que Guillaume II vainqueur, à l'issue de la
guerre, se fera catholique. En Italie, l'*Unità cattolica* de Florence reproduit sans sourciller une

information de *Il mulo* (1ᵉʳ janvier), assurant que
le bombardement de la cathédrale de Reims est
« un colpo dei frammassoni ». Et du coup le Kaiser est innocenté ! On comprend que de tels neutres ne se résignent pas à la pensée de la défaite
de l'Allemagne et de son empereur.

Si cependant la Providence passe outre à ces
appréhensions, à ces regrets, à ces attentes? Il
faut relire l'inoubliable exorde de l'oraison funèbre
d'Henriette d'Angleterre, et laisser « Celui qui
règne dans les cieux et de qui relèvent tous les
empires » faire la loi aux rois et leur donner, s'il
lui plaît, de terribles leçons. Le théologien qui
nous a écrit ne saurait, pas plus que nous, s'abs-
traire de cette vue de foi. A raisonner plus terre à
terre, il devra convenir que des fautes ont été
commises qui sont irréparables et dont leurs auteurs, l'Autriche-Hongrie, l'Allemagne, la Turquie, doivent porter tout le poids. Les puissances
qui ont provoqué la guerre et rompu la paix fra-
gile de l'Europe ne pourront pas se plaindre si la
liquidation se fait à leur préjudice : elles nous
doivent des dommages et des garanties, qu'il est
de stricte justice que nous exigions après avoir
subi et repoussé leur agression injuste. Et comment les neutres pourraient-ils se désintéresser de
certaines de ces réparations ?

M. Van den Heuvel l'a exprimé en termes d'une
énergie qui n'a d'égale que leur bien fondé, dans
sa préface aux *Rapports sur la violation du droit
des gens en Belgique :* la protestation platonique
ne suffit pas, il faudra préciser le droit des gens,
il faudra lui donner des sanctions :

Au jour le plus prochain possible, une triple sentence devra être prononcée contre les auteurs des maux et des outrages qui ont été commis.

Sentence de condamnation contre les dirigeants de la guerre qui, au mépris de tout droit et de toute justice, ont violé la neutralité de la Belgique et ont livré ensuite ce pauvre pays à toutes les horreurs d'une sauvagerie sans précédent.

Sentence de châtiment. Il ne suffit pas de mettre au pilori de l'Histoire les auteurs des atrocités qui ont été perpétrées, il faut constater contradictoirement leur identité, les traduire devant une justice régulière, et leur faire subir la peine que méritent leurs actes.

Sentence de réparation. Lorsqu'il s'agira de régler les comptes, la Belgique devra être largement indemnisée. Les puissances garantes ont inscrit cette indemnité en tête de leurs revendications. Mais, hélas ! quel que soit son chiffre, la réparation sera toujours très insuffisante et incomplète. Que de pertes matérielles irréparables !... Que de pertes humaines irréparables ! On ne ressuscite pas les morts. Et qui comptera les blessés de la vie, ceux que les inquiétudes, les angoisses, les tortures ont vieillis ou ruinés dans la force et la fleur de l'âge ?

M. Van den Heuvel, qui, nous l'avons dit, représente aujourd'hui la Belgique auprès du Pape, est providentiellement à même de rallier, — si tant est qu'elle ait à être ralliée, — la Rome mère et maîtresse de toutes les Eglises à cette cause des réparations, qui est la cause même de la justice. Et la coïncidence n'est sans doute pas fortuite qui, dans le temps même où M. Van den Heuvel arrivait à Rome, inspirait au conseil général de l'*Union populaire*, la grande organisation des catholiques italiens, deux vœux, en date du 26 mars dernier, que la *Croix* du 28 mars résume ainsi :

Le premier déclare qu'en face du terrible conflit européen qui compromet l'avenir de toutes les nations, les Catholiques ont le devoir de diriger l'opinion vers l'affirmation et le triomphe des principes et des traditions historiques de la civilisation chrétienne.

Le second émet le vœu qu'à la conclusion de la paix, la Belgique renaisse dans sa dignité de nation indépendante, sous les règles et les garanties intangibles du droit international chrétien.

Voilà le langage que nous attendions, et celui qui convient à des neutres catholiques. Nous ne leur demandons pas de sortir de leur neutralité nationale, nous leur demandons de sortir de leur neutralité morale, et de n'assister pas impartiaux à l'égorgement du droit sacré des faibles. Mais il y a plus, puisque l'*Union populaire* énonce que les Catholiques ont le devoir de diriger l'opinion dans le sens « des principes et des traditions historiques de la civilisation chrétienne ». Oui, certes, ils ont le devoir de parler haut et ferme, nous n'y avons pas manqué en France, et le cardinal Mercier à lui seul a donné à la Belgique catholique une voix aussi émouvante que celle de l'Eglise elle-même : il faut que ces voix catholiques s'élèvent si haut et portent si loin que le monde entier en retentisse, il faut qu'elles se prononcent sur les grandes questions où la loi divine est engagée, il faut qu'elles disent les paroles qui seront pour l'heure présente les *dictatus conscientiæ christianæ.*

Vous appréhendez la prépotence de l'*orthodoxie* russe, nous l'appréhendons nous aussi, alliés que nous sommes à la Russie en tant que Français,

très en garde contre son nationalisme religieux
en tant que Catholiques : associons donc à la cause
de la Belgique la cause de la Pologne. Il ne doit
pas nous suffire d'avoir salué avec émotion l'acte
du 14 août 1914 par lequel, au nom du Tsar, le
grand-duc Nicolas a promis aux Polonais la
reconstitution de leur unité nationale, dans ces
termes magnifiques :

Polonais, l'heure est venue, où le rêve de vos pères et de
vos aïeux peut se réaliser. Voilà un siècle et demi que l'on
a déchiré en morceaux la chair vivante de la Pologne, mais
son âme n'est pas morte... Sous le sceptre de l'empereur de
Russie, la Pologne renaîtra *libre dans sa religion, libre
dans sa langue, et autonome...* L'aurore d'une vie nouvelle se lève pour vous. Que sur cette aurore jaillisse le
signe de la croix, symbole de la souffrance et de la résurrec-
tion des peuples.

L'âme de la Pologne n'est pas morte, certes, et
cette âme n'a pas cessé d'être catholique, — en
dépit d'une aberration qui ne doit pas compter
plus pour la Pologne que le *Los von Rom* pour
l'Autriche. — La reconstitution de la Pologne
historique est, en même temps que la réparation
d'une iniquité ancienne, un providentiel succès
pour le catholicisme. L'Eglise a ses nations mar-
tyres : le jour où ces nations recouvrent la liberté
religieuse est un jour qui ne doit laisser indiffé-
rent aucun Catholique sous le ciel, Il faut que
nous tous Catholiques, neutres ou alliés, nous
nous intéressions passionnément et persévéram-
ment à ce que les promesses du Tsar soient plus
fidèlement exécutées en Pologne que ne le fut

dans toute la Russie l'édit de tolérance de 1905,
devenu si rapidement lettre morte. L'autonomie
municipale, qui vient ces jours derniers d'être
accordée par une loi aux Polonais, ne doit être
qu'un premier élément de leur autonomie nationale : nous attendons, nous Catholiques, les garanties de la liberté du catholicisme polonais, dans
la lettre des lois comme dans l'esprit du nouveau
régime. Si, comme nous l'espérons, la Pologne
autrichienne est réunie à la Pologne russe, il ne
faut pas que cette réunion soit pour la Galicie un
amoindrissement de la liberté religieuse que l'Autriche lui avait assurée (1). Ce que nous disons des
Polonais, nous le dirons aussi bien des Ruthènes
de Galicie, qui, sous prétexte qu'ils sont de rite
grec, mais unis à Rome, ne devront pas être traités par la Russie victorieuse comme elle traitait
naguère encore ses propres sujets uniates. D'un
mot, nous tous Catholiques, au moment où le
royaume de Pologne ressuscite, nous avons le
devoir de ranimer autour de lui les sympathies des
Catholiques d'autrefois, Dupanloup, Gratry, Mon-
talembert, Perreyve, le devoir de nous empresser
pour dénouer les bandelettes du ressuscité, le
devoir de faire un point d'honneur à l'Europe
prochaine que la restauration promise ne soit pas
une déception pour la Pologne et pour l'Eglise.

Est-ce là tout ce qui puisse intéresser un neutre
catholique au succès de notre cause? Certes non,

1. Voir Mgr Baudrillart, *Catholicisme, France et Pologne*,
dans la *Revue pratique d'apologétique*, 15 septembre 1914,
p. 798. A compléter par J. de Lipkowski, *la Question polonaise* (Paris, 1915).

car il y a la Serbie aussi. Elle nous touche tous par l'agression dont elle a été la victime, par la volonté que l'Autriche a eue de la réduire, de l'humilier, de l'assujettir, pour des raisons qui n'avaient rien à voir avec la justice. La Serbie nous intéresse plus directement encore, s'il est possible, par le concordat qu'elle a négocié avec le Saint-Siège dans les derniers mois du pontificat de Pie X, et qui vient d'être signé par Benoît XV le mois passé. Le pape Léon XIII avait, en 1886, par un concordat avec le Monténégro, ouvert la voie à l'établissement d'un statut pour le catholicisme dans les principautés *orthodoxes* des Balkans, statut garantissant aux Catholiques le libre et public exercice de leur culte, l'indépendance de l'autorité ecclésiastique à l'égard du pouvoir civil, tout en assurant à la hiérarchie l'avantage d'être reconnue et salariée par l'Etat. Pie X a obtenu un statut identique pour le catholicisme en Serbie, statut qui s'étendra sans peine à la Serbie agrandie des territoires que la paix prochaine ne peut manquer de lui octroyer. Le catholicisme de Serbie, en perdant la protection de l'Autriche, devient un élément intégrant de la vie nationale du royaume serbe, et, en étant reconnu et salarié par l'Etat, il libère cet Etat de son inféodation traditionnelle à l'*orthodoxie*. Tout concordat conclu dans ces conditions par le Saint-Siège avec une nation *orthodoxe* est un échec pour l'*orthodoxie*.

Or, si un concordat a été nécessaire à la Serbie d'hier, il n'est pas vraisemblable que la Bulgarie (si aléatoire qu'il soit de se fier à elle) puisse s'en passer longtemps, et pas davantage la Roumanie. La reconstitution en nations autonomes de la Serbie, de la Bulgarie, de la Roumanie, a eu pour conséquence première de les détacher du patriarcat *œcuménique* de Constantinople, et de rendre *autocéphales* leurs trois Eglises nationales : la conséquence dernière sera d'amener l'une après l'autre ces nations à reconnaître que leur intérêt politique est de ne pas faire de l'*autocéphalie* un fétiche national, et que le catholicisme a droit à sa place dans les institutions du pays.

L'*orthodoxie* russe, nous ne l'ignorons pas, aime à se dire la grande héritière de Constantinople : elle se rattache, en effet, par Byzance, à l'antiquité ecclésiastique ; Byzance est la métropole historique de sa foi ; le christianisme russe a bien véritablement l'empreinte byzantine. Gardonsnous de croire cependant que, pour l'*orthodoxie*, Constantinople soit ce que Rome est pour le catholicisme : l'*orthodoxie* a comme armature l'autorité des vieux dogmes et des vieux canons, tandis que le catholicisme ne dissocie pas cette autorité antique de l'autorité vivante, qu'assiste le Saint-Esprit et qui enseigne et gouverne l'Eglise de Dieu. Si démesuré qu'ait été jadis le rôle du patriarche de Constantinople, et alors même que l'on revendiquait si âprement pour lui le titre de patriarche œcuménique, ce rôle n'a jamais débordé les frontières de l'empire d'Orient, il n'a jamais été assimilable au rôle universaliste de l'évêque de Rome. De nos jours, le siège de Constantinople s'est résigné à l'*autocéphalie* des Eglises qui ne sont soustraites à sa juridiction, résignation dont les théologiens russes sont les premiers à le louer, en rappelant que sa primauté est une pure primauté d'honneur (1). Supposé donc que la ville de Constantinople soit, dans un avenir prochain, enlevée aux Turcs, ou elle deviendra une ville neutre, ou elle deviendra une ville russe : dans la première hypothèse, rien ne sera changé à la condition actuelle du Phanar, et, dans la seconde hypothèse, ne pensons pas que le patriarcat œcuménique devienne entre les mains des Russes un instrument de domination et d'unification de l'*orthodoxie*, pas même de l'*orthodoxie* slave. Pourquoi ? Parce que la Russie, qui est depuis trois siècles émancipée de toute sujétion au patriarche de Constantinople, et qui depuis Pierre le Grand a substitué le Saint-Synode au patriarcat de l'évêque de Moscou, ne pense pas plus à restaurer à son usage le patriarcat de Moscou que le patriarcat de Constantinople. L'Église russe est, depuis Pierre le Grand, une *autocéphalie* décapitée.

Mais l'abolition éventuelle du régime turc en Orient n'est-elle pas de nature à donner un autre champ, et combien vaste, à ce que des Catholiques peuvent appeler du nom de péril russe ? L'avenir n'est pas si simple. La liquidation du régime turc n'a aucune chance de se faire au bénéfice de la Russie seule : l'Angleterre et la France y seraient nécessairement associées. Le protectorat que la France exerçait sur les Catholiques

1. Sokoloff, *Byzantium the preserver of Orthodoxy*, dans *the Constructive Quaterly*, New-York, mars 1915, p. 101.

d'Orient, et qui, en fait, est virtuellement aboli, ne pourrait pas ne pas se transformer en un statut international garantissant en Orient une égale liberté aux établissements et aux œuvres de toutes les Eglises chrétiennes. Dans cette hypothèse, qui ne voit l'avantage que le Catholicisme tirerait de passer du laisser-faire turc à un statut légal garanti par le prochain traité de paix européenne? L'Orient gagnerait en sécurité et en dignité à être ainsi annexé à l'Europe. Si reconnaissants que croient devoir être aux Turcs les Catholiques d'Orient ou résidant en Orient, n'oublions pas ce que cette reconnaissance implique d'ingratitude à l'égard de la vieille politique des croisades : au contraire, le croissant expulsé de l'Orient, quelle revanche inespérée d'Urbain II et de saint Louis, mais surtout quel coup porté à tout l'Islam !

Sans s'arrêter à prévoir les événements de si loin, on peut au moins se risquer à dire que le péril russe est moins redoutable pour le catholicisme que le péril germanique. Les Allemands nous ont habitués à mettre dans leur catholicisme une dose de sens propre, dont le Saint-Siège a plus d'une fois connu l'amertume. Ainsi, il s'est trouvé naguère six ecclésiastiques allemands et un catholique aussi notoire que Martin Spahn pour apposer leurs noms au bas du *Manifeste des intellectuels* et revendiquer « l'héritage sacré de Kant ». Est-ce là le langage que l'Allemagne catholique s'apprête à tenir dans le catholicisme, si la victoire, par impossible, allait aux Allemands? Quelles encycliques agréeraient-ils désormais? Quelles professions de foi obtiendrait-on d'eux?

A quels comités de vigilance se soumettraient-ils? Nous en reviendrions au temps, qui n'est pas si loin, ou un vicaire badois se plaisait à dire : « Le pape est une vieille grand-mère : les vieilles grands-mères ont beaucoup de désirs qu'on n'accomplit pas (1). » Le péril allemand n'est pas moindre pour l'Europe : que l'on veuille bien consentir à méditer sur les conditions que ferait l'Allemagne victorieuse à la Belgique, et à tels ou tels autres neutres, et aux vaincus? De quel poids pèserait sur le monde la culture germanique matérialiste telle que la conçoit W. Ostwald? En vérité, catholiques, nous pouvons faire notres les paroles de Sir Ed. Grey, dans le discours que nous avons cité déjà :

Nous avons été renseignés par une inondation de documents sur l'idéal de l'Allemagne par ses professeurs et ses publicistes depuis le commencement de la guerre. Ils prétendent que les Allemands sont un peuple supérieur auquel tout est permis et contre qui toute résistance doit être sauvagement écrasée. L'Allemagne doit être libre d'établir sa domination sur toutes les nations du continent. Pour moi, j'aimerais mieux périr ou abandonner ce continent pour toujours que de vivre dans de telles conditions.

*
* *

Venons enfin aux scrupules que la France inspire au théologien neutre qui nous a écrit.

Le premier scrupule semble tenir à l'incertitude

1. Le mot est cité par G. Goyau, *Bismarck et l'Église*, t. IV, p. 125. (Sur la dégénérescence du Centre, voyez la philippique de Em. Prüm, résumée par R. Johannet dans le *Correspondant* du 25 avril 1915, notamment p. 352-357.)

présumée du succès final : « La France peut-elle
espérer la victoire ? » nous demande-t-on. Cette
hésitation de notre neutre est révélatrice de la
confusion où une certaine presse étrangère s'est
appliquée à entretenir ses lecteurs : la certitude
de la victoire de la Triple Entente qui brille comme
un phare à feu fixe dans le *Journal de Genève*, par
exemple, n'est plus qu'un phare intermittent dans
les journaux italiens francophiles; elle n'a pas
percé dans les milieux qui se piquent d'une neutralité savamment équilibrée et que la *Civiltà cattolica* représente avec une si désespérante correc-
tion. Eh! bien, oui, répondrons-nous à notre
neutre, la France espère la victoire, non pas *sa*
victoire simplement, mais la victoire qui lui sera
commune avec ses alliés et qui sera le résultat de
leur communauté d'efforts, non pas une victoire
soudaine, mais une victoire faite de décisions
lentement acquises et qui entraîneront l'effondrement de l'ennemi comme font les vagues sur une
digue. Quant aux motifs que la France a d'espérer
cette victoire, ils sont tout ensemble militaires,
économiques et moraux, et leur valeur tient à ce
que depuis septembre ils se sont continuellement
vérifiés...

Secondement, notre neutre catholique nous
demande si la France victorieuse restera la France
anticléricale ou redeviendra la France fille aînée
de l'Eglise. A quoi nous répondrons le plus simplement du monde que la France qui sera victorieuse
sera la France tout court. Et voilà bien ce que
l'étranger ne connaît pas de nous, c'est à savoir
cette capacité d'oublier nos luttes de partis, de

rectifier la position, soudainement, unanimement, et de faire face à l'ennemi. Il est chez nous des susceptibilités ombrageuses qui n'ont pas besoin d'être entretenues, elles veillent toujours au plus profond de chacun, chez ceux-là mêmes qui ont le moins l'allure cocardière ou sentimentale, ou qui sont le plus habituellement disposés à sourire. Ces susceptibilités nous sont communes à tous, elles éclatent en un instant, elles transfigurent toute la nation, comme à certains jours elles transfigurent le Parlement. Les étrangers disent : « La France est un pays de miracle. » Et c'est vrai, mais ils diraient aussi bien que la France est un pays de point d'honneur. La race est ainsi faite, et en Belgique pareillement.

Est-ce à dire que, passée l'heure de « l'union sacrée », il n'y aura pas à nouveau en Belgique un parti catholique, un parti libéral, un parti socialiste ? Pourquoi penser qu'en France il en sera autrement ? Sans doute, du fait de nous être tous trouvés unis dans le même esprit de sacrifice et d'entr'aide, nous aurons appris à nous fier les uns aux autres, et combien vieillies apparaîtront à beaucoup telles doctrines de haine, dont l'anticléricalisme fut une des plus sottes et des plus meurtrières? Mais, de grâce, n'allons pas prophétiser la descente prochaine sur terre de la Jérusalem céleste ! Nous sommes une famille où tous sont d'accord sur l'honneur du nom, mais où la foi s'est raréfiée et l'incrédulité accrue : c'est l'antagonisme bien ancien déjà des « fils des croisés » et des « fils de Voltaire », et entre ces deux partis inconciliables l'innombrable foule des neutres,

oui, des neutres de l'intérieur, parmi lesquels
tant de bonnes volontés indécises ou intimidées,
oscillant entre la sympathie et la peur d'être en-
gagées plus qu'elles ne voudraient. Ainsi le veut
la vie dans un régime où l'opinion est souveraine.

Ne nous accablez donc pas si nous ne sommes
point, nous Catholiques pratiquants, les plus nombreux en France, et s'il y a dans notre pays moins
de pratiquants que de baptisés. Ne nous repro-
chez pas la Séparation, comme si c'était nous qui
l'avions préparée, votée, exécutée, au lieu que
nous l'avons subie, et, tout de même, traversée.
Ne nous demandez pas : Quand donc serez-vous
les maîtres des destinées de la France? Nous ne
prévoyons pas cette échéance, nous n'ambitionnons
que d'être libres et respectés, sans bouder jamais
le bien public, et nous avons conscience de pro-
gresser chaque jour dans cette voie étroite, mais
sûre.

Vous priez pour « la victoire de la France
renouvelée en Jésus-Christ ». Ne priez pas ainsi
sous condition. Laissez-nous plutôt faire nôtres les
paroles de saint Paul écrivant aux Thessaloniciens :
« Frères, priez pour nous, afin que la parole du
Seigneur poursuive sa course et soit en honneur,
comme elle l'est chez vous, et afin que nous soyons
délivrés des hommes fâcheux et pervers ; car la
foi n'est point le partage de tous, *non enim om-
nium est fides*. » A défaut d'un gouvernement
catholique, et simplement dans des institutions
démocratiques que nous savons stables et que
nous souhaitons habitables, il existe en France un
catholicisme français, comme il existe en Angle-

terre un catholicisme anglais : somme-t-on les Catholiques anglais de ramener les Stuarts? Que l'on ne nous somme donc de rien de pareil, et que l'on veuille bien une fois pour toutes prendre acte de notre existence de Catholiques français vivants et agissants, au lieu de chercher à atteindre en nous la démocratie qui n'est pas nous.

Que l'on se garde de parler d'un retour miraculeux et innombrable, et d'un réveil religieux dont la guerre aurait été la cause occasionnelle. Certes, la guerre a été pour beaucoup de Français une heure grave, faite pour émouvoir ce que le cardinal Gasparri appelait naguère « cette spontanéité d'âme qui donne aux plus modestes fils de France une sorte de noblesse instinctive (1) », et qui, pouvons-nous ajouter, met au cœur d'un si grand nombre une sorte de catholicisme latent. Mais d'abord, et M. René Bazin l'a expliqué en termes singulièrement exacts et nuancés dans sa conférence de Rome, la renaissance religieuse de la France ne date pas d'hier. Puis cette renaissance est limitée. Un Jésuite brancardier sur le front nous écrivait, ces temps derniers, que dans son secteur 30 à 40 soldats sur 100 « gagnent leurs Pâques » : cette proportion donne une idée assez juste de l'amplitude de ce que le cardinal Gasparri nous fait l'honneur d'appeler « le si réconfortant réveil religieux de votre cher pays ».

Au delà de ces 30 à 40 soldats qui font leurs Pâques, et, sans oublier le 41e soldat qui les fera un jour, il y a leurs familles à tous, il y a les parois-

1 Lettre à l'Évêque d'Orléans, 4 avril 1915.

ses rurales ou urbaines auxquelles ils appartiennent, il y a les écoles, les patronnages et les œuvres
postscolaires, qu'ils ont traversés et dont ils continuent l'esprit, il y a tout le catholicisme organisé,
et, dans ses institutions visibles, sa vie profonde
et surnaturelle. Combien il serait instructif à un
neutre tel qu'est le théologien, zélé pasteur lui
aussi, qui nous a écrit de venir voir de près ces
œuvres et cette vie, d'assister à un de nos congrès
diocésains, par exemple, au lieu de s'en tenir peut-
être à des relations du genre de celle de ce pauvre
diable de docteur Swoboda, « conseiller aulique
et professeur de théologie pastorale à l'université
de Vienne », qui était un si impertinent dénigrement du zèle pastoral français, et qui, publiée en
allemand, se trouva comme par hasard aussitôt
traduite en italien, pour bien établir en Italie l'in-
fériorité du clergé de France, et sans doute pour
autre chose que la seule gloire de Dieu (1)!

En janvier dernier, l'évêque anglican d'Oxford,
le docteur Charles Gore, dont on sait l'autorité
grande qui lui est reconnue dans « l'Église d'An-

1. Voir de M. le chanoine Désers, curé de Saint-Vincent
de Paul, à Paris, *Les idées du docteur Swoboda sur le
ministère pastoral à Paris* (1912). Le pape Pie X, à qui
parvinrent les plaintes du clergé français, les apaisa en
disant que les appréciations de Swoboda étaient d'un *insi-
piens*. La diffamation n'en était pas moins un fait accompli.
De combien d'autres campagnes pareilles le clergé français
n'a-t-il pas été victime? Faut-il rappeler que l'*Unità Cattolica* de Florence, qui se distingue par un zèle si amer, entre-
prenait naguère la justification de la violation de la neutralité belge? Voyez la ferme et courageuse protestation de *la
Croix*, 6 novembre 1914, sous la signature de Franc.

gleterre », eut à faire une rapide tournée en
France, et peu de temps après son retour, il fit
part à ses ouailles de quelques-unes de ses impressions, entre lesquelles je note les suivantes :

J'ai été récemment en France, et aussi bien dans les villes
que dans les villages, aussi bien en semaine que les dimanches,
j'ai été frappé par le concours des hommes, des femmes, des
enfants à l'invitation à la prière. Je n'ai point pareille opportunité dans mon propre diocèse d'aller dans les églises simplement comme un fidèle ; mais, si je l'avais j'espère que je
constaterais le même concours...

Durant ma récente visite en France, j'ai été frappé du
grand développement qui est en train d'être donné par
l'Église de ce pays à la communion fréquente et quotidienne.
L'avis est donné en mainte église que la communion fréquente et quotidienne est la règle normale du vrai chrétien
et que, si les circonstances le permettent, elle est dans la
compétence de tous. La règle du jeûne est relâchée par dis-
pense pour les malades. Le seul obstacle à la communion
quotidienne est tout péché certainement mortel commis depuis
la dernière bonne confession... De tels avis et le grand nombre
de communiants que l'on voit en France s'approcher chaque
jour de la sainte table sont l'indice d'un remarquable changement dans la pratique...

On louait hautement les femmes françaises, privées de
leurs maris ou de leurs grands fils partis pour la guerre,
non seulement à cause de leur foi et de leur patience, mais
encore à cause du courage avec lequel elles ont pris en
main la tâche de vaquer aux emplois des hommes pendant
leur absence et de devenir bouchers, boulangers ou labou-
reurs, selon que l'occasion le réclame. *Truly they are a
brave people* (1).

Voilà notre vie surprise par un passant qui
regarde les petites affiches épinglées à la porte de

1. *The Oxford diocesan Magazine*, 1915, p. 18-20

nos églises, et qui y surprend quelque chose de la vie profonde des âmes catholiques de notre pays. Cette France croyante n'a pas d'ambassadeur auprès du Vatican, mais elle n'en a pas besoin pour être connue en droiture et aimée du père commun des fidèles, à qui elle est dévouée comme la France d'autrefois ne le fut jamais. C'est à cette France que nous demandons à notre neutre catholique de penser toujours, et non à une France qui n'est plus, ou à je ne sais quelle France inespérable. Et cette douce France très réelle, celle-là même dont Pie X a dit un jour, d'un mot qui nous est allé à tous au cœur, qu'elle était « la première dans l'obéissance », cette douce France n'aime pas qu'on lui souhaite de redevenir la fille aînée de l'Eglise, parce qu'elle sait bien qu'elle l'est resté.

APPENDICES

Nous avons dit un mot du « péril russe » et nos raisons de le croire moindre que le péril allemand. Mais nous ne voulons pas dissimuler ce « péril russe ». C'est pourquoi nous reproduisons en appendice deux documents qui sont de nature à faire réfléchir.

Le premier est extrait d'une lettre de M. Lewyckyj, président de la députation parlementaire de l'Ukraine en Autriche : il appellera l'attention sur ce que redoutent les uniates ruthènes de Galicie de leur annexion possible à la Russie. L'auteur de cette lettre, qui écrit de Vienne, est de nationalité austro-hongroise, on ne devra pas l'oublier en la lisant. La lettre est adressée au *Journal de Genève*, où elle a paru le 28 avril.

Le second de nos deux documents est une note publiée dans le fascicule du 1er mai de la *Scuola cattolica* de Milan, p. 114-118, et a pour auteur le P. Paoli, Frère Mineur. Elle révèle excellemment les appréhensions que causent à un religieux étranger l'avenir possible des Lieux Saints, et elle est capable de suggérer à la « laïcité » de nos gouvernants français plus d'une vue opportune.

Nous avons joint à ces deux documents le texte de la récente lettre du cardinal Gasparri au cardinal Amette, lettre qui confirme trop bien ce que nous avons dit de « la fille aînée de l'Eglise » pour que nous ne nous réjouissions pas d'en faire aussitôt état.

P. B.

3

I

POUR LES RUTHÈNES UNIATES

La Galicie orientale, le nord-ouest de la Buko-
vine et le nord-est de la Hongrie sont habités par
4.200.000 Ukrainiens. Plus de 30 millions d'Ukrainiens habitent les gouvernements russes de Cholff,
Volhynie, Podolie, Cherson, Kief, Tchernigoff,
Poltava, Charkoff, Jekaterinoslaff, Taurie, Kuban
et une partie des gouvernements de Bessarabie,
Grodno, Minsk, Koursk, Voronège, Don, Stavro-
pol, etc.

Ce ne sont pas des Petits-Russiens. Ce nom leur
a été imposé par le gouvernement russe seulement
au xviiᵉ et xviiiᵉ siècles, tandis que les Ukrainiens
habitant en Autriche n'ont commencé qu'au
xviiiᵉ siècle à être appelés Ruthènes. Le nom
d'*Ukraine* et d'*Ukrainiens* est le seul nom en
usage actuellement chez tous les intellectuels de
la nation, sur tout son territoire national, d'une
étendue de 850.000 kilomètres carrés.

Les Ukraniens ne sont pas un rameau du peuple

russe. C'est une nation aussi indépendante et aussi différente des Russes que les Polonais et les Bulgares... La langue ruthène est plus différente du russe que le tchèque l'est du polonais...

Quant à l'histoire, elle a creusé un fossé infranchissable entre les Ukrainiens et les Russes. Dès le ixᵉ siècle, les Slaves d'Orient se sont partagés en deux groupes : le groupe méridional, dont les Ukrainiens sont issus, et le groupe septentrional, qui, par le mélange d'éléments mongolo-finnois, est devenu le peuple russe d'aujourd'hui. Au ixᵉ siècle, les anciens Ukrainiens ont fondé sur le Dniepr un puissant empire dont la riche ville de commerce de Kief était le centre. L'Etat de Kief soumit le groupe septentrional et lui donna son nom de Russj, comme les conquérants germains des Gaules ont donné à ce peuple roman le nom de Francs ou de Français. L'Etat de Kief se divisa bientôt en principautés. Et immédiatement se produisit l'opposition entre les principautés du Nord et celles du Sud. Celles du Sud, dont le centre était à Kief et à Halitch (dans la Galicie orientale), furent affaiblies, aux xiiiᵉ et xivᵉ siècles, par l'invasion des Mongols et tombèrent sous la domination polno-lithuanienne. Les principautés du Nord, qui se groupaient autour de Vladimir et de Moscou, devinrent tributaires des Tartares et se développèrent peu à peu en un empire moscovite, depuis Pierre le Grand en un empire russe.

Les prétentions de la Russie sur les pays ukrainiens sont donc aussi justifiées que celles de la France sur l'Allemagne ou de l'Allemagne sur la France. Ces deux Etats faisaient autrefois partie

de l'empire de Charlemagne, comme la Russie et
l'Ukraine étaient unies autrefois sous le sceptre
de Vladimir le Grand de Kief. Mais la Russie a
revendiqué tout l'héritage du vieux souverain et
depuis le xvi° siècle, elle « collectionne. les pays
russes ». Les Ukrainiens ont formé aux xvi° et
xvii° siècles une organisation guerrière des Cosa-
ques de Saporoff, et ont en 1648 conquis leur indépendance sur les Polonais. Menacé de tous côtés,
le jeune État ukrainien a dû en 1654 se joindre à
la Russie comme un État tributaire autonome.
Mais la Russie a trahi ceux qui ne se méfiaient de
rien. Elle a partagé l'Ukraine avec la Pologne, a
restreint les franchises accordées au pays, a rus-
sifié l'Église ukrainienne (autrefois autocéphale)
et a commencé une guerre d'extermination contre
la langue, les mœurs, la littérature, la culture
ukrainiennes.

Après le partage de la Pologne, l'oppression de
l'Ukraine devint plus dure encore. La confession
grecque uniate, qui comptait beaucoup de fidèles
dans l'Ukraine occidentale, fut extirpée de force
et avec violence. En 1876, parut un ukase du tsar
qui interdisait tout écrit imprimé en langue
ukrainienne. Mesure unique dans l'histoire universelle, qui asservit pendant trente ans la seconde
nation slave !

Aujourd'hui, les « collectionneurs des pays
russes » sont arrivés dans la Galicie orientale
pour la « délivrer ». Pour les Ukrainiens de Galicie, l'occupation russe est, sans doute, une libération, mais une libération de leur vie nationale
et politique. Ils sont condamnés par les Russes à

la mort nationale. Le gouvernement autrichien avait juridiquement accordé aux Ukrainiens de la Galicie les mêmes garanties qu'aux autres nationalités autrichiennes. Mais en fait ils avaient été opprimés en Galicie par les Polonais plus puissants et avaient été entravés dans leur libre développement. Malgré tout, les Ukrainiens de Galicie avaient cependant pu maintenir leur langue dans l'usage officiel, dans l'Eglise, l'Ecole et l'Université. Ils avaient fait beaucoup pour le développement national, intellectuel et économique du peuple.

L'invasion russe en Galicie a d'un coup détruit tout ce travail de longues années. La langue ukrainienne a été tout simplement interdite dans l'usage officiel, l'Eglise et l'Ecole. Tous les journaux ukrainiens de la Galicie ont été supprimés, les bibliothèques détruites, les livres ukrainiens qui appartenaient à des particuliers confisqués, les collections des musées nationaux ont été envoyées en Russie. Toutes les associations ukrainiennes ont été dissoutes. Des centaines de notables de Galicie ukrainienne ont été expédiés en Sibérie.

L'Eglise grecque uniate, à laquelle appartenaient depuis plus de deux siècles tous les Ukrainiens de la Galicie orientale (il n'y avait pour ainsi dire pas d'orthodoxes en Galicie avant la guerre), cette Eglise qui était devenue une Eglise nationale ukrainienne, est maintenant persécutée par tous les moyens. Son chef, l'archevêque métropolitain comte Andreas Szeptyckyj, a été traîné dans l'intérieur de la Russie, à Koursk;

beaucoup de prêtres ont été déportés, le peuple terrorisé et à moitié affamé a été converti au moyen de menaces et de promesses à l'orthodoxie par des popes importés de Russie. Dans les églises grecques uniates, par conséquent catholiques, on a célébré des messes orthodoxes à l'instigation et d'après l'exemple de l'évêque Eulogius de Volhynie, célèbre faiseur de prosélytes orthodoxes. Maintenant on commence même à transformer de force les églises catholiques-grecques en églises orthodoxes « parce que, dit-on, elles ont été « orthodoxes il y a 2 ou 300 ans et qu'elles doi- « vent maintenant le redevenir ».

L'introduction de l'orthodoxie russe, avec sa prononciation russe du slave d'église, avec ses prédications russes incompréhensibles pour le peuple, avec l'interdiction de la langue mater- nelle même dans la conversation avec Dieu, est- elle synonyme « du retour à la religion de nos pères »? C'est là une question que je laisse aux honorables lecteurs le soin de résoudre.

Vienne, mars 1915.

Dᵣ K. Lewyckyj,

Président de la députation parlementaire
ukrainienne en Autriche.

II

L'AVENIR DES LIEUX SAINTS

Quando, pochi mesi fa, io mi trovavo a Gerusalemme, la mobilitazione turca era cominciata. I riservisti dell' Asia correvano sotto le bandiere. A Beirut e a Damasco, lungo la ferrovia, che per la Galilea va sino a Caifa, il movimento militare s'intensificava di giorno in giorno, con una preparazione febbrile. Su i colli che circondano Nazzareth vidi accampamenti all' aperto, li vidi e Naplusa sulla via di Gerusalemme, e Gerusalemme rigurgitava. Non bastando le caserme, le truppe mal vestite e male equipaggiate, bivaccavano nei dintorni. Era una specie di incubo che pesava sulla santa città.

Un pericolo, forse il più grave per le persone, se non pei Santuari, stava in una possibile esplosione del fanatismo musulmano. É vero che a Gerusalemme un largo contingente degli abitanti è formato dagli ebrei (circa 60.000), ma essi non hanno una vera influenza e per di più sono anch'

essi stranieri in gran parte, senza dire che l'odio
verso l'elemento cristiano si cela ancora, come in
passato, nelle pieghe della coscienza giudaica; nè
il pericolo comune, se pure v'era un pericolo per
gli ebrei, avrebbe saputo unirli ai cristiani. E che
il pericolo non fosse così remoto lo si vide sino da
allora. Assistetti io stesso ad un comizio rumo-
roso, dove, davanti ad una folla nella quale si mes-
colavano il popolo, l'autorità ed i soldati, dall'alto
di un balcone, dai giovani turchi, per mezzo degli
Ulema, s'inneggiava al decreto che aboliva le Ca-
pitolazioni e s'auspicava il giorno vicino della ris-
cossa islamica contro i pretesi abitri secolari della
civiltà d'occidente.

Più tardi, dopo che la guerra è scoppiata tra la
Turchia e la Triplice Intesa, l'autorità ha forse
prevenuto il pericolo, consigliando un esodo
affrettato ai numerosi istituti religiosi, special-
mente francesi, da Gerusalemme. E non bisogna
dimenticare che, nel primo momento, alla protezione degli istituti religiosi ha giovato il prestigio
dei francescani, i quali fraternamente li hanno
accolti nel grande convento del SS. Salvatore. Lo
stesso Pascià di Gerusalemme aveva consigliato
alle probabili vittime designate di un'insurre-
zione fanatica di rifugiarsi all'ombra della ban-
diera crociata che sventola sulle case francescane
dei Santi Luoghi.

È nota — ed i giornali l'hanno riferita esatta-
mente sino dal dicembre — la riposta del P. Se-
rafino Cimino, Custode di Terra Santa, al Pascià
ed al Patriarca latino:

« *Vengano i religiosi dei vari istituti nel nostro*

Convento... Finchè vi sarà un pane pei figli di S. Francesco, quel pane lo divideremo con loro !» Ed erano centinaia ! Erano poi migliaia i cristiani della città che accorrono ogni giorno al SS. Salvatore per avere un pane !...

*
* *

I francescani sono al loro posto, come ho detto, anche nell' ora del pericolo. Molti però si chiedono che cosa accadrà dei Luoghi Santi quando l'uragano della guerra sarà cessato.

Resterà la Francia padrona della Palestina, essa che conta belle tradizioni in tutto l'Oriente ? Vi andrà l' Inghilterra, che considera la Palestina meridionale come un' appendice dell' Egitto, almeno come una garanzia per la difesa del suo possesso egiziano ? La Turchia sarà definitivamente liquidata ? Sono le incognite della guerra, e, almeno per ora, è difficile fare delle previsioni.

Dirò intanto, per esprimere una mia veduta personale — e che non so se sarà neanche divisa dai miei confratelli — che il possesso di altri, che non sia degli antichi dominatori turchi, può avere conseguenze non liete. Un dominio francese in Terra Santa ha come presupposto, nel presente conflitto, una vittoria francese sulla Turchia e sugli imperi centrali, con relativa spartizione dell' Asia Minore, della Siria e della Palestina bagnata dal Mediterraneo. Ora, il mio ottimismo, dopo una simile vittoria, non arriva a concepire una Francia più rispettosa della libertà di quello che fosse prima della guerra. Se i sintomi di un risveglio cattolico nella Francia di Clodoveo e di Giovanna d'Arco sono confortanti e assai vasti, non ci assicurano che a questo risveglio partecipi la repubblica laica col suo governo: la magnifica concordia degli animi oggi, pur troppo, non è certo che sarà mantenuta domani... E la Francia di oggi ha fatto un passo più innanzi dello stesso Gambetta, ha trovato che l'anticlericalismo può essere anche « una merce d' esportazione ».

Si aggiunga che se la Chiesa Cattolica ha perduto molti dei suoi diritti in Oriente, e particolarmente a Gerusalemme (i francescani lo sanno anche per avvenimenti recenti), è stato per la pressione esercitata dalla Russia, la protettrice dei greci, alla quale la Francia non ha opposto, per salvare i diritti della latinità, che una debole resistenza sino a ieri e non ne opporrà alcuna domani, quando l'alleanza della repubblica coll' ortodossìa si sarà anche meglio affermata su i campi insanguinati dalle battaglie.

Correvano delle voci, sino dal settembre dell' anno scorso, a Gerusalemme: che l'Inghilterra mirasse alla Palestina; e debbo dire che questa eventualità era, a Gerusalemme, quasi salutata con gioia. La moderna Inghilterra non mette ostacoli alla libertà religiosa. I nostri missionari in Egitto non hanno che a lodarsi del rispetto e della protezione che loro accordano le autorità della Gran Brettagna. In ogni modo, io penso che il dominio ottomano, quando i governi d'Europa lo guardino col loro prestigio e sorveglino i suoi metodi di governo, sia anche nell' avvenire il dominio migliore. L' esperienza degli ultimi cin-

quant' anni ha mostrato che il pericolo dei latini
in oriente non sono i turchi, è l'invadenza greco-
scismatica favorita dalla Russia ortodossa.

* *
*

Non sarebbe allora — qualcuno dirà — preferi-
bile il dominio dell' Inghilterra a Gerusalemme,
pensando che l' intesa anglo-russa non può esser
durevole, ma è un fatto transitorio come la guerra
delle nazioni? — Dal lato politico e dal punto di
vista della libertà, rispondo: sì. Ma è una ragione,
di un valore puramente ideale, che mi fa dare la
preferenza al dominio turco. Noi che amiamo
l' oriente cristiano, il paese su cui è passato Gesù,
amiamo anche di vederlo meno lontano da quello
che fu nei tempi del Vangelo. Confesso che
quando nella Galilea, sul lago di Genesareth,
accanto alle barche dei pescatori, ho veduto un
piccolo vapore che faceva il servizio pei viaggia-
tori da Semak a Tiberiade, e quando al sud di
Nazareth nella valle di Esdrelon, ad Afouléh, ho
sentito il fischio della locomotiva, provai come un
senso di repulsione !... Quella locomotiva mi
parve una profanazione, nelle vicinanze del pae-
saggio idilliaco di Nazareth ed al cospetto del
Thabor, che, solitario, levava la sua cima nella
serenità di un cielo pieno di fulgòri e di fascino.
Una Palestina sotto il dominio inglese perderebbe
troppo presto il suo colore di paese biblico e non
darebbe più all' anima, quando si attraversa col
Vangelo in mano, quella suggestione deliziosa
che ci riporta quasi venti secoli indietro, sino

agli avvenimenti di Gesù. Nelle lunghe file dei cammelli, in ogni arabo pastore che cerca un pascolo pel suo gregge su i greppi o nel piano, ombreggiato da pochi sicomori e da qualche rara pianta di oleandri, vi è qualche cosa che ei fa rivivere i tempi di G. Cristo ; perchè, è vero, l'arabo che si è sovrapposto agli ebrei non ha trasformato gran che nè le abitudini di allora nè la fisionomia del paese. Il mussulmano di oggi, anzi di tutti i tempi, rappresenta l'immobilità, ed è questa immobilità che ci riaccosta meglio all'intelligenza del Vangelo, alla conoscenza dei luoghi e delle tradizioni. Una Palestina diventata rapidamente un Egitto moderno non sarebbe più la Palestina cara agli studiosi ed agli amanti della storia evangelica.

* *

È una ragione ideale. Ha un grande valore per me, nè saprei dire quanto valga per gli altri. Concludendo, posso solo dire che un'ora assai triste passa ora sulla Terra Santa. I francescani che vegliano nel Gethsemani e sul Calvario, assistono di là alla procella furiosa che si è scatenata sul mondo e, per nulla preoccupati di se stessi, non invocano che una cosa : che l'occhio dell'Europa cristiana si volga in questo momento alla Palestina, non solo per pensare all'assetto politico di domani, ma per provvedere alle condizioni di miseria create dagli avvenimenti a tutte le opere nostre di beneficenzae di pietà. L'Italia, sopra tutto, ha interesse a non lasciare in abbandono le instituzioni che a Gerusalemme hanno un carattere nazionale, come un' impronta di efficace e pura italianità ha la nostra Missione Francescana.

Mi pare, infatti, che non soltanto delle città distrutte nel Belgio e delle cattedrali francesi bisogni ora preoccuparci, ma anche, e almeno con pari zelo, dei ricordi millenari della nostra civiltà e dei luoghi più sacri del mondo, perchè toccati dai piedi del Redentore, consacrati dalla sua presenza, dalla sua parola e dal sacrificio divino della sua morte.

P. Paoli, *O. F. M.*

III

Lettre du Cardinal Secrétaire d'Etat de S. S.
au Cardinal Archevêque de Paris

Dal Vaticano, le 23 avril 1915.

EMINENTISSIME SEIGNEUR,

Vous n'ignorez pas quel douloureux retentissement ont eu dans le cœur du Saint-Père les désastres causés par la terrible guerre qui étend ses ravages sur l'Europe entière ; Vous n'ignorez pas non plus combien Sa Sainteté s'est appliquée à faire tout ce qui était en Son pouvoir pour en adoucir les funestes conséquences, sans aucune distinction de parti, de nationalité, ni de religion.

Toutefois, il est bien naturel que la sollicitude du Père commun des fidèles se tourne de préférence vers ceux de Ses fils qui témoignent plus vivement leur respect et leur affection à Son égard.

Parmi eux méritent une mention particulière Ses fils de France, les enfants de cette Nation qui, à juste titre, a été appelée la fille aînée de l'Église, qui donna toujours des preuves splendides de sa générosité pour les œuvres catholiques, spécialement pour les Missions, et qui présente en ce moment, et depuis plusieurs mois, d'un bout à l'autre de son territoire, à l'armée, comme dans les ambulances et les hôpitaux et jusque dans la moindre bourgade, des manifestations éclatantes de foi et de piété, dont le Saint-Père est grandement consolé.

Aussi est-ce à bon droit qu'au milieu de tant de maux, Sa Sainteté s'est sentie attirée avec une commisération particulière vers certaines populations de la France, plus durement éprouvées par le fléau de la guerre, au point que, malgré les efforts de la charité nationale et universelle, elles ont encore grand besoin de secours matériels et moraux.

Emu de leurs souffrances au plus intime de Son âme, le Souverain Pontife, tout en continuant d'adresser au Très-Haut des prières et des supplications pour obtenir la fin de cette ère de sang, sollicite instamment de la Bonté céleste, qu'Elle accorde aide et réconfort aux douleurs de cette partie si affligée du peuple de France.

A ces vœux et à ces prières, le Saint-Père désire joindre une attestation sensible de l'affectueux intérêt qu'il porte à ces populations malheureuses.

C'est pourquoi Sa Sainteté m'a chargé d'envoyer avec cette lettre, à votre Éminence, pour être employée à leur soulagement, la somme de quarante mille francs, offrande assurément inférieure à l'étendue des désastres, mais qui du

moins manifestera avec évidence le paternel em-
pressement que, dans Son Auguste pauvreté, rendue plus étroite encore par la difficulté des temps
actuels, le Vicaire de Jésus-Christ veut témoigner
à la France, Sa fille bien-aimée. Et comme nous
avons appris qu'il doit y avoir le Dimanche et le
Lundi de la Pentecôte prochaine, au bénéfice des
régions occupées, une grande souscription, par
les soins d'un Comité constitué avec le concours
de Votre Éminence, le Saint-Père se plaît à espérer que cet acte de Sa libéralité pourra servir de
prélude à la générosité de tous les Français en faveur d'une initiative si chrétienne et si patriotique.

Heureux de penser qu'Il aura ainsi pour coopé-
rateurs, dans la charité de la prière et de l'offrande,
tous ses chers fils de France, rangés sous la conduite de leurs Évêques vénérés, l'Auguste Pontife
invoque sur eux, avec toute l'effusion de Son
cœur, l'abondance des récompenses célestes, et,
comme gage des faveurs divines, Il accorde à
Votre Éminence, à l'Épiscopat, au Clergé et à tout
le peuple de France la Bénédiction Apostolique.

Il m'est très agréable, Eminentissime Seigneur,
de saisir une occasion aussi propice pour Vous
renouveler l'expression des sentiments profondément respectueux avec lesquels je Vous baise
humblement les mains et demeure,

de Votre Éminence,
le très dévoué et affectionné serviteur,

P. Card. Gasparri.

Imprimerie Lux, 13, boulevard Saint-Michel, Paris

BLOUD et GAY, Éditeurs, 7, place Saint=Sulpice, Paris=6e

"PAGES ACTUELLES"

Nouvelle collection de volumes in=16 — Prix : 0 fr. 60

145 — Imprimerie « Lux », 131, boulevard Saint-Michel, Paris

www.ingramcontent.com/pod-product-compliance
Lightning Source LLC
Chambersburg PA
CBHW072107020726
47501CB00003B/750